CANDACE CAMP
Dulce Tentación

Editado por Harlequin Ibérica.
Una división de HarperCollins Ibérica, S.A.
Núñez de Balboa, 56
28001 Madrid

© 2009 Candace Camp. Todos los derechos reservados.
DULCE TENTACIÓN, N° 83 - 1.6.09
Título original: The Courtship Dance
Publicada originalmente por Mira Books, Ontario, Canadá.
Traducido por María Perea Peña.

Todos los derechos están reservados incluidos los de reproducción, total o parcial. Esta edición ha sido publicada con permiso de Harlequin Enterprises II BV.
Todos los personajes de este libro son ficticios. Cualquier parecido con alguna persona, viva o muerta, es pura coincidencia.
™TOP NOVEL es marca registrada por Harlequin Enterprises Ltd.

® y ™ son marcas registradas por Harlequin Enterprises Limited y sus filiales, utilizadas con licencia. Las marcas que lleven ® están registradas en la Oficina Española de Patentes y Marcas y en otros países.

I.S.B.N.: 978-84-671-7303-1
Depósito legal: B-18591-2009

CAPÍTULO 1

Nadie habría pensado, por el modo en que se movía lady Francesca Haughston por el salón de baile de Whittington, que estaba dando los primeros pasos de su campaña. Caminaba con naturalidad, deteniéndose aquí y allá para hacer un cumplido sobre un traje o para coquetear con uno de sus muchos admiradores. Sonreía, hablaba y se abanicaba con gracia; era una maravillosa visión, vestida de seda azul, con la melena rubia cayéndole en forma de cascada de rizos por los hombros. Sin embargo, en ningún momento dejaban sus ojos azul oscuro de buscar una presa.

Había pasado casi un mes desde que había decidido encontrarle esposa al duque de Rochford, y aquella noche tenía intención de poner en marcha su plan. Había hecho todos los preparativos, había estudiado a las jóvenes solteras de la buena sociedad, y con una cuidadosa observación, había seleccionado a tres de ellas que le parecían adecuadas para Sinclair.

Francesca tenía la certeza de que las tres muchachas estarían allí aquella noche. El baile de Whittington era uno de los acontecimientos más importantes de la temporada social y, de no ser por una enfermedad grave, todas las jóvenes casaderas acudirían. Además, lo más probable era que el duque también estuviera allí, lo cual significaba que Francesca podría comenzar a llevar a cabo su propósito. Ya era hora de que comenzara: no hubiera sido necesario pasar tres semanas eligiendo las posibles novias para Rochford, puesto que muy pocas cumplían los requisitos para convertirse en duquesa.

Sin embargo, por algún motivo, desde la boda de Callie, Francesca se había sentido aburrida y sin ganas de hacer visitas, asistir a fiestas ni ir al teatro. Incluso su buen amigo sir Lucien había hecho algún comentario sobre su repentina preferencia por quedarse en casa. Ella no estaba segura del motivo. De repente, todo le parecía tedioso, y no había nada por lo que mereciera la pena hacer un esfuerzo. De hecho, se había sentido un poco deprimida. Seguramente era consecuencia de que Callie, que había estado viviendo con ella mientras le buscaban un marido, ya se había casado y se había marchado. Sin la alegría de Callie, la casa de Francesca estaba muy vacía.

De todos modos, Francesca había decidido reparar el daño que le había causado al hermano de Callie, Sinclair, quince años antes. Era imposible arreglarlo todo, claro, pero al menos podría hacerle al duque el favor de encontrarle una novia adecuada. Después de todo, era lo que mejor se le daba a Francesca. Así pues, había ido a aquella fiesta decidida a comenzar el largo baile del cortejo en nombre del duque de Rochford.

Recorrió el perímetro del gran salón. La estancia estaba decorada en blanco y dorado, y el suelo era de tarima de roble color miel. Estaba iluminada por tres cascadas resplandecientes de candelabros de cristal. Había varios pedestales de oro, con velas blancas y gruesas que proporcionaban más luz, y varios apliques por las paredes.

Toda aquella brillantez se suavizaba con enormes centros de rosas rojas y peonías que se habían dispuesto en jarrones junto a las paredes, y guirnaldas que se entrelazaban por los balaústres de la escalera que conducía al segundo piso. Era un salón elegante, digno de un palacio, y se rumoreaba que era el único motivo por el que lady Whittington permanecía en aquella antigua mansión, que ni siquiera se encontraba en Mayfair, el barrio de moda.

Francesca se dirigió hacia la escalinata a través de la multitud, con la intención de situarse en el punto de observación más ventajoso de la baranda del segundo piso para localizar a las jóvenes a las que estaba buscando en el enorme salón de baile. Era adecuado que comenzara su campaña en aquella escalinata de la mansión de los Whittington. Después de todo, allí había sido donde ella había terminado con el duque de Rochford quince años antes. Allí era donde su mundo se había desmoronado.

Aquella noche, las flores eran blancas; rosas, peonías, camelias y gardenias de perfume dulce, acentuadas por hojas y ramos verdes que surgían de los jarrones. Había sido una noche de triunfo para Francesca. Había debutado en la escena social pocas semanas antes, y era la belleza indiscutible de la temporada. Los hombres se apelotonaban a su alrededor, pidiéndole un baile, haciendo extravagantes declaraciones de amor y dedicándole cumplidos. Y, durante todo el tiempo, ella guardaba un secreto, embriagada de amor y excitación. Hasta que un lacayo le había entregado una nota.

En aquel momento, Francesca llegó al segundo piso y se colocó junto a la barandilla, desde donde podía observar a los que bailaban en la parte inferior. Las cosas eran muy parecidas a como habían sido aquella noche de tanto tiempo atrás. Los vestidos eran entonces distintos, claro, y también había cambiado la decoración del salón. Sin embargo, el glamour, la emoción, las esperanzas y las intrigas eran las mismas. Francesca miraba a la multitud sin ver realmente a las personas mientras recordaba el pasado.

—¿Es que la fiesta es tan aburrida? —le preguntó una voz familiar a su lado.

Francesca se volvió y sonrió a una mujer rubia.

—Irene. Me alegro mucho de verte.

Lady Irene Radbourne era una mujer muy atractiva, con el pelo rubio, rizado, y unos extraordinarios ojos de color dorado. Tenía veintisiete años y había sido una solterona empedernida hasta que, el otoño anterior, Francesca se había dado cuenta de que era la pareja perfecta para el conde de Radbourne. Las dos mujeres habían pertenecido al mismo círculo social durante mucho tiempo, así que Francesca sabía que lady Irene era una mujer de convicciones fuertes y maneras francas. Sin embargo, no se habían hecho amigas hasta que habían pasado juntas dos semanas en la finca de los Radbourne, mientras Francesca buscaba una esposa de buen linaje para lord Gideon. Después, Irene se había convertido en una de las mejores amigas de Francesca.

Irene miró hacia abajo, a la abigarrada multitud de bailarines.

—¿O es que las chicas casaderas son todas un desastre?

Francesca se encogió de hombros. Aunque Irene y ella habían mantenido un discreto silencio sobre el asunto, Francesca sospechaba que Irene había supuesto que sus esfuerzos de celestina eran más una cuestión de supervivencia que de entretenimiento.

—En realidad, no me he fijado mucho. Desde la boda de Callie he estado muy perezosa.

Irene la miró con astucia.

—Estás agobiada, ¿verdad? ¿Puedo hacer algo?

Francesca sacudió la cabeza.

—No es nada, de verdad. Sólo estoy recordando... el pasado. Otra fiesta en esta casa —dijo con una sonrisa forzada—. ¿Dónde está lord Gideon?

Durante los seis meses que la pareja llevaba casada, había sido difícil ver a Irene sin Gideon a su lado. La pareja se había adaptado mejor de lo que Francesca hubiera pensado nunca. Parecía que su amor aumentaba día a día.

Irene soltó una risita.

—Su tía abuela lo atrapó en cuanto llegamos.

—¿Lady Odelia? —preguntó Francesca, asombrada—.

Dios Santo, ¿está en el baile? —dijo, y miró a su alrededor con aprensión.

—No te preocupes —respondió Irene—. Aquí estamos a salvo. No creo que suba las escaleras. Por eso he subido yo, en cuanto he dejado el abrigo en el guardarropa y he visto que ella había acorralado a Gideon.

—¿Y lo has dejado allí solo? —le preguntó Francesca, riéndose—. Qué vergüenza, lady Radbourne. ¿Qué ha pasado con tus votos matrimoniales?

—Mis votos matrimoniales no decían nada de la tía abuela Odelia, te lo prometo —respondió Irene—. Sentí una punzada de culpabilidad, pero me recordé que Gideon es un hombre fuerte y temido por muchos.

—Incluso los más valientes tiemblan ante lady Odelia, no obstante. Recuerdo una ocasión en la que el mismo Rochford huyó por la puerta trasera y se fue directamente hacia los establos cuando vio el carruaje de lady Odelia en la puerta, y nos dejó a mi madre y a mí con su abuela para recibir a su tía abuela.

Irene se echó a reír con ganas.

—Me habría gustado ver eso. La próxima vez que nos veamos le tomaré el pelo.

—¿Cómo está el duque? —preguntó Francesca sin darle importancia, y sin mirar a Irene—. ¿Lo has visto últimamente?

Irene la miró.

—Hace una semana, más o menos. Fuimos al teatro. Gideon y él se han hecho amigos, además de ser primos. Pero seguro que tú también has visto a Rochford.

Francesca se encogió de hombros.

—Pocas veces desde la boda de Callie. En realidad, tengo amistad con su hermana, no con Rochford.

La verdad era que Francesca había estado evitando al duque desde la boda de su hermana. Le pesaba la injusticia que había cometido con él, y cada vez que se lo encontraba, se sentía más y más culpable. Sabía que debía decirle lo que había averiguado, que debía disculparse por sus acciones. Era una cobardía por su parte el no hacerlo.

Sin embargo, no podía. Cada vez que pensaba en confesar y pedir perdón, se quedaba helada por dentro. Después de todos aquellos años, habían alcanzado una especie de paz entre los dos. No era amistad, exactamente, pero algo cercano. ¿Y si se lo decía y provocaba su ira otra vez? Francesca supuso que se merecía aquella ira, pero al pensarlo, se le formaba un nudo en el estómago. Así pues, había estado evitando a Rochford, había evitado asistir a las mismas fiestas que él, y cuando lo veía, intentaba no acercarse. Si se encontraban cara a cara, como había ocurrido un par de veces, ella se comportaba de manera torpe y tensa, y se escapaba lo antes posible.

Por supuesto, aquello debía terminar si quería encontrar una esposa para aquel hombre. No podría emparejarlo con alguna de sus posibles novias si seguía esquivándolo.

—Callie me dijo que Rochford había sido injusto contigo —le dijo con delicadeza Irene.

—¿Injusto? —preguntó Francesca, sorprendida—. No. ¿En qué sentido?

—No lo sé —admitió Irene—. Algo que ver con el hecho de que lord Bromwell cortejara a Callie, supongo.

—Ah, eso —dijo Francesca, y descartó el comentario agitando suavemente la mano—. El duque tenía motivos de preocupación. La hermana de Brom lo había envenenado en contra de Rochford, pero... —volvió a encogerse de hombros expresivamente—. Yo ya no podía hacer mucho una vez que se enamoraron, y Rochford terminó por darse cuenta. Y no soy una fémina frágil que se asuste por una reprimenda.

Francesca miró de nuevo hacia la multitud, e Irene le siguió la mirada.

—¿A quién estás buscando? —preguntó la joven después de un momento.

—¿Qué? Oh, a nadie.

Irene arqueó las cejas.

—Pues, para no buscar a nadie, demuestras mucho interés.

Francesca no podía fingir ante Irene. La franqueza de su amiga le pedía que respondiera de la misma manera. Después de un ligero titubeo, dijo:

—Quería encontrar a lady Althea Robart.

—¿A Althea? —preguntó Irene con perplejidad—. ¿Para qué?

Francesca no pudo reprimir una carcajada.

—¿Es que no te cae bien?

Irene se encogió de hombros.

—Bueno, no es eso, pero tampoco es la persona a la que elegiría como compañía. Es demasiado altiva para mí.

Francesca asintió. La muchacha era un poco rígida. Sin embargo, no estaba segura de que el orgullo fuera un impedimento para convertirse en duquesa.

—No la conozco bien.

—Yo tampoco —dijo Irene.

—¿Y Damaris Burke?

—¿La hija de lord Burke? ¿El diplomático?

Francesca asintió.

—Exacto.

Irene reflexionó durante un instante y, nuevamente, se encogió de hombros.

—No puedo decir nada, en realidad. No me he movido nunca en los círculos del gobierno.

—Parece muy agradable.

—Sí, es... suave. Supongo que es lo que puede esperarse de una mujer que celebra fiestas diplomáticas —dijo Irene, y miró a Francesca con curiosidad—. ¿Por qué lo preguntas? No me digas que te han pedido ayuda para que les encuentres un marido.

—No —respondió Francesca rápidamente—. No, no. Sólo estaba... evaluándolas.

—Ah, entonces, ¿hay un caballero que te ha pedido ayuda?

—No, en realidad no. He estado pensando... por mí misma.

—Acabas de aguijonear mi curiosidad por completo. ¿Vas a encontrarle marido a alguien que ni siquiera te lo ha pedido? ¿Es que has hecho otra apuesta con el duque?

Francesca se sonrojó.

—Oh, no. Nada de eso. Había pensado... bueno, hay alguien a quien juzgué injustamente hace mucho tiempo, y quería resarcirle por ello.

—¿Encontrándole una esposa? —preguntó Irene—. Hay bastantes hombres que no te agradecerían ese favor. ¿Quién es el hombre?

Francesca observó a su interlocutora. De todas sus amigas, Irene era quien más sabía de ella. Aunque Francesca nunca le había hecho confidencias acerca de su pasado, el padre de Irene había sido amigo del difunto esposo de Francesca, así que, sin duda, Irene sospechaba lo infeliz que había sido Francesca en su matrimonio. Francesca nunca había tenido que fingir ante Irene que echara de menos a Andrew, que había muerto cinco años antes. Nunca le había contado a nadie lo que había ocurrido entre Rochford y ella tanto tiempo antes, pero, de repente, sentía la necesidad de confiarle su secreto.

—¿Es él la razón de tu melancolía? —le preguntó Irene.

—Creo que la razón es que mi cumpleaños se acerca rápidamente —respondió Francesca con ligereza. Sin embargo, al instante suspiró y añadió—: Y un poco por haberle hecho daño cuando no se lo merecía. Lamento mucho lo que hice.

Irene frunció el ceño.

—No creo que tú pudieras hacer alto tan terrible.

—Quizá él no esté de acuerdo contigo —respondió Francesca, y miró a los ojos a su amiga—. Nadie puede saber esto, ni siquiera lord Gideon, porque conoce al hombre.

Irene arqueó las cejas y Francesca vio en sus ojos dorados la luz del entendimiento.

—¿Es el duque? ¿Estás hablando de Rochford?

Francesca suspiró.

—Debería haberme imaginado que ibas a adivinarlo. Sí, es Rochford, pero prométeme que no se lo dirás a nadie.

—Claro que te lo prometo. Ni siquiera a Gideon. Pero, Francesca, no lo entiendo. Rochford es tu amigo. ¿Qué cosa tan mala puedes haberle hecho?

Francesca titubeó. Sintió que le pesaba el corazón en el pecho. Aquella pena tan antigua seguía clavada allí.

—Rompí nuestro compromiso.

Irene se quedó mirándola con los ojos abiertos como platos.

—¡Sabía que había algo entre vosotros! —exclamó suavemente—. No estaba segura de lo que era. Sin embargo, nunca había oído nada de esto. No lo entiendo. Debió de ser un gran escándalo.

—No —respondió Francesca, negando con la cabeza—. No hubo escándalo porque nuestro compromiso era secreto.

—¿Secreto? Eso no parece propio del duque.

—Oh, no había nada raro en ello —le aseguró Francesca—. Rochford siempre fue muy correcto. Me... me dijo que no había ningún motivo para que me viera atrapada en un compromiso durante mi primera temporada. Aquél era el verano de mi debut. Él dijo que quizá cambiara de opinión una vez que hubiera experimentado una temporada social. Él siempre tiene en cuenta cualquier contingencia, ya sabes. Y pensó, sin duda, que yo era voluble.

—Eras joven —dijo Irene.

Francesca se encogió de hombros.

—Sí. Pero, más que eso... yo nunca había sido y nunca seré una persona reflexiva —dijo, y sonrió brevemente—. Él dijo que yo era una «mariposa».

—Entonces, ¿no encajasteis?

—No, no fue eso. Creo que Rochford estaba conforme. Al menos, no expresó ningún descontento. Y yo... yo estaba desesperadamente enamorada de él, como sólo puede estarlo una chica de dieciocho años.

—Entonces, ¿qué ocurrió?

—Daphne —respondió Francesca.

—¡Daphne! ¿Lady Swithington? ¿La hermana de lord Bromwell?

Francesca asintió.

—Sí. Ella era el origen de todos los problemas que existían entre Rochford y Brom, y motivo por el que Rochford se oponía a la boda entre Brom y Callie. Yo no fui la única que se dejó engañar por las mentiras de Daphne. Su hermano también creía que Rochford y Daphne tenían una aventura.

—¡Oh, no! Francesca... —Irene posó una mano sobre el brazo de su amiga—. ¿Pensaste que ella era su amante?

—Al principio no. La propia Daphne me dijo que lo era, pero yo me negué a creerlo. Conocía a Rochford, o al menos creía que lo conocía. Sabía que él no me quería tanto como yo lo quería a él, pero pensaba que era demasiado honorable como para casarse con una mujer y mantener a otra como amante. Sin embargo, una noche, en esta misma casa, descubrí que estaba equivocada.

Un lacayo me trajo una nota cuando yo terminé un baile. Decía que fuera al invernadero, que averiguaría algo interesante.

–Oh, Dios Santo.

–Sí. Pensé que era el duque quien me había enviado la nota, que tenía una sorpresa romántica para mí. Me había regalado unos pendientes de zafiro la semana anterior, diciendo que eran los mejores que había podido encontrar, aunque no le hacían justicia a mis ojos –explicó Francesca; dejó escapar un sonido que fue medio carcajada, medio suspiro–. Dios, qué lejos parece todo aquello.

–¿Todavía tienes aquellos pendientes? –le preguntó Irene.

–Claro. Son maravillosos. No me los he puesto nunca, pero no he podido deshacerme de ellos. Por supuesto, quise devolvérselos cuando rompimos, pero él se negó a aceptarlos con una cara muy sombría.

–¿Entiendo que encontraste a lady Daphne y a Rochford en una situación comprometida?

Francesca asintió. Recordó cómo se sentía, llena de amor y de entusiasmo, cuando recorría apresuradamente los amplios corredores de la mansión hacia el invernadero. Esperaba que Rochford hubiera encontrado el modo de pasar un rato a solas con ella. Allí, en la ciudad, era incluso más difícil que en casa, rodeados como estaban no sólo de acompañantes, sino de todo su círculo social. Un encuentro en un lugar oculto como aquél no era propio de Rochford, por supuesto; él siempre era extremadamente cuidadoso con el honor de Francesca, y rechazaba cualquier comportamiento que pudiera poner en entredicho su reputación. Sin embargo, Francesca había pensado que quizá aquella noche se hubiera dejado llevar por la pasión, y la idea le produjo un escalofrío delicioso.

Francesca nunca había podido imaginarse cómo sería ver a Sinclair ardiendo de pasión. El duque era frío y elegante, siempre imperturbable, incluso ante la peor de las crisis, y correcto hasta los mayores extremos. Sin embargo, había habido un par de ocasiones en las que la había besado, en que sus labios habían presionado los de ella con fuerza. Francesca había notado entonces que su piel masculina ardía de tal modo que le había puesto los nervios de punta, y se había preguntado si había algo más cálido, más fuerte y más duro que hervía dentro de él, también. Rochford siempre se había apartado de Francesca rápidamente, por supuesto, pero ella había visto un reflejo en sus ojos, algo caliente que casi daba miedo, pero de un modo exquisito.

—Fui al invernadero —recordó Francesca—. Pronuncié su nombre. Sinclair estaba al otro extremo de la sala, y había algunos naranjos entre nosotros. Él dio un paso hacia mí, y me di cuenta de que tenía la corbata desarreglada y el pelo revuelto. Al principio no lo entendí, pero después oí un sonido y miré más allá. Daphne también estaba entre los árboles. Tenía el vestido desabrochado hasta la cintura.

La expresión de Francesca se endureció mientras recordaba aquel momento. Daphne estaba despeinada, y tenía la camisola desabotonada. Sus pechos llenos y blancos estaban al descubierto; la mujer le había sonreído a Francesca como un gato que acababa de comerse la nata. Y Francesca se había roto por dentro.

—Cuando los vi, me di cuenta de lo tonta que había sido. No es que creyera que Rochford estuviera locamente enamorado de mí. Después de todo, él me había enumerado las razones prácticas por las cuales el nuestro era un matrimonio ventajoso. No había hecho declaraciones de amor ni me había escrito poemas. Sin embargo, yo creía que le importaba. Estaba segura de que nunca me haría daño ni me trataría irrespetuosamente. Y yo sabía que sería una buena esposa para él, que lo haría feliz, y que alguna vez llegaría a quererme tanto como yo lo quería a él.

—Y en vez de eso, él estaba acostándose con Daphne mientras estaba comprometido contigo.

—Sí. Bueno, en realidad no. Todo era una mentira, pero yo no lo sabía en aquel momento, y no podía soportarlo. Sin duda, otras mujeres lo habrían pasado por alto, habrían pensado que de todos modos serían su duquesa aunque otra tuviera su corazón. Pero yo no pude. Rompí con él.

—Pero, ¿Daphne había arreglado aquella escenita y te había enviado la nota?

—Sí. Me lo contó en la boda de Callie. Él no se había acostado con ella, tal y como me juró entonces. Pero yo no creí a Sinclair, por supuesto. Me negué a escucharlo. Y cuando me visitó después, no lo recibí.

—¿Y por eso te casaste con lord Haughston?

—Sí. Él era todo lo que Rochford no era: todo palabras

románticas y gestos extravagantes. Yo era para él las estrellas, la luna, según me dijo —explicó Francesca, e hizo una mueca de repugnancia—. Sus palabras fueron como un bálsamo para mí. Me dije que así era el amor verdadero, y me casé con él. No se había acabado la luna de miel y ya me había dado cuenta del error que había cometido.

—Lo siento muchísimo —dijo Irene, y le apretó suavemente la mano a Francesca.

Francesca sonrió.

—Bueno, hace mucho tiempo que sucedió todo esto.

—No puedo creer que lady Daphne admitiera que te mintió.

—No lo hizo con buena intención, te lo aseguro. Creo que quería que me diera cuenta de lo idiota que había sido. Estoy segura de que esperaba que yo lamentara haber tirado por la borda la oportunidad de ser duquesa.

—Y, en vez de eso, por supuesto, lo que lamentaste es haber juzgado mal a Rochford. Haberle hecho daño.

—Su orgullo debió de sufrir mucho —admitió Francesca—. Seguramente, detestó que su honor fuera puesto en duda, aunque supiera que no había cometido ninguna falta.

—Oh, Francesca... qué pena. Él no fue el único que sufrió.

—No. Pero al menos, yo tuve la culpa. Se puede decir que me merecía lo que me pasó. Fui la que se creyó la mentira. Fui la que no quiso escuchar la verdad cuando él me la dijo. Sinclair no hizo nada malo.

—¿Y crees que encontrándole una esposa al duque vas a poder compensarle? —preguntó Irene.

Francesca percibió el escepticismo en el tono de su amiga.

—Sé que no puedo compensarle por lo que hice, lo sé. Pero temo que... ¿Y si yo tengo la culpa de que Rochford no se haya casado nunca? —preguntó Francesca, un poco ruborizada—. No estoy diciendo que yo le rompiera el corazón. No me tengo en tan alta estima como para pensar que ninguna otra mujer haya podido ocupar mi lugar. Pero temo que le hiciera desconfiar tanto de las mujeres que no haya querido casarse. Creo que él ya estaba acostumbrado a estar solo, y que quizá le resultara más fácil seguir de ese modo. Sinclair heredó el título siendo muy joven, y ya había aprendido que la gente quería ganarse su favor sólo por su título y su riqueza. Creo que ésa era una de las cosas que encontraba beneficiosas de casarse conmigo: nos conocíamos desde niños, y a mí no me impresionaba. Lo conocía por sí mismo, no por su título ni por ninguna otra cosa. Sin embargo, cuando no le creí, cuando me comporté de un modo que le resultó una traición, me temo que se hizo más desconfiado y distante.

—Puede ser, pero si no quiere casarse...

—Pero debe hacerlo. Él lo sabe tan bien como yo. Es el duque de Rochford, y debe tener un heredero a quien dejarle el título y el patrimonio. Rochford es demasiado responsable como para no darse cuenta. Yo solamente le estoy ayudando a hacer algo que él sabe que tiene que hacer —dijo Francesca, y sonrió con picardía a su amiga—. Y tú, mejor que nadie, sabes que se me da muy bien llevar al altar incluso a aquéllos que están decididos a no casarse.

Irene asintió con una sonrisa de ironía.

—Admito que eres experta en unir incluso a los más reticentes. Sin embargo, no sé si el duque estará de acuerdo con este plan...

—Oh, no voy a contárselo —dijo Francesca—. Por eso no debes contárselo a nadie, ni siquiera a Gideon. Estoy segura de que Rochford lo consideraría una gran interferencia por mi parte y me ordenaría que lo dejara, así que no voy a darle la oportunidad de que lo haga.

Irene asintió con una expresión divertida.

—No será difícil encontrar a una mujer que quiera casarse con el duque. Es el mejor partido de todo el país.

—Cierto. Estoy segura de que muchas mujeres querrían casarse con él, pero no vale con cualquiera. He tenido que encontrar la mujer más adecuada para Rochford, lo cual ha resultado ser una tarea mucho más difícil de lo que yo había pensado. Pero claro, él se merece una mujer extraordinaria, así que no es de extrañar que no haya muchas mujeres.

—Entiendo que Althea y Damaris son dos de las elegidas. ¿A quién más has seleccionado?

—He reducido el grupo a tres. Además de Damaris y Althea, he elegido a lady Caroline Wyatt. Tengo que hablar con las tres esta noche y decidir cómo reunirlas con el duque.

—¿Y si a él no le gusta ninguna de las tres? —preguntó Irene.

Francesca se encogió de hombros.

—Entonces tendré que encontrar a otras. Tiene que haber alguien que le guste.

—Quizá esté siendo obtusa, pero a mí me parece que la mejor candidata serías tú.

—¿Yo? —preguntó Francesca, mirándola con asombro.

—Sí, tú. Después de todo, tú eres la única mujer con la que estamos seguras de que Rochford querría casarse, porque ya te lo ha pedido una vez. Si le dijeras que has descubierto la mentira, y que sientes mucho no haberle creído...

—No, no —dijo Francesca, aturullada—. Eso es imposible. Tengo casi treinta y cuatro años, y eso es demasiado para la novia del duque. Por supuesto, me disculparé ante él y le diré que fui una tonta. Debo hacerlo. Pero nosotros dos... no, eso pasó hace mucho tiempo.

—¿De veras?

—Sí, de veras. Por favor, no me mires con esa cara de incredulidad. Sabes que yo ya terminé con el matrimonio. Y aunque no fuera así, lo nuestro ocurrió hace mucho. Él nunca podría perdonarme que rompiera con él, no hasta ese punto. Rochford es un hombre muy orgulloso. Y fuera lo que fuera lo que sintió por mí una vez, ahora ese sentimiento ya está muerto. Han pasado quince años, después de todo. Yo ya no lo quiero. Y no creo que él quiera a la mujer que lo rechazó. Vaya, si durante mucho tiempo apenas me ha dirigido la palabra. Sólo hace unos años que comenzamos a ser amigos de nuevo.

—Bueno, si estás tan segura...

—Sí, lo estoy.

Irene se encogió de hombros.

—Entonces, ¿qué piensas hacer?

—Yo... ¡ah! Allí está lady Althea —Francesca vio a su

presa más allá de los bailarines, conversando con otra mujer–. Comenzaré con ella. Creo que puedo charlar un poco con ella, quizá para planear una salida juntas. Entonces, lo arreglaré para que Rochford forme parte de nuestro grupo.

–Si ése es tu plan, parece que la fortuna te sonríe. Rochford acaba de entrar.

–¿De veras? –preguntó Francesca, cuyo corazón se aceleró, y se volvió a mirar en la dirección que su amiga le indicaba.

Era Rochford, cierto. Elegantísimo, como siempre, con un austero traje negro, y el hombre más guapo de toda la sala. Tenía el pelo espeso, negro, y una figura alta y esbelta. No tenía nada de ostentoso, y el único adorno que llevaba era un alfiler prendido a la corbata con un ónice tan negro como sus ojos. Sin embargo, cualquiera que lo viese se daría cuenta de que era un aristócrata.

Francesca apretó el abanico mientras lo veía avanzar por el salón. Cada vez que lo había visto últimamente, había sentido muchas cosas. Hacía años que no se sentía de aquel modo, tan nerviosa y llena de impaciencia, y excitada también. Era como si lo que le había dicho Daphne hubiera abierto una puerta al pasado y hubiera dejado entrar una avalancha de emociones que ella había creído muertas por el tiempo y la experiencia.

Era una tontería. El hecho de saber que Rochford no le había sido infiel no significaba nada diferente. No había nada que hubiera cambiado por ello, y nada iba a cambiar. Sin embargo, Francesca no podía negar la alegría que sentía cada vez que veía a Rochford. Él nunca le había pertenecido a Daphne. Su boca firme y bien dibujada nunca la había besado ni le había susurrado al oído. Sus manos no la habían acariciado ni le habían regalado joyas. Las imágenes que habían torturado a Francesca quince años antes eran completamente falsas, y se sentía muy contenta por ello.

Francesca se volvió y se alisó la falda del vestido.

—Debo decírselo —susurró.

Sabía que no podría estar cómoda con él nunca más si no le revelaba lo que había averiguado y se disculpaba por no haber confiado en él ni haberlo creído. Y, claramente, no podría emparejarlo con una esposa adecuada si cada vez que lo veía se ponía nerviosa. Debía decírselo, pero, ¿cómo?

—Creo que vas a tener la oportunidad de hacerlo —le dijo Irene.

—¿Qué? —preguntó Francesca, y alzó la vista.

Y allí, subiendo las escaleras hacia ellas, estaba el duque de Rochford.

CAPÍTULO 2

Francesca sintió el impulso de huir, pero sabía que no podía hacerlo. Rochford la estaba mirando directamente, y ella no podía darse la vuelta, porque sería algo grosero. Además, Irene tenía razón: aquélla era su oportunidad para explicárselo todo.

Así pues, se mantuvo en su sitio y sonrió mientras el duque se acercaba a ellas.

—Lady Haughston, lady Radbourne —les dijo él, con una ligera reverencia.

—Rochford. Qué agradable veros —respondió Francesca.

—Hace mucho tiempo que no nos encontrábamos. Os he visto en pocas fiestas.

Francesca debería haber sabido que él se daría cuenta. A Rochford no se le escapaba nada.

—Yo... he estado descansando un poco desde la boda de Callie.

—¿Habéis estado enferma? —le preguntó él con el ceño fruncido.

—Oh, no. No, en absoluto. Eh... —Francesca suspiró por dentro. Con sólo dos frases, ya no sabía qué decir.

Le resultaba muy difícil mentirle a Rochford. Algunas veces, tenía la sensación de que él podía ver en las profundidades de su alma.

Francesca apartó la vista de sus ojos negros y continuó:

—No estaba enferma, sólo... cansada. La temporada puede ser algo muy arduo, incluso para mí.

Tenía la sensación de que él no la creía. La observó durante un largo momento y después respondió con gentileza:

—Nadie se daría cuenta, os lo aseguro. Estáis tan radiante como siempre.

Francesca agradeció su comentario con un asentimiento y él se volvió hacia Irene.

—Como vos, milady. Parece que el matrimonio os sienta muy bien.

—Así es —respondió Irene, algo sorprendida.

—¿No ha venido Radbourne esta noche? —preguntó él—. Me sorprende no encontrarlo a vuestro lado.

—Eso es porque Irene lo ha abandonado —dijo Francesca, sonriendo.

—Es cierto —reconoció Irene—. Lo he abandonado en las garras de lady Pencully y he huido como una cobarde a lo alto de las escaleras.

—Dios Santo, ¿la tía Odelia está aquí? —preguntó él, mirando con alarma hacia el salón de baile.

—Sí, pero no va a subir las escaleras —le dijo Francesca—. Siempre y cuando os quedéis aquí, estaréis a salvo.

—Yo no estaría tan seguro. Parece que mi tía se ha vigorizado desde la fiesta de su octogésimo cumpleaños —respondió Rochford.

Irene miró a Francesca y dijo:

—Debo ser una buena esposa. Voy a rescatar a Gideon antes de que se le acabe la paciencia y le diga a lady Pencully algo que después lamente.

Francesca tuvo que reprimir un ataque de pánico ante la marcha de su amiga. Había conversado con el duque cientos de veces. Era algo absurdo sentirse tan incómoda de repente.

—¿Cómo está la duquesa? —le preguntó cuando Irene se hubo alejado.

—La abuela está muy bien, disfrutando de su estancia en Bath. Sigue amenazando con volver para pasar aquí, al menos, las últimas semanas de la temporada, pero creo que no lo hará. Está muy aliviada de no tener que cumplir más con el deber de ser la acompañante de Callie.

Francesca asintió. Aquello fue el final del tema de conversación. Ella se movió con nerviosismo y miró de nuevo hacia el salón de baile. Sabía que debía decírselo. No podía continuar así, sintiéndose tímida e incómoda con él. Durante los años anteriores, se había acostumbrado a tenerlo como amigo de nuevo. Esperaba con impaciencia el momento de conversar con él porque su ingenio hacía tolerable hasta el más aburrido de los eventos. Y siempre podía contar con él para bailar un vals, lo cual significaba que al menos uno de los bailes de la noche sería como flotar por el salón.

Tenía que confesarle la verdad y pedirle perdón, por mucho que le asustara.

Miró hacia arriba y se dio cuenta de que él la estaba observando con una expresión pensativa. Lo sabía. Aquel hombre era demasiado perspicaz como para no darse cuenta. Sabía que a ella le ocurría algo. A ellos.

—¿Os apetecería dar un paseo conmigo? —le preguntó Rochford, ofreciéndole el brazo—. Creo que la galería de los Whittington es muy agradable.

—Sí, por supuesto. Es una buena idea.

Francesca posó la mano sobre su brazo y caminó con él hacia el largo pasillo que recorría uno de los laterales de la mansión. La galería estaba llena de retratos de antepasados de la familia y cuadros de temas variados, como de los perros de caza favoritos de un Whittington o de otro. Rochford y Francesca caminaron mirando de vez en cuando las pinturas, pero con poco interés, en realidad. No había nadie más en la galería y sus pasos resonaban sobre el suelo de madera brillante. El silencio se impuso entre ellos, cada vez más profundo y más embarazoso.

Por fin, Rochford dijo:

—¿Os he ofendido más allá de todo remedio?

—¿Cómo? —preguntó Francesca, alarmada, mirándolo a la cara—. ¿Qué queréis decir?

Él se detuvo y se volvió hacia ella con una expresión solemne, con el ceño fruncido.

—Quiero decir que, aunque os he visto en algunas

fiestas últimamente, siempre que vos me habéis visto a mí, os habéis dado la vuelta y habéis desaparecido entre la gente. Y, si por casualidad, os habéis encontrado conmigo inesperadamente, sin modo de evitarlo, habéis aprovechado la primera oportunidad para dar alguna excusa y alejaros. Entiendo que no me habéis perdonado por lo que os dije aquel día cuando averigüé que Bromwell había estado cortejando a Callie.

—¡No! —exclamó Francesca—. Eso no es cierto. No os culpé, de veras. Yo... Quizá fuisteis un poco duro, pero después os disculpasteis. Y, claramente, teníais motivo para estar preocupado. Pero yo no podía traicionar la confianza de Callie, y ella tenía derecho a elegir su futuro.

—Sí, lo sé. Es muy independiente —dijo Rochford con un suspiro—. Sé que no teníais elección, y que yo no podía esperar que controlarais a mi hermana. Dios sabe que yo tampoco he tenido mucha suerte en ese sentido. Además, una vez que se me pasó el enfado, supe que me había equivocado. Me disculpé, y creí que habíais aceptado la disculpa, pero después comenzasteis a esconderos de mí.

—No, de veras... —le dijo Francesca—. Sí acepté vuestras disculpas, y no estoy enfadada con vos por lo que dijisteis. Ya os había visto enfadado antes.

—Entonces, ¿por qué estáis disgustada conmigo? Incluso en la boda de Callie os vi muy poco. ¿Fue por la escena en la cabaña de caza? Porque yo... —Rochford titubeó.

—¿Porque derribarais al futuro esposo de vuestra hermana? –le preguntó Francesca con una sonrisita–. ¿Porque los dos estuvierais pegándoos en el salón, tirando los jarrones al suelo y derribando las sillas?

Rochford iba a protestar, pero se detuvo y sonrió.

–Bueno, sí. Porque me estaba comportando como un rufián. Y haciendo el ridículo.

–Mi querido duque –dijo Francesca, a punto de echarse a reír–. ¿Por qué debería ofenderme por eso?

A él se le escapó una carcajada.

–Bueno, al menos tenéis la cortesía de no decir que no es nada inusual. Aunque yo podría señalar que, aunque puede que me comportara como un rufián, no estaba diciendo mentiras, como otras personas –le dijo él, lanzándole una mirada chistosa.

–¡Mentiras! –dijo Francesca, y le dio unos ligeros golpecitos en el antebrazo, sin darse cuenta apenas de que el azoramiento había desaparecido y que ambos estaban bromeando de nuevo despreocupadamente–. Sois injusto, señor.

–Vamos, no podéis negar que fuisteis... digamos que muy original aquella mañana.

–Alguien tenía que deshacer aquel lío y poner orden –replicó ella–. O todos habríamos estado en una situación difícil.

–Lo sé –dijo Rochford. Se puso serio y la sorprendió tomándola de la mano–. Sé que hicisteis mucho por Callie aquel día. Y os ganasteis mi gratitud eterna por vuestra originalidad. Y por vuestra bondad. Callie se habría visto envuelta en un escándalo de no ser por vos.

Francesca notó que se sonrojaba y apartó la mirada.

—No tenéis necesidad de darme las gracias. Yo quiero mucho a Callie. Es como una hermana para mí.

Entonces, pensó que aquellas palabras no eran afortunadas, y enrojeció todavía más. ¿Pensaría Rochford que era una presuntuosa? ¿O pensaría que le estaba recordando que él y ella habían estado a punto de convertirse en marido y mujer?

Francesca se dio la vuelta y continuó caminado. Apretó con tanta fuerza el mango del abanico que se le quedaron las marcas en la piel. Rochford se puso a su lado y, durante un momento, siguieron andando en silencio. Ella notaba que él la estaba mirando, y que sabía que ocurría algo. Francesca se dio cuenta de que sólo estaba empeorando las cosas y poniéndose más nerviosa.

—Tengo que disculparme con vos —le dijo de repente.

—¿Disculparos? —preguntó Rochford con sorpresa.

Francesca se detuvo y lo miró frente a frente.

—Os juzgué mal hace quince años, cuando... —se interrumpió, con un nudo en la garganta.

Él se puso ligeramente rígido y el asombro de su rostro se transformó en cautela.

—¿Cuando estábamos comprometidos?

Francesca asintió. Se dio cuenta de que no podía seguir mirándolo y volvió la cara.

—Yo... En la boda de Callie, lady Swithington me dijo... que había mentido sobre lo que ocurrió. Que nunca hubo nada entre vos y ella.

Lord Rochford no dijo nada. Entonces, Francesca se irguió de hombros y lo miró a la cara. Tragó saliva y continuó:

—Me equivoqué. Os acusé injustamente. Debería haberos escuchado. Y quería... quería que supierais que lamento lo que os dije y lo que hice.

—Bueno... —lord Rochford se quedó callado, y después continuó—: Entiendo. Me temo que no sé qué decir.

—No creo que haya nada que decir —admitió Francesca. Después siguieron caminando—. No hay nada que hacer. Todo terminó hace mucho tiempo. Sin embargo, no me sentía bien sin deciros que estaba muy equivocada. No espero que me perdonéis, pero quería que supierais que siento mucho haberos juzgado mal. Debería haber conocido mejor vuestro carácter.

—Erais muy joven —respondió él.

—Sí, pero eso no es una excusa adecuada.

—Yo creo que sí.

Francesca miró de reojo al duque. Le había preocupado mucho que, cuando se lo dijera, él respondiera con un comentario frío y mordaz. O que se encolerizara y que se alejara de ella rápidamente. No había pensado que su confesión pudiera dejarlo sin habla.

Lentamente, volvieron al piso superior del salón de baile y, al llegar a la puerta, se detuvieron y se volvieron el uno hacia el otro. Francesca tenía el corazón acelerado. No quería separarse así de él, sin saber lo que él pensaba y sentía, sin saber si estaba furioso o aliviado al saber que ella ya no pensaba que era un canalla. Francesca no podía soportar pensar que su confesión hubiera terminado con la delicada amistad que habían construido con el paso de los años.

–¿Bailamos? –le preguntó impulsivamente.

Él sonrió.

–Sí, ¿por qué no?

Rochford le ofreció el brazo y los dos comenzaron a descender por la escalinata curvada. Cuando llegaron al piso inferior, empezó a sonar un vals. Rochford la tomó entre sus brazos y se unió al resto de los bailarines. Ella sintió un cosquilleo por dentro, suave e insistente, y de repente se sintió insegura, nerviosa, casi mareada. Había bailado muchas veces con el duque, pero en aquel momento era algo distinto, nuevo.

Francesca era muy consciente de la fortaleza de los brazos de Rochford, de su calidez, del olor de su colonia mezclada con el aroma indefinible del hombre. Recordó el baile que había celebrado en Dancy Park aquel Día de Elecciones, cuando también la había tomado entre sus brazos para bailar un vals y ella lo había mirado y se había dado cuenta de que el encaprichamiento infantil que había sentido por él durante tanto tiempo se había transformado en algo mucho más importante. Al perderse en la profundidad de sus ojos negros, Francesca se había dado cuenta de que estaba perdidamente enamorada de él. Se había sentido flotando de emoción. Él la había mirado y le había sonreído, y en aquel momento Francesca había sentido un estallido de calor en el cuerpo, como un sol.

Al mirarlo en aquel momento, Francesca notó que le ardían las mejillas. El duque estaba igual. De haber algún cambio, era que los años le habían añadido atractivo a su belleza. Las suaves arrugas de sus ojos suavizaban los rasgos marcados y los ángulos que podían hacer que su expresión resultara fría. Siempre parecería un pirata, pensó ella, con sus ojos y su pelo negro, y los pómulos altos. O, al menos, parecía un pirata cuando fruncía las cejas negras, o cuando miraba a una persona fijamente. En aquellas ocasiones parecía un poco peligroso.

Sin embargo, cuando sonreía, su rostro entero se iluminaba y sus labios se curvaban de un modo muy atractivo. Era casi imposible no devolverle la sonrisa en aquellos momentos, y no querer hacer cualquier cosa por conseguir que siguiera sonriendo.

Francesca apartó la mirada rápidamente, avergonzada de sus pensamientos. Esperaba que él no hubiera supuesto cuáles eran. Era absurdo que se sintiera nerviosa o entusiasmada. Ya debía de haber superado aquellos sentimientos, tanto por Rochford como por cualquier otro. El amor juvenil que había sentido por aquel hombre había muerto hacía muchos años, quemado por noches largas de insomnio y angustia, ahogado en un mar de lágrimas.

Buscó algún tema para terminar con el silencio.

—¿Habéis tenido noticias de Callie?

—He recibido una carta suya. Muy breve, por cierto. París es precioso. Bromwell es maravilloso. Deseando llegar a Italia.

Francesca se rió.

—No creo que sea tan corta.

—Oh, no, había algo más sobre París. Pero, en realidad, sí era un modelo de brevedad. Tiene planeado volver a Londres dentro de una semana. Si no deciden alargar la luna de miel, claro.

—Bueno, al menos parece que ella está muy feliz.

—Sí. Creo que sí. En contra de lo que yo hubiera podido pensar, parece que Bromwell la quiere.

—Debéis de sentiros solo sin ella.

—La casa está un poco silenciosa —admitió Rochford—. Pero he estado ocupado —añadió, y arqueó una ceja—. ¿Y vos?

—¿Que si he estado ocupada? ¿O que si me he sentido sola sin Callie?

—Las dos cosas. Durante los dos meses anteriores a su boda, ella estuvo más en vuestra casa que en la nuestra.

—Eso es cierto. La echo de menos. Callie es... bueno, su marcha me ha dejado un vacío más grande de lo que yo hubiera imaginado.

—Quizá deberíais tomar a otra joven bajo vuestra protección —sugirió Rochford—. He visto a muchas jóvenes aquí esta noche a quienes les vendría bien vuestro toque experto.

—Ah, pero ninguna me ha pedido ayuda. Y sería un poco grosera si ofreciera mi opinión sobre cómo otra persona puede mejorar, sin que ella la hubiera solicitado.

—Supongo que sí. Aunque uno no puede evitar desear que le dijerais algo a lady Livermore.

Francesca reprimió una risita y siguió la mirada de Rochford hacia lady Livermore, que estaba bailando con su primo. Llevaba un vestido de su color favorito, un morado oscuro que habría favorecido a muy pocas mujeres. Lady Livermore no estaba entre ellas. El color ya era lo suficientemente malo, pero, además, lady Livermore tenía el convencimiento de que si algo estaba bien, cuanto más, mejor. Su vestido tenía volantes en el cuello y en el bajo de la falda, y por todas las mangas. Los volantes estaban ribeteados con festones, y en los festones había escarapelas de seda con una perlita en el centro. En el pelo llevaba un tocado del mismo color del vestido, y adornado también con perlas.

—Me temo que no es probable que lady Livermore cambie —le dijo Francesca. Hizo una pausa y preguntó—: ¿Conocéis a lady Althea?

Francesca tuvo ganas de morderse la lengua en cuanto lo hubo dicho. ¿Cómo podía haberlo soltado de una manera tan torpe?

—¿A la hija de Robart? —preguntó el conde con sorpresa—. ¿Creéis que ella necesita ayuda para encontrar marido?

—¡Oh, no! Dios Santo —dijo Francesca con una risita—. Estoy segura de que lady Althea no necesita mi ayuda. Es que acabo de verla bailando con sir Cornelius, eso es todo. Seguramente, ella tiene muchos pretendientes. Es muy atractiva, ¿no os parece?

—Sí —respondió Rochford—. Supongo que sí.

—Y muy lista, también. Toca muy bien el piano.

—Sí, es cierto. La he oído.

—¿De veras? Tengo entendido que se la admira mucho.

—Sin duda.

Francesca sintió un poco de irritación por su respuesta. No estaba segura de por qué le molestaba el hecho de que el duque admitiera con tanta facilidad sus alabanzas hacia lady Althea. Después de todo, que Rochford encontrara atractiva a la joven le facilitaría mucho las cosas. Por otra parte, Francesca no era tan engreída como para no poder soportar que alguien halagara a otra mujer. Sin embargo, tuvo que hacer un esfuerzo por no responder con aspereza, aunque fuera ella misma quien había mencionado a la otra dama.

Cambió de tema de conversación, pero más tarde, cuando terminó la música, dirigió sutilmente a Rochford hacia la dirección que habían tomado lady Althea y su acompañante cuando salían de la zona de baile. Francesca tuvo la suerte de que sir Cornelius se estaba despidiendo de la dama cuando ellos se acercaron.

–Lady Althea –dijo Francesca, saludándola con aparente placer–. Cómo me alegro de veros. Hacía mucho que no nos encontrábamos. Conocéis al duque de Rochford, ¿verdad?

Lady Althea sonrió moderadamente.

–Sí, por supuesto. Es un placer, sir.

Rochford hizo una reverencia sobre su mano extendida y le aseguró amablemente que el placer era enteramente suyo, mientras Francesca observaba a la otra mujer con discreción. Lady Althea era alta y esbelta, y llevaba un vestido de baile blanco de buen gusto, aunque en opinión de Francesca le faltaba algo de gracia. Y, aunque tuviera los labios un poco demasiado delgados y la cara un poco larga como para ser bella de verdad, sí tenía un pelo castaño y brillante y unos ojos marrones grandes de pestañas espesas y oscuras. Francesca estaba segura de que muchos hombres la considerarían guapa.

Miró a Rochford de reojo, preguntándose si él estaría entre aquellos hombres.

Lady Althea preguntó con cortesía por la abuela de Rochford y por los padres de Francesca, y después hizo cumplidos de la boda de Callie. Era el tipo de conversación amable que Francesca había mantenido también muchas veces durante su vida, como lady Althea y Rochford, y los tres fueron capaces de pasar varios minutos hablando de nada.

Cuando terminaron de halagar el baile de lady Whittington, quizá el mejor de todos los que había celebrado, en opinión de lady Althea, comenzaron a hablar de la última obra que se representaba en Drury Lane, que resultó que ninguno de los tres había visto.

—¡Vaya, debemos ir! —dijo Francesca, mirando a lady Althea.

La otra mujer se quedó un poco sorprendida, y respondió:

—Sí, claro. Sería muy agradable.

Francesca sonrió.

—Y debemos convencer al duque para que nos acompañe.

Él también abrió los ojos un poco más de lo normal, pero respondió con calma.

—Por supuesto. Será un honor acompañar a dos damas tan encantadoras al teatro.

—Maravilloso —dijo Francesca, y miró a Althea, que parecía más complacida por la invitación al saber que el duque iría también—. Entonces, debemos fijar una fecha. ¿Estaría bien el martes?

Sus interlocutores asintieron, y Francesca sonrió. Sabía que los había obligado; normalmente, era mucho más sutil manejando la situación de lo que había sido aquella noche, pero al menos ninguno de los otros dos se había quedado contrariado ni desconfiado.

Siguió charlando unos minutos más y después se excusó y dejó a Rochford con Althea. Atravesó el salón, deteniéndose varias veces para saludar a sus conocidos. Debería sentirse triunfante, lo sabía. Por fin había puesto su plan en marcha.

Sin embargo, en realidad tenía el comienzo de una jaqueca.

Se detuvo y miró a su alrededor. Vio a Irene a distancia, y un segundo después divisó a sir Lucien en la zona de baile. Podría haber ido a hablar con ella, o esperar a que él terminara, o podría haberse quedado hablando con cualquier otra persona, o podría haber bailado con un buen número de caballeros que estarían más que dispuestos a entretenerla. Sin embargo, lo único que quería era marcharse a casa.

Se despidió de su anfitriona y salió hacia su carruaje. El vehículo tenía diez años y estaba empezando a parecer destartalado, pero se sentía bien en su interior, lejos de la música, las luces y el ruido de la multitud que charlaba.

Fenton, su mayordomo, se sorprendió al verla tan pronto en casa. Inmediatamente se acercó a ella, solícito.
—¿Está bien la señora? No estará resfriada...

El hombre llevaba a su servicio más de catorce años; Francesca lo había contratado poco después de casarse con lord Haughston. Era muy leal, como todos los criados de Francesca. Algunas veces, no les había podido pagar el salario, pero Fenton nunca se había quejado, y ella estaba segura de que había cortado cualquier protesta de los demás sirvientes.

Francesca le sonrió.

–No. Estoy bien. Sólo tengo un poco de dolor de cabeza.

En el piso de arriba, obtuvo el mismo interrogatorio de su doncella, Maisie, que inmediatamente le deshizo el peinado a Francesca, le cepilló el pelo y la ayudó a desvestirse y ponerse el camisón. Después, salió del dormitorio en busca de agua de lavanda para calmar la jaqueca de su señora. En poco tiempo, Francesca se encontró metida en la cama, con un pañuelo empapado en agua de lavanda sobre la frente, y con la lámpara de queroseno reducida a su brillo más tenue.

Con un suspiro, Francesca cerró los ojos. No tenía sueño; era mucho más temprano de la hora a la que acostumbraba a retirarse. Y, en realidad, el dolor de cabeza se le había pasado en cuanto había vuelto a casa y se había soltado el pelo. Por desgracia, la melancolía que se había adueñado de ella durante el baile persistía.

Francesca no era una mujer que se detuviera demasiado en sus desgracias. Cuando su marido había muerto, cinco años antes, dejándole poco más que aquella casa en Londres, ella no se había quedado sentada retorciéndose las manos y lamentándose de su destino. Había hecho lo posible por sacar el mayor partido de sus recursos y pagar las deudas del difunto, y había reducido sus gastos al mínimo. Cerró parte de la casa y prescindió de varios sirvientes, y después comenzó a vender poco a poco las vajillas de plata y oro, e incluso sus propias joyas. También había aprendido rápidamente a vivir con economía, modernizando su vestuario en vez de comprar trajes nuevos, y usando el calzado hasta que se le desgastaba la suela.

Sin embargo, pronto había quedado claro que ni siquiera con un modo de vida espartano, dados sus pequeños ingresos, podría mantenerse a sí misma y al servicio. La mayoría de las mujeres, en su situación, habrían buscado un nuevo marido, pero después de su experiencia con el primero, Francesca había decidido que no emprendería aquel camino otra vez. Y, sin un matrimonio que la financiara, sabía que tendría que retirarse a casa de su padre, que había pasado a ser la de su hermano, y vivir de un modo dependiente durante el resto de su existencia.

En vez de hacer algo así, había buscado un modo de incrementar sus ingresos. No había trabajos para señoras, salvo ser acompañante o institutriz. Francesca no se sentía atraída por ninguna de las dos cosas, y además estaba segura de que nadie la habría contratado. Las habilidades que ella poseía, un gusto impecable, la capacidad de saber qué trajes y qué complementos favorecían a una mujer, un profundo conocimiento de la escena social de Londres, la capacidad de coquetear hasta el punto justo, así como el talento para animar la fiesta más aburrida o la situación más incómoda, no eran el tipo de cosas con el que se ganaba dinero.

Sin embargo, después de que otra dama de la alta sociedad le pidiera ayuda para que su hija poco agraciada tuviera éxito en la temporada social, Francesca pensó que sus habilidades eran bastante útiles para la primera ocupación de las madres de su círculo social: conseguir un buen matrimonio para sus hijas. Pocas mujeres podrían guiar mejor a una joven ingenua por las peligrosas aguas de una temporada social, y ninguna era tan buena a la hora de elegir el vestido perfecto o el accesorio que realzara la figura o disimulara un defecto, o el peinado más favorecedor para cualquier tipo de cara. La paciencia, el tacto y un gran sentido del humor la habían ayudado a soportar un matrimonio infeliz, así como quince años siendo una de las damas prominentes de la sociedad, una posición siempre peligrosa. Claramente, aquellas cualidades eran muy útiles a la hora de guiar a una joven hacia un buen matrimonio, e incluso, si era afortunada, hacia el amor.

Francesca llevaba formando parejas tres años, siempre con el elegante pretexto de hacerle un favor a una amiga, por supuesto, y había conseguido arreglárselas, aunque no vivir con holgura. Conseguía poner comida en la mesa, pagar a un modesto número de sirvientes y calentar la casa en invierno, siempre y cuando mantuviera cerradas las habitaciones más frías. Además, como llevaba muchas clientas a la modista y a las tiendas de sombreros y complementos, a menudo le regalaban un vestido que hubiera sido encargado pero no recogido por otra dama, y le vendían encajes, lazos y sombreros con considerables descuentos.

No era lo que había soñado cuando era jovencita, pero aunque tuviera que pasar mucho tiempo preocupándose de cómo pagar las cuentas, podía llevar una vida propia e independiente. En el fondo, estaba contenta con su vida. O al menos, lo había estado hasta últimamente; durante las semanas anteriores había comenzado a sentirse insatisfecha y sola.

Aquello era absurdo, porque su programa social estaba lleno de invitaciones para todas las noches de la semana, y recibía visitas diariamente. Nunca necesitaba compañero de baile, ni acompañante para una salida. Si había estado más sola durante aquellos días era únicamente por elección suya. No había tenido muchas ganas de salir ni de ver a nadie.

Echaba de menos a Callie, porque se había acostumbrado a estar con la muchacha y la casa se había quedado muy vacía sin ella, tal y como le había contado al duque. Y tenía que admitir que sentía remordimientos y culpabilidad por el terrible error que había cometido tantos años antes. Francesca suponía que no sería humana si no se planteara lo muy diferente que habría sido su vida de no haber roto el compromiso con el duque.

Si se hubiera casado con Rochford, no pasaría los días preocupándose de la economía doméstica. Sin embargo, aparte de los beneficios materiales, Francesca se preguntaba si no habría tenido una vida mucho más feliz con él.

¿Qué habría ocurrido si se hubiera casado con un hombre honorable en vez de casarse con un libertino? ¿Qué habría sucedido si se hubiera casado con un hombre del que hubiera estado verdaderamente enamorada? Recordó la emoción que sentía cuando estaba con Rochford entonces, la calidez que sentía cada vez que él le sonreía... el cosquilleo que notaba cada vez que él la besaba.

Su comportamiento con ella había sido muy correcto, y los pocos besos que le había dado habían sido muy castos. De todos modos, Francesca recordaba que a ella se le aceleraba el corazón cuando notaba la cercanía del duque, y se le llenaban todos los sentidos con su imagen, su sonido y su olor. En una o dos ocasiones, cuando él la había besado, ella había notado su gran pasión y cómo él la atraía hacia sí con fuerza. Sus labios la habían atrapado y le habían hecho abrir la boca antes de que el duque se alejara bruscamente, disculpándose por su falta de decoro. Francesca apenas había oído sus disculpas. Se había quedado mirándolo embobada, invadida por muchas sensaciones nuevas y extrañas, notando un calor que le había explotado en el abdomen, y se había estremecido, deseando más.

Si se hubiera casado con Rochford, quizá en aquel momento estuviera rodeada de hijos, quizá fuera honrada por su marido, quizá incluso fuera amada. Quizá fuera feliz.

Se le cayó una lágrima y se le deslizó por la mejilla. Abrió los ojos y se la secó con la mano. Qué tontería. Ya no era una jovencita de dieciocho años como para dejarse llevar por fantasías románticas.

La verdad era que, aunque habría podido tener hijos, su matrimonio con Sinclair probablemente también habría sido infeliz.

Cuando ella temblaba entre los brazos del duque, no sabía lo que llegaba después de los besos y los abrazos, ni que aquellas sensaciones seductoras terminarían cuando se enfrentara a la realidad del acto marital. Si se hubiera casado con el duque, el resultado habría sido el mismo. La única diferencia era que se hubiera vuelto fría y rígida con Rochford, y habría sido él y no Andrew quien se habría marchado de su cama maldiciendo y llamándola lady Hielo, o la duquesa de Hielo.

Sonrió con tristeza. El duque le había tenido cariño, pero era absurdo pensar que hubiera podido ganarse su amor con los años. Claro que él se habría comportado de un modo más honorable que Haughston. No la habría reprendido ni le habría pasado a sus amantes por delante de la nariz. Pero, sin duda, habría disfrutado tan poco de sus relaciones matrimoniales como Andrew. Él también habría perdido lo que hubiera podido sentir por ella cuando ella no hubiera podido responderle con ardor. Y, ¿cuánto del amor de Francesca se habría salvado después de soportar noche tras noche sus acometidas, con la esperanza de que no fueran dolorosas, y de suspirar de alivio cuando él se hubiera marchado?

No había ningún motivo para pensar que aquello hubiera podido ser distinto. Ella no se habría convertido en una mujer apasionada por arte de magia sólo por haberse casado con un hombre distinto. Habría sido peor haber visto el desencanto en el rostro de Rochford cuando se hubiera dado cuenta de que su mujer era fría en el dormitorio. Y habría sido peor temer las visitas nocturnas del hombre al que amaba.

No. Era mejor haber tenido aquella otra vida. Mejor tener recuerdos felices del amor que había sentido una vez. Rochford también habría estado agradecido de que ella no se hubiera casado con él de saber qué tipo de mujer era. Él todavía podía casarse y tener herederos.

De hecho, cualquiera de las mujeres que ella había elegido sería una buena esposa, y desempeñaría muy bien el papel de duquesa de Rochford. Él podría enamorarse perfectamente de alguna de ellas. Después de todo, Francesca había tenido mucho éxito formando parejas. El duque sería feliz, mucho más, sin duda, de lo que habría sido si se hubieran casado. Y eso también haría feliz a Francesca.

¿Por qué, entonces, la idea de arreglar aquella boda le dejaba un sentimiento de vacío por dentro?

CAPÍTULO 3

Francesca estaba paseando por los jardines de Dancy Park. Notaba el calor de los rayos del sol en la espalda, y el aire estaba perfumado de rosas. Bajo aquella luz dorada, las flores eran una profusión de color: el morado de la espuela de caballero, el blanco y amarillo de la boca de dragón, las peonías rosas y rojas, y por todas partes, rosales de todas las variedades que trepaban por los enrejados y los muros. La brisa mecía las plantas y agitaba las flores.

—Francesca.

Ella se volvió y vio a Rochford. El sol estaba tras él, de modo que no podía distinguir sus rasgos con claridad; pero conocía perfectamente su voz, su figura, su modo de andar. Francesca sonrió, emocionada.

—Te he visto desde mi despacho —dijo él mientras se le acercaba.

Su cara era todo ángulos y planos. Ella tuvo ganas de pasarle las yemas de los dedos por la piel. Al sol, sus ojos oscuros eran un poco más claros de lo que parecían en el interior de la casa. Tenía el iris de color chocolate. Francesca observó su boca firme y bien definida. Tenía unos labios muy atractivos, y al pensar en un beso, algo se le encogió en el vientre, formando un nudo caliente.

—Sinclair —susurró.

Notó una opresión en el pecho y en la garganta, como le ocurría a menudo cuando él estaba cerca. Le resultaba tan familiar como el jardín o la casa, y sin embargo, cuando estaba con él aquellos días, se sentía nerviosa y entusiasmada, llena de energía, como si fuera la primera vez que lo veía.

Él alzó la mano y se la posó en la mejilla. Su palma era dura y cálida, más cálida incluso que la caricia del sol. Con el pulgar, le rozó los labios con la suavidad de una pluma. La carne sensible de Francesca ardió de vida bajo su contacto.

El calor se le extendió por todo el cuerpo y se concentró en su vientre. Notó entre las piernas un latido que la sorprendió, e inhaló profundamente.

Observó con impaciencia cómo él bajaba la cabeza y cerraba los ojos y, por fin, la besaba. Con el brazo libre le rodeó la cintura y la apretó contra su cuerpo, y ella notó su fortaleza contra sí.

Francesca se dio cuenta de que el corazón le latía salvajemente en el pecho, y tuvo la sensación de que se deshacía como la cera caliente. Él apretó los labios contra su boca y se la abrió. Un apetito inesperado, desconocido, la invadió, y notó entre los muslos un dolor suave. Se echó a temblar, anhelando algo que estaba más allá de su alcance.

Francesca abrió los ojos de repente y se vio en la oscuridad, mirando ciegamente al techo. Tenía el pecho palpitante y la piel húmeda de sudor. El corazón le latía a toda velocidad y tenía un dolor dulce y caliente entre las piernas. Durante un momento se sintió perdida, sin saber dónde estaba ni qué había ocurrido.

Entonces se dio cuenta. Había tenido un sueño.

Se estremeció y se acurrucó entre las mantas. El aire estaba muy frío.

Había soñado con Rochford en su jardín de Dancy Park, antes de que ambos hubieran ido a Londres para pasar la primera temporada social de Francesca. ¿Era el joven Rochford a quien había visto en sueños? No recordaba exactamente cómo era su rostro.

Sí recordaba con claridad las sensaciones que le había producido aquel sueño, porque persistían aún. Cerró los ojos y se concentró durante un momento en aquellos sentimientos desconocidos. Era tan raro, tan impropio de ella tener un sueño así, lleno de calor y apetito. De nuevo, se estremeció.

Tenía la sensación de que no estaba completa, de que ansiaba algo que no entendía, de que estaba atrapada en un vacío.

¿Era aquello el deseo?, se preguntó. ¿Siempre dejaba así a una mujer, sola, sin saber si llorar o reír? Recordó el anhelo que la mantenía despierta en el pasado, pensando en Sinclair y en sus besos, esperando el día en que le perteneciera.

Claro que, entonces, ella no sabía todo lo que implicaba el hecho de pertenecerle a un hombre. Lo había averiguado la noche de bodas, cuando Andrew, que estaba borracho, la había manoseado con rudeza, le había arrancado el camisón y la había toqueteado. Francesca recordó la humillación que había sentido desnuda bajo sus ojos, el miedo repentino a haber cometido un terrible error.

Su marido la había mirado con lujuria mientas se desabrochaba el pantalón y se lo bajaba. Cuando su miembro se había liberado de la ropa, rojo y latiente, ella había cerrado los ojos con horror; él le separó las piernas sin miramientos y se hundió en su cuerpo rasgándole la carne tierna, y ella gritó de dolor. Sin embargo, él no se había dado por enterado; había continuado embistiendo una y otra vez hasta que se había desplomado sobre Francesca, empapado en sudor.

Ella había tardado un segundo en darse cuenta de que se había quedado dormido, y tuvo que retorcerse bajo él para conseguir salir. Después, se había puesto el camisón y se había acurrucado entre sollozos.

A la mañana siguiente, Andrew se había disculpado por causarle dolor, y le había asegurado que era la primera vez que le sucedía algo así. Francesca pensó que todo se debía a la embriaguez de su marido después de la celebración de la boda. Seguramente, la siguiente vez sería más suave y más cariñoso. Y, sabiendo lo que iba a ocurrir, no sería tan embarazoso y tan horrible.

Por supuesto, estaba equivocada. La vez siguiente no fue tan doloroso; pero no hubo felicidad ni deseo, ni nada de lo que ella había creído que había en un matrimonio. Sólo había habido la misma vergüenza y humillación mientras él le pasaba las manos por el cuerpo, le retorcía los pechos y las nalgas. La había dejado dolorida y golpeada, y ella había vuelto a llorar. En aquella ocasión, además, él estaba despierto, y al oírla, se había levantado maldiciendo y se había marchado de la cama.

Las cosas no habían mejorado. A medida que pasaba el tiempo, ya no le dolía tanto, pero siempre le resultaba incómodo y humillante. Además, Andrew se emborrachaba con asiduidad, y ella temía el momento en que aparecía en su habitación, oliendo a alcohol. Francesca aprendió a cerrar los ojos y a concentrarse en otra cosa mientras él estaba encima, esperando que todo terminara lo antes posible. Andrew la maldecía por su falta de animación y le decía que era fría como el hielo. Le recordaba a menudo que no tendría que tener amantes si ella fuera una mujer de verdad.

Francesca no podía negárselo. Sospechaba que su marido tenía razón, que ella no era como las otras mujeres. Se preguntaba si no se le habría roto algo por dentro cuando Rochford le había roto el corazón. Sin embargo, no podía evitar preguntarse si quizá Rochford hubiera sentido su frialdad incluso antes de casarse con ella, y por esa falta de pasión se había arrojado a los brazos de Daphne. ¿No lo habría hecho sólo porque se había dado cuenta de que era tan fría como un pez?

Francesca se había consolado pensando que al menos tendría hijos, pero incluso en aquello se había equivocado. Seis meses después de casarse se había quedado embarazada. Cuatro meses más tarde, mientras discutía con Andrew a causa de sus pérdidas en el juego, él la había agarrado por el brazo y, al intentar zafarse, Francesca se había caído por las escaleras. Horas después había perdido el niño, y el médico le había dicho con expresión grave que seguramente no podría tener más hijos.

Tenía razón. No había vuelto a quedarse embarazada. Aquellos habían sido los días más oscuros de su vida; había perdido la oportunidad de tener la familia que siempre había querido. No estaba segura de si alguna vez había querido a su marido, pero, ciertamente, cualquier amor había muerto cuando se habían casado. Y tenía que asumir que, además, no tendría hijos.

Andrew había comenzado a acudir menos y menos a su dormitorio, lo cual había sido un alivio. Además, a Francesca ya no le importaba que cada vez estuviera menos en casa, y que se pasara todo el tiempo bebiendo, con sus amantes; ya nunca volvió a reprocharle que jugara, por mucho que pusiera en peligro su precaria situación financiera.

Cuando había muerto al caer de un caballo debido a su embriaguez, Francesca no había derramado una sola lágrima por él. En realidad, había sentido una bendita libertad. Por muy difícil que hubiera sido para ella mantenerse a flote desde entonces, al menos había tenido el control de su propia vida. Y ya no tenía que preocuparse de que Andrew apareciera a exigirle sus deberes de esposa.

No había nada que pudiera ponerla de nuevo en aquella situación. No tenía ningún interés en casarse. Sabía que había hombres mucho mejores que lord Haughston, pero seguro que ninguno querría una esposa que no quisiera compartir su lecho. Y ella no quería mantener relaciones ni siquiera con un hombre agradable. Quizá fuera muy rara por su falta de apasionamiento, tal y como le había dicho Andrew. Sin embargo, ella sabía que era difícil que cambiara a su edad. Sencillamente, no tenía el don de la pasión.

Por todo aquello, el sueño que había tenido le resultaba muy extraño. ¿Qué era aquel calor que la había invadido? ¿Y qué significaba? ¿De dónde había surgido?

Con toda seguridad, aquel sueño había sido consecuencia de los recuerdos que había tenido aquella noche, pensamientos y emociones de quince años antes, cuando estaba enamorada de Rochford. Eran aquellas esperanzas adolescentes y aquellos sentimientos sin experiencia lo que se había entremezclado en sus sueños. Aquellos sentimientos no tenían nada que ver con la mujer estéril y vacía en la que se había convertido.

Nada en absoluto.

Dos días después, Francesca estaba con Maisie, estudiando las posibilidades de modernizar uno de sus vestidos, cuando su mayordomo llamó a la puerta para anunciar que sir Alan Sherbourne había ido a visitarla.

—¿Sir Alan? —preguntó ella—. ¿Lo conozco, Fenton?

—No creo, milady —respondió él.

—¿Y cree que debería recibirlo?

—Parece bastante inocuo. Un caballero que pasa la mayor parte del tiempo en el campo, en mi opinión.

—Entiendo. Bien, me ha picado la curiosidad. Hágalo pasar al gabinete.

Cuando Francesca entró en la estancia, unos instantes

más tarde, comprobó que su mayordomo había descrito a la perfección a sir Alan. Era de estatura media, con una cara agradable. Su porte, su forma de hablar y su actitud eran claramente los de un caballero, pero no tenía nada de arrogancia. Y, aunque su ropa era de calidad, no seguía la última moda, lo cual indicaba, tal y como había señalado Fenton, que no era un hombre de ciudad, algo que se confirmó a ojos de Francesca con la franqueza del visitante.

—¿Sir Alan? —dijo Francesca al entrar.

Él se volvió. Había estado contemplando el retrato que había sobre la chimenea, y al ver a la Francesca real abrió los ojos desmesuradamente.

—Lady Haughston. Os pido perdón... no me había dado cuenta... —se interrumpió con cierto sonrojo—. Disculpadme. No soy tan torpe normalmente. Me temo que no esperaba que lady Haughston fuera alguien tan joven y radiante.

Francesca no pudo contener una sonrisa. Siempre era agradable recibir un cumplido, sobre todo cuando parecía tan espontáneo y sorprendido como aquél.

—Oh, vaya —dijo ella en tono de broma—. ¿Es que alguien me ha descrito como una vieja bruja?

Él se ruborizó profundamente y comenzó a tartamudear.

—No... no... no, milady. Nadie me ha dicho nada semejante. Es sólo que he oído hablar de vuestra influencia y vuestras habilidades sociales, y me había imaginado a alguien mucho mayor. Una señora... una... —el caballero se quedó callado—. Lo estoy estropeando, claramente.

Francesca se rió.

—No os preocupéis. Os prometo que no me he ofendido. Por favor, sentaos, señor.

—Gracias —dijo él, y se acomodó en una butaca mientras ella tomaba asiento en el sofá—. Espero que perdonéis mi intromisión. Es presuntuoso por mi parte, lo sé, venir de visita sin conoceros, pero un amigo me dijo que quizá estuvierais dispuesta a ayudarme.

—¿De veras? Bueno, claro que lo estoy, si puedo.

—Es sobre mi hija. Harriet. Ha debutado este año.

—Entiendo.

El cometido de aquel padre estaba cada vez más claro para Francesca. Intentó recordar a una muchacha llamada Harriet Sherbourne, pero no pudo. Seguramente, aquél era el problema: no estaba causando sensación en su primera temporada.

—Soy viudo —continuó su visitante—. Harriet y yo llevamos seis años viviendo solos. Es una niña buena y dulce. Ha sido una magnífica compañía para mí, y sería una buena esposa para cualquier hombre. Más o menos, ha estado llevando mi casa desde que tenía catorce años. Pero, sin embargo, no parece que sea muy... atractiva aquí en Londres.

Frunció el ceño, con evidente asombro.

—Las cosas pueden ser difíciles para una chica joven cuando llega a la ciudad —le aseguró Francesca.

—No es que yo esté ansioso por verla casada —explicó él—. En realidad, sé que me quedaré muy solo cuando ella se vaya —añadió con una sonrisa de melancolía—. Pero detesto ver que Harriet no está disfrutando de esta temporada. ¿Cómo va a poder pasarlo bien, si siempre está junto a la pared, sentada, sin bailar?

–Exacto.

–Alguien me dijo que vos hacéis maravillas con las muchachas que han quedado, por decirlo de algún modo, apartadas de la carrera social. Sé que no tenéis ningún motivo para querer ayudarme, porque no nos conocéis de nada, pero esperaba que me dierais algún consejo. Me dijeron que sois muy generosa en ese sentido.

–Estaré encantada de poder ayudaros –le aseguró Francesca al caballero.

–Pero no estoy seguro de lo que podéis hacer –dijo su visitante con desconcierto.

–Yo tampoco –admitió Francesca–. Sin duda, ayudaría que pudiera conocer a vuestra hija.

–Claro, por supuesto. Si le parece bien que la visitemos, podría traerla cuando fuera posible.

–Muy bien. ¿Por qué no vienen a verme mañana por la tarde? Así, lady Harriet y yo podremos conocernos y me haré una idea más acertada de cuál es el problema.

–Excelente –respondió sir Alan con una sonrisa resplandeciente–. Sois muy amable, lady Haughston.

–Mientras, vos podríais contarme un poco de lo que... eh... os gustaría que le sucediera a lady Harriet durante esta temporada.

Él se quedó confuso.

–¿A qué se refiere?

–A menudo conozco a padres que tienen diferentes expectativas. Algunos quieren que sus hijas se casen rápidamente, y otros prefieren que el matrimonio sea ventajoso.

—Ah —dijo él, y su rostro se aclaró—. No tengo expectativas de matrimonio, milady. Es decir, si Harriet conoce a un joven agradable y adecuado con quien quiera casarse, sería estupendo, por supuesto. Sin embargo, mi hija es muy joven todavía, y no he oído que expresara su deseo de casarse. Yo sólo quiero que tenga una temporada social agradable. Nunca se queja, pero durante estos últimos años ha tenido más responsabilidad de la que debiera una chica de su edad. Se merece un poco de diversión. Por eso vinimos a Londres. Pero, en realidad... bueno, creo que se aburre con todas estas fiestas. A ella le gustaría bailar y conversar. Mi madre ha estado acompañando a Harriet, pero ya está mayor. Es una carga para ella ser la acompañante de la niña. Y, algunas veces, me pregunto si Harriet se divierte en las fiestas a las que asiste.

Francesca asintió. Cada vez entendía mejor la situación.

—Claro.

Sir Alan parecía un hombre agradable y bueno, alguien que sólo quería lo mejor para su hija. Sin embargo, la amabilidad no significaba que estuviera dispuesto a gastar dinero para conseguir su objetivo. Había muchos padres que querían que ella hiciera maravillas con su hija sin comprarle ropa, o que comprara un guardarropa adecuado con un presupuesto cicatero.

—He averiguado, con el paso del tiempo, que presentar adecuadamente a una muchacha en sociedad requiere ciertos ajustes en su forma de vestir, y eso conlleva gastos —dijo Francesca con delicadeza.

Él asintió.

—Por supuesto, si usted piensa que eso es lo mejor. Dejaré el asunto enteramente en sus manos. Me temo que mi madre no ha sido la mejor persona para elegir los trajes de mi hija para esta temporada.

—Y, sin duda, necesitaréis celebrar una fiesta —dijo Francesca. Al ver la expresión de consternación del hombre, ella añadió rápidamente—: O podemos celebrarla aquí. Yo me ocuparía de los preparativos.

—Sí —dijo él—. Oh, sí. Eso sería perfecto, si fuerais tan amable. Sólo tendrá que remitirme todas las facturas.

—Muy bien —dijo Francesca con una sonrisa. Siempre era agradable trabajar con un padre generoso, sobre todo con uno que estaba dispuesto a poner todos los asuntos y preparativos en sus manos.

Sir Alan le devolvió una amplia sonrisa de satisfacción.

—No sé cómo daros las gracias, lady Haughston. Estoy seguro de que Harriet se pondrá muy contenta. No quiero molestarla más. Ya la he importunado durante suficiente tiempo.

Él se marchó después de hacerle una amable reverencia, y Francesca subió las escaleras con mejor ánimo. Ocuparse de Harriet Sherbourne le proporcionaría algo que hacer, así como los ingresos que tanto necesitaba. Dada la calidad de las últimas comidas que le había preparado la cocinera, sabía que a Fenton debía de habérsele terminado el dinero que el duque le había enviado a través de su representante para la manutención de Callie mientras la muchacha estaba viviendo con Francesca. Como de costumbre, el mayordomo y la cocinera habían hecho magia con aquel dinero, y lo habían aprovechado de modo que había durado hasta varias semanas después de que Callie se hubiera marchado.

La casa todavía tenía solvencia, y seguiría así hasta el final de la temporada, gracias al regalo que le había enviado a Francesca la abuela de Callie, la duquesa viuda. Cuando Callie se había marchado, le había regalado a Francesca un camafeo que a la muchacha le había dejado su madre. El regalo se había convertido al instante en algo muy querido para Francesca, tanto que no había podido deshacerse de él, ni siquiera pensando en el dinero que le habrían pagado por la joya. Sin embargo, poco después, la duquesa le había enviado un precioso conjunto de tocador de plata para agradecerle que se hubiera hecho cargo de la organización de la boda de su nieta y le hubiera quitado de encima un peso tan grande. Francesca lamentó mucho tener que vender la bandeja labrada, el conjunto de cajitas, de frascos de perfume y de botellitas, porque eran una maravilla. Sin embargo, el día anterior se lo había dado a Maisie para que lo llevara a vender a la joyería.

Sabía, no obstante, que aquel dinero no iba a durar siempre, y que cuando terminara la temporada vendrían el otoño y el invierno y habría muy pocas oportunidades de conseguir más ingresos. Lo que pudiera ganar ayudando a la hija de Sir Alan sería bienvenido. Además, la vida siempre era mejor cuando tenía un proyecto en el que trabajar. Por lo tanto, dos proyectos alejarían el ataque de tristeza que había sufrido la otra noche.

Por otro lado, se animó todavía más cuando Maisie le dijo que había recordado un encaje plateado que había salvado el otoño anterior de un viejo vestido de noche, ya descartado. La doncella estaba segura de que era perfecto para arreglar el traje de color gris perla que Francesca iba a llevar al teatro.

Ambas mujeres pasaron el resto de la tarde rehaciendo el vestido en cuestión, trabajando con alegría. Cambiaron la sobrefalda por otra de gasa plateada que le quitaron a otro traje, y añadieron una banda de encaje alrededor del bajo, el escote y las mangas. Después del arreglo, el vestido no se parecía en absoluto al del año anterior. Francesca pensó que estaría aceptable con él, y que no parecería en absoluto una mujer que se acercaba a su trigésimo tercer cumpleaños.

Cuando llegó la noche del martes, el día en que Francesca se había citado con lady Althea y el duque para ir al teatro, Rochford llegó, como era de esperar, un poco antes de la hora acordada. No era tan común que Francesca también estuviera preparada con antelación. Sin embargo, cuando Fenton le dijo que Rochford estaba en el salón, ella se entretuvo unos minutos antes de bajar a saludarlo. No era adecuado que una dama se mostrara ansiosa, aunque el hombre en cuestión fuera un amigo y no un pretendiente.

El mayordomo había hecho pasar a Rochford al salón principal, y el duque estaba admirando el retrato de Francesca que colgaba sobre la chimenea. El retrato se había pintado cuando Francesca se había casado con lord Haughston, y llevaba tanto tiempo allí que ella ya no lo miraba nunca. Era como una pieza de mobiliario.

En aquel momento lo observó, sin embargo, y se

preguntó si sería cierto que entonces tenía una piel tan cristalina y aterciopelada, o si era sólo un ejemplo de la destreza del artista.

Rochford miró hacia atrás al oír sus pasos y, durante un momento, hubo algo en su rostro que hizo que Francesca se detuviera en seco. Pero entonces, el momento pasó. Él sonrió, y Francesca no pudo saber qué había visto exactamente en su semblante. Fuera lo que fuera, le había dejado el corazón acelerado.

—Rochford —le dijo, caminando hacia él con la mano extendida para estrechar la de él.

Él se volvió por completo y entonces ella se dio cuenta de que tenía un ramo de rosas blancas en la mano. Francesca se detuvo de nuevo, se llevó la mano al pecho con satisfacción y sorpresa.

—¡Qué bonitas! Gracias.

Cuando tomó el ramo, tenía las mejillas sonrojadas.

—Llego muy pronto, lo sé, pero pensé que para cuando nos separemos esta noche será vuestro cumpleaños.

—¡Oh! —la sonrisa que se le dibujó en los labios a Francesca fue resplandeciente—. Os habéis acordado.

—Por supuesto.

Francesca escondió la nariz entre las flores e inhaló su aroma, pero sabía que su acción era más para esconder su rubor de gratificación que para oler las flores.

—Gracias —le dijo de nuevo, mirándolo. No sabía por qué le provocaba tanta alegría que él se hubiera acordado de su cumpleaños y que le hubiera llevado flores. Sin embargo, se sentía mucho más ligera de lo que se había sentido durante toda la semana.

—De nada —dijo él. Sus ojos eran muy oscuros, e insondables a la luz tenue de las velas.

Francesca se preguntó en qué estaría pensando él. ¿Recordaba cómo era ella quince años antes? ¿La encontraría muy cambiada?

Avergonzada por lo que estaba cavilando, se volvió y tocó la campanilla para avisar a Fenton. El mayordomo, tan eficiente como siempre, había visto al recibir al duque que éste llevaba un ramo de rosas en la mano, y apareció con un jarrón. Lo puso sobre la mesa baja que había frente al sofá y Francesca se entretuvo unos instantes disponiendo las flores en él.

—Espero, sin embargo —dijo, mirando el ramo en vez de a Rochford—, que vuestra memoria sea lo suficientemente amable como para no recordar el número de años que he cumplido tan bien como la fecha del cumpleaños.

—Vuestro secreto está a salvo conmigo —le dijo él, con una seriedad burlona—. Aunque os aseguro que si yo revelara vuestra edad, nadie se lo creería, dado el aspecto que tenéis.

—Una mentira muy bonita —respondió Francesca, y al sonreír, se le formó un hoyuelo en la mejilla.

—No es mentira —protestó él—. Estaba mirando vuestro retrato, y pensando en que estáis exactamente igual que entonces.

Ella estaba a punto de lanzarle una réplica cuando, de repente, el recuerdo del sueño que había tenido aquella noche le invadió la mente. Francesca se quedó mirando a Rochford, sin aliento, y sólo pudo pensar en cómo la miraba a la cara, y en el roce de terciopelo de sus labios cuando sus bocas se encontraran.

Se ruborizó profundamente y la expresión de la cara de Rochford cambió. Se le oscurecieron los ojos de forma casi imperceptible. Francesca pensó que estaba a punto de besarla, y de repente, su cuerpo hirvió de impaciencia.

CAPÍTULO 4

Pero, por supuesto, él no la besó. En vez de hacerlo, dio un paso atrás, y ella se dio cuenta de que su rostro había recuperado la habitual expresión reservada y que no había nada de lo que ella había creído ver. Pensó que era un efecto de la luz, de algún cambio de las sombras. Sin duda, Fenton no había encendido las velas para economizar.

–Me sorprende que no deis una fiesta para celebrar la ocasión –dijo Rochford con algo de rigidez.

Francesca se volvió mientras intentaba calmarse el tumulto de mariposas que tenía en el estómago. No iba a pensar en aquel ridículo sueño. No significaba nada. Y Rochford no sabía nada, de todos modos. No había motivo para sentirse azorada e inquieta.

–No seáis absurdo –le dijo ella secamente, mientras se sentaba y le indicaba una butaca para que él hiciera lo propio–. He llegado a una edad en la que nadie quiere atraer la atención sobre su edad.

—Pero priváis a todos de la oportunidad de celebrar vuestra presencia entre nosotros, los mortales comunes.

Ella lo miró con ironía.

—Un poco exagerado, ¿no?

Él le devolvió la mirada.

—Mi querida Francesca, vos debéis estar acostumbrada a que os llamen divina.

—No por un hombre que es bien conocido en toda la ciudad por ser fiel a la verdad.

Él se rió.

—Me rindo. Claramente, estoy en desigualdad de condiciones. Me doy cuenta de que es imposible tener la última palabra mientras se miden ingenios con vos.

—Es muy agradable oír que lo admitís —respondió ella con una sonrisa—. Y ahora... creo que lady Althea nos estará esperando.

—Sí, claro —respondió Rochford. Sin embargo, no parecía que la velada lo tuviera tan impaciente como ella hubiera pensado.

Por otra parte, Francesca había imaginado que aquélla sería una batalla enconada con Rochford. Él no era muy dado a los cambios, y sería difícil alterar la que había sido su vida durante muchos años. Además, Francesca no estaba totalmente segura de si lady Althea era la mujer más indicada para Rochford. Era una muchacha un poco altiva, y aunque eso no fuera un problema para una duquesa, Francesca no sabía si haría feliz al duque. Aunque Rochford era muy capaz de poner su «cara de duque», tal y como había dicho Callie, cuando le convenía, no era un hombre que se tomara demasiado en serio la mayor parte del tiempo. Podía conversar con una persona de cualquier estrato social, y Francesca no recordaba una sola ocasión en la que hubiera estado tan preocupado de su dignidad como para no escuchar o ayudar a alguien.

Francesca lo miró mientras salían de su casa y se aproximaban a su elegante carruaje. Aquel vehículo era un ejemplo de la falta de soberbia de Rochford. Aunque era de buena factura y, evidentemente, muy caro, no llevaba el emblema ducal en el costado. Él nunca había buscado la admiración de la gente, ni sentía la necesidad de anunciar su nombre ni su estatus públicamente.

Rochford la ayudó a subir al coche y se acomodó frente a ella. Estaba oscuro en el interior de la cabina, y era mucho más íntimo estar sentado allí que en una de las butacas de su salón; además, Francesca tenía la sensación de que él la miraba, y aunque no había ninguna razón por la que no tuviera que mirarla, sentados como estaban uno frente al otro, ella no pudo evitar sentirse nerviosa, inquieta. Fue un alivio que el trayecto hasta la casa de lady Althea durara tan sólo unos minutos.

Unos instantes después de que se detuvieran frente a la entrada de la casa, un lacayo puso un taburete junto a los escalones para que lady Althea pudiera subir. Francesca oyó que la muchacha decía en tono de decepción:

—Oh, entonces, ¿no habéis traído el carruaje ducal?

Rochford miró a Francesca, que estaba observándolos por la ventana del coche, y arqueó una ceja sardónicamente. Francesca tuvo que ponerse la mano sobre la boca para ocultar su sonrisa.

—No, milady, me temo que es mi abuela quien usa el carruaje con el emblema. De todos modos, podría decirse que éste es el carruaje ducal, puesto que me pertenece.

Lady Althea lo miró con desconcierto.

—Sí, por supuesto, pero, ¿cómo va a saberlo la gente?

Francesca reprimió un suspiro. Parecía que lady Althea no tenía mucho sentido del humor.

—Muy cierto —murmuró el duque, tendiéndole la mano para ayudarla a subir al coche.

Althea se sentó junto a Francesca y la saludó con un asentimiento grave.

—Buenas noches, lady Haughston.

—Buenas noches —dijo Francesca con una sonrisa—. Qué encantadora estáis.

—Gracias.

A Francesca sólo le molestó un poco que lady Althea no le devolviera el cumplido. Fue mucho más molesto que, tras su breve respuesta, Althea no hiciera ningún esfuerzo por decir nada que pudiera continuar con la conversación.

—Espero que vuestros padres se encuentren bien —dijo Francesca animosamente.

—Sí, muy bien, gracias. Papá apenas se pone enfermo. Es cosa de la familia Robart, claro.

—¿De veras? —preguntó Francesca, que notó la diversión reflejada en los ojos del duque. Althea, pensó con una punzada de irritación, no hacía nada por causar buena impresión—. ¿Y está disfrutando lady Robart de esta temporada? Confieso que la he visto muy pocas veces este verano.

—Pasa mucho tiempo con mi madrina —comentó Althea—. Lady Ernesta Davenport. La hermana de lord Rodney Ashenham.

—Ah —dijo Francesca. Conocía a Ashenham y a su hermana. Ambos eran unos mojigatos. Lady Davenport le había dicho en una ocasión a Francesca que una dama de verdad no se reía en voz alta, que sólo lo hacían las mujeres ordinarias, cuando Francesca había estallado en risitas por una tontería u otra durante su primera temporada.

—Crecieron juntas —continuó Althea—. Después de todo, son primas carnales.

—Entiendo.

Aparentemente, Althea se tomó aquella respuesta como una muestra de interés, porque continuó bastante tiempo explorando el árbol genealógico de los Ashenham, que debían de tener lazos con todas las familias prominentes de Inglaterra.

Francesca mantuvo una expresión cortés mientras escuchaba, pero, mientras, pensaba en todos los zapatos que tenía, intentando dar con un par que hiciera juego con el vestido de color verde que había visto en el taller de la señorita du Plessis la semana anterior. La modista le había dicho que estaba esperando compradora, puesto que quien lo había encargado no había pagado el último plazo. La modista había admitido que no pensaba que la compradora volviera por él, y había accedido a vendérselo a Francesca por un tercio de su valor total si la clienta no lo había retirado en una semana.

El vestido era demasiado largo, pero Maisie lo remediaría fácilmente, y Francesca sabía que necesitaba un vestido nuevo. Renovar un vestido antiguo para que pareciera nuevo podía hacerse en un número determinado de ocasiones, y no se podía acudir con él a menudo a los bailes. El orgullo era un pecado, pero ella no podía soportar que la gente supiera lo cerca que estaba de la penuria.

—¿Lady Haughston?

Francesca alzó la vista rápidamente, consciente de que llevaba demasiado tiempo absorta en sus pensamientos.

—¿Qué? Lo siento. Debo de haberme distraído.

—Ya hemos llegado —le dijo Althea con algo de sequedad.

—Ah, es cierto —dijo Francesca. Miró por la ventanilla y vio el edificio del Teatro Real.

Sospechaba que había irritado a Althea al haberse quedado en las nubes de aquella forma, pero la chica debería saber que analizar el árbol genealógico de su familia no era el modo de capturar la atención de nadie. Francesca tendría que pensar en algún modo para conseguir versar a la muchacha en el arte de la conversación si quería que tuviera alguna oportunidad con Rochford. Por supuesto, en caso de que decidiera que lady Althea era la mujer que quería para él. Francesca estaba empezando a tener sus dudas.

Rochford salió del vehículo con agilidad y se volvió para ayudar a bajar a las mujeres. Francesca se las arregló para permanecer un poco atrás mientras entraban al teatro para que Rochford caminara junto a Althea a solas. Después de todo, debía darle la oportunidad de que conociera mejor a la muchacha. Quizá Althea estuviera nerviosa por la situación. Algunas veces, Rochford producía aquel efecto en la gente. Y a menudo, el nerviosismo hacía que la gente hablara de las cosas más intrascendentes.

Francesca los miró. La cabeza morena de Rochford estaba ligeramente inclinada hacia Althea. Iba escuchándola. Quizá a él no le hubiera importado su conversación anterior; Francesca había visto a maridos que estaban conformes con las esposas más bobas. Y Althea era atractiva.

Pensó que debería ir a visitar a alguien a su palco durante el intermedio de la obra; de ese modo, la pareja tendría la oportunidad de charlar a solas sin que hubiera nada impropio, dado que todo el público estaría a su alrededor. Antes de que comenzara la obra, Francesca tendría que buscar a algún conocido para poder ir a saludarlo durante el descanso.

Miró a su alrededor, a la gente que entraba en el teatro. Notó un roce en el codo, se dio la vuelta y vio que Rochford la miraba con desconcierto. Althea y él se habían quedado atrás.

–¿Distraída de nuevo, lady Haughston? –le preguntó con una ligera sonrisa.

–Oh, eh... –Francesca notó que se ruborizaba–. Pido disculpas. No sé qué me pasa esta noche.

Continuaron su camino hasta el palco del duque. Francesca se las arregló para sentarse junto a la pared y dejar a Althea entre Rochford y ella. De nuevo, se separó de su conversación y se inclinó ligeramente hacia delante y, con los prismáticos, inspeccionó a los demás ocupantes del teatro.

Vio a la señora Everson con su marido y sus dos hijas. Francesca supuso que podría ir a visitarlos después, aunque no fuera de lo más apetecible. Bajó las gafas y les hizo una seña de saludo, por si acaso. Después siguió su búsqueda. Ojalá le hubiera pedido a sir Lucien que asistiera con alguien aquella noche, porque entonces podría haber ido a verlo y habría tenido una conversación animada.

Mientras buscaba, tuvo la extraña sensación de que la estaban observando. Bajó los prismáticos y miró por todo el teatro. Entonces se le escapó una exclamación de sorpresa y apretó el abanico con fuerza, sin darse cuenta.

—¿Francesca? ¿Qué ocurre? —le preguntó Rochford. El duque se inclinó hacia delante y siguió su mirada.

—¡Demonios! —exclamó suavemente—. Perkins.

—¿Qué está haciendo aquí? —preguntó Francesca con disgusto.

—¿Quién? —inquirió lady Althea, mirando hacia abajo.

—Galen Perkins —respondió Rochford.

—No me suena ese nombre.

—No tiene por qué —respondió Francesca—. Ese hombre llevaba años fuera del país.

—Es un canalla —añadió Rochford, mirando de reojo a Francesca.

Él sabía que Perkins era uno de los amigos de su difunto esposo. Aunque provenía de una rama sin importancia de una buena familia, había hecho todo lo posible por manchar su buen nombre. Era jugador y bebedor, y había sido el compañero de lord Haughston en muchas de sus aventuras más salvajes. Aquel hombre se había atrevido incluso a insinuarse a Francesca pese a tener amistad con su marido.

—¿Qué hace de vuelta en Inglaterra? —preguntó Francesca. Después le dijo a Althea—: Tuvo que marcharse hace varios años porque mató a un hombre en un duelo.

Althea abrió unos ojos como platos.

—Oh, vaya. ¿A quién?

—Avery Bagshaw, el hijo de sir Gerald —le dijo el duque—. Como sir Gerald murió hace poco, seguramente Perkins ha pensado que ya era seguro volver. Sin que sir Gerald apremie a las autoridades para que lo detengan, es improbable que hagan algo al respecto. Ocurrió hace siete u ocho años, y además, son proclives a hacer la vista gorda con estas cosas.

—Bueno, estoy segura de que no lo recibirán en ninguna parte —dijo lady Althea, como si aquel fuera el peor de los castigos.

—No. Estoy segura de que no —convino Francesca.

Era terrible que aquel hombre pudiera vivir libremente después de lo que había hecho. Al menos, ella no tendría que relacionarse con él. Como Andrew ya no estaba, él no iría a su casa, y Althea tenía razón cuando decía que nadie de la buena sociedad iba a recibirlo, así que no asistiría a ninguna fiesta.

Se quitó a Galen de la cabeza y se volvió hacia sus acompañantes. La conversación había decaído un poco mientras ella había estado inspeccionando el teatro, y Rochford y Althea se habían quedado en silencio cuando habían dejado de hablar de Galen Perkins.

Francesca comenzó a conversar otra vez animadamente.

—¿Habéis leído el último libro? —preguntó.

—¿Lady Rumor? —dijo Rochford, con una sonrisa.

—¿Quién? —preguntó Althea—. ¿Lady quién?

—Rumor. Es un sobrenombre —explicó Francesca—. Nadie sabe quién es. Se dice que es un miembro de nuestro círculo social.

Althea la miró sin comprender nada.

—¿Y por qué desearía alguien de nuestro círculo social escribir un libro?

—Se supone que está lleno de escándalos y rumores, disimulados, claro. Todo el mundo está temblando de miedo por si figura en él —continuó Francesca.

—Ah, pero qué desilusionados quedarán si no se les menciona —añadió Rochford.

Francesca se rió.

—Cierto.

—Pero eso es absurdo —dijo Althea, con el ceño fruncido—. Nadie puede desear estar en un libro de escándalos. Eso sería una mancha en el nombre de una persona.

Francesca pensó que realmente Althea Robart no tenía sentido del humor. Miró a Rochford y vio que tenía una mirada divertida.

—Tenéis razón, por supuesto, lady Althea —dijo él—. No entiendo por qué he pensado algo así —añadió. Le lanzó una mirada chistosa a Francesca, y ella tuvo que darse la vuelta para ocultar su sonrisa. Después cambió de tema.

—Falta poco tiempo para el baile de Lady Symington. ¿Vais a asistir, lady Althea?

—Oh, sí. Es prima segunda de mi padre.

Francesca reprimió un gruñido.

—Ah, parece que ya van a apagar las luces —dijo Rochford—. La obra está a punto de comenzar.

—Vaya, sí —respondió Francesca, aliviada, y fijó su atención en el escenario.

Sin embargo, no se interesó demasiado por la representación. Estaba mucho más preocupada por sus planes. Claramente, no conseguía que Althea se involucrara en una conversación interesante. Sería mejor que llevara a cabo su plan de visitar a alguien durante el intermedio para que la muchacha y el duque pudieran estar a solas en el palco. Estaba cada vez más segura de que lady Althea no era la esposa adecuada para Rochford, pero de todos modos debía darle una oportunidad. Quizá a solas con él floreciera de algún modo.

Por lo tanto, en cuanto encendieron las luces, Francesca se levantó y se volvió hacia sus compañeros. Sin embargo, Rochford había sido más rápido. Él también se había levantado, y antes de que ella pudiera hablar, dijo:

—Señoras, ¿traigo unos refrescos?

—Sois muy amable —respondió Francesca—. Para mí no, gracias. Creo que voy a saludar a la señora Everson. Pero quizá lady Althea desee beber algo.

Rochford se quedó mirándola con asombro.

—¿La señora Everson?

—Sí. Está allí abajo —dijo Francesca, señalando vagamente hacia el patio de butacas.

—Sí. Yo también la he visto —replicó Rochford—. Bueno, entonces... por favor, permitidme que os acompañe.

—¿Cómo? —exclamó Francesca, y fue ella quien lo miró con extrañeza en aquella ocasión—. ¿Vos?

Francesca sabía que el duque evitaba al señor Everson como a la peste desde que el hombre había intentado embrollar a Rochford en una dudosa inversión en la India. ¿Por qué se ofrecía voluntario para ir a saludar a su familia, entonces?

—Sí —dijo él con una mirada anodina—. Yo.

—Pero yo... es decir...

—¿Sí? —Rochford arqueó una ceja de aquel modo tan molesto suyo.

Francesca tragó saliva.

—Claro. Qué amable sois. Lady Althea, ¿os gustaría acompañarnos?

Althea asintió, aunque sin mucho interés.

—Sí, de acuerdo.

Rochford se apartó para cederles el paso a las señoras, pero cuando Francesca estaba a medio camino hacia la salida, alguien llamó a la puerta y entró.

Era Galen Perkins.

Francesca se detuvo bruscamente y, durante un instante, se hizo el silencio en la pequeña habitación. Después, Perkins hizo una reverencia y pasó.

—Lady Haughston. Estáis más bella que nunca. Creía que después de ocho años habríais envejecido, pero está claro que habéis descubierto una poción mágica.

—Señor Perkins —dijo Francesca con frialdad, pensando que de él no podía decirse lo mismo. Después de años de vida disipada, estaba arrugado y delgado, y en sus ojos azul pálido había una mirada de hastío.

—Por favor, aceptad mis condolencias por vuestra pérdida. Lord Haughston era amigo mío, y sentí mucho estar fuera del país cuando falleció.

—Gracias.

Rochford se adelantó y se puso junto a Francesca.

—Perkins.

—Rochford —respondió el otro hombre, divertido por el gesto del duque.

—Me sorprende veros aquí —le dijo Rochford.

—¿De veras? Quería hablar con lady Haughston. No podía pasar por algo la presencia de una vieja amiga.

—Nunca fuimos amigos —le respondió Francesca.

—Qué palabras tan duras —respondió Perkins, sin perder su sonrisa desdeñosa—. Nos conocemos desde hace muchos años, y no hubiera imaginado que seríais tan poco amable.

—No quería decir que me sorprendiera veros en el palco —le dijo Rochford con firmeza—. Aunque es presuntuoso, porque no teníais invitación. Lo que quiero decir es que me sorprende veros en Londres después de vuestra precipitada marcha, hace ocho años.

—Eso es el pasado.

—La vida de un hombre no puede ignorarse con tanta facilidad —replicó Rochford.

—Veo que no habéis cambiado —respondió Perkins—. Siempre fuisteis un moralista —después se volvió hacia Francesca—. ¿Habéis puesto los ojos en algo más alto esta vez, querida? Me pregunto lo que pensaría el pobre Andrew.

Francesca se puso rígida. Durante aquellos años,

había olvidado lo mucho que detestaba a aquel hombre.

El duque habló antes de que ella pudiera responderle adecuadamente.

—Creo que es hora de que os vayáis, señor Perkins.

—Por supuesto, Excelencia —dijo él, pero el tratamiento pareció un insulto en sus labios. Perkins hizo una reverencia hacia Francesca y Althea—. Señoras.

Se dio la vuelta y se marchó. Durante un instante, nadie habló. Después, Althea dijo:

—Realmente, es un hombre detestable. Lady Haughston, no me digáis que teníais relación con él.

—No, no la tenía —respondió Francesca con irritación—. Era un conocido de mi difunto marido, eso es todo.

—Ha sido una grosería que se presentara aquí —comentó lady Althea.

—No creo que al señor Perkins le preocupe mucho eso —dijo Rochford con sequedad.

—Bueno, ya no tenemos tiempo para ir a saludar a la señora Everson —dijo Francesca—. Vamos a sentarnos de nuevo, lady Althea.

Durante el siguiente acto, Francesca intentó distinguir si Rochford miraba a Althea, pero sus ojos estaban siempre en el escenario, salvo en una ocasión, y él la estaba mirando a ella. Francesca enrojeció hasta la línea del pelo, y agradeció que estuvieran a oscuras. Esperaba que sus intenciones no hubieran sido demasiado evidentes. Rochford siempre había sido muy rápido a la hora de darse cuenta de las cosas, y si se percataba de sus planes, le ordenaría que lo dejara inmediatamente.

Cuando terminó la representación, Rochford acompañó a las señoras a casa. Acompañó amablemente a Althea hasta la puerta de su casa y volvió al carruaje para llevar a Francesca. El mayordomo abrió la puerta y después, con una reverencia, se fue a la cama. Francesca se volvió hacia Rochford.

De repente, ella se sentía muy consciente del silencio que los rodeaba. Estaban solos; los sirvientes estaban acostados. Por toda luz había unas velas encendidas en un candelabro sobre la mesa.

Francesca miró a Rochford y se le encogió el estómago. Su expresión era de enfado. Tenía el ceño fruncido y los labios apretados. Le brillaban intensamente los ojos.

—¿Qué demonios te crees que estás haciendo?

CAPÍTULO 5

Francesca parpadeó. Por un momento se quedó tan asombrada que no pudo pensar con claridad. Después elevó la barbilla y respondió en un tono gélido:

—¿Cómo? No tengo ni la más mínima idea de qué queréis decir.

—Por favor, Francesca. Esa expresión de inocencia puede engañar a otros, pero no a mí, que te conozco desde que eras una niña. Estoy hablando de tu actuación de esta noche.

—¿Actuación? ¿No te parece que eres un poco dramático?

—No. ¿De qué modo lo llamarías tú? Primero, te las ingenias para que vayamos los tres juntos al teatro. Después, cuando llegamos, no has dejado de preguntar «¿Qué os parece esto, lady Althea?», «¿Os gusta ese compositor, lady Althea?». Por no mencionar que has querido dejarnos solos durante el descanso para ir a ver a los Everson. Admítelo. Prácticamente, me has echado encima a lady Althea Robart esta noche. Tengo que decir que no es propio de ti ser tan torpe.

—Sí, bueno, si esa mujer hubiera tenido la más mínima idea de cómo conversar con un hombre, no habría tenido que serlo —replicó Francesca en tono ofendido.

—¿Por qué? No me digas que ella ha puesto sus ojos en mí. No me imagino que pueda rebajarse a perseguir a alguien. Ni tampoco me imagino que su madre haya decidido pedirle ayuda a nadie.

—No. Nadie me ha pedido ayuda. Althea no está intentando cazarte. Creo que eso debe quedar claro.

—Te lo preguntaré de nuevo. ¿Por qué?

—¿Es que no puedes aceptar que sólo estaba intentando hacerte un favor?

—¿Cargándome con una mujer que es capaz de recitar cinco generaciones del árbol genealógico de su familia?

—No sabía que era tan aburrida —admitió Francesca—. No la conocía bien.

—Y sin embargo, ¿pensabas que era la mujer perfecta para mí?

—No. Pensé que sólo es una de entre varias candidatas.

Él se quedó mirándola fijamente, sin habla. Finalmente, pronunciando cada una de las palabras con cuidado, dijo:

—¿Por qué tienes candidatas?

—De verdad, Sinclair, ya es hora de que te cases. Después de todo, tienes treinta y ocho años, y siendo el duque de Rochford, tienes el deber de...

—Sé muy bien cuántos años tengo, gracias. Y también sé cuáles son mis deberes como duque de Rochford. Lo que no entiendo es por qué has pensado que yo estaba buscando esposa. ¡Ni por qué tú debías ser la que me proporcionara las candidatas!

—¡Rochford! —susurró Francesca, mirando hacia las escaleras—. Shh. Te van a oír los sirvientes.

Ella se volvió y tomó el candelabro. Después condujo a Rochford al gabinete, dejó el candelabro en una mesa y cerró la puerta.

—Muy bien —le dijo, y se irguió de hombros—. Te lo diré, ya que eres tan insistente.

—Por favor.

—Quería ayudarte. Miré a mi alrededor y encontré varias mujeres que me parecieron... cualificadas para ser tu duquesa. No estaba intentando cargarte con ninguna de ellas, sólo quería que las conocieras, de modo que quizá te dieras cuenta de que tenías afinidad con alguna de ellas.

—Todavía no me has explicado por qué has pensado que debías hacer esto.

—¡Por lo que te hice! —exclamó Francesca, con los ojos llenos de lágrimas. Respiró profundamente para calmarse y prosiguió—. Porque creí lo que me dijo Daphne, en vez de creerte a ti. Rompí nuestro compromiso. Quería compensarte por el error que cometí hace quince años.

Rochford la miró durante un largo instante. Después, con una voz terriblemente serena, dijo:

—Rompiste nuestro compromiso, y cuando averiguas

que te equivocaste, ¿es ésta tu respuesta? ¿Encontrarme una esposa para sustituir a la que perdí?

—No, por supuesto que no —respondió Francesca—. Haces que suene espantoso.

—¿Y cómo va a sonar?

—No te estaba ofreciendo a lady Althea como sustituta. Eso es absurdo. Sólo pensé... Sé que no te has casado durante todos estos años. Y temía que... bueno, que lo que te hice te hubiera influido en contra del matrimonio. Que te hubiera hecho pensar que no se podía confiar en las mujeres, que todas iban a fallarte. Me sentía responsable.

—El hecho de no casarme fue elección mía, Francesca.

—No puedo evitar pensar que, si yo no hubiera hecho lo que hice, te habrías casado hace mucho tiempo —insistió ella—. Estaba preocupada por ti, y pensé que como tengo esta habilidad de emparejar a la gente, podría ayudarte. No quería que te disgustaras, de veras. Es obvio que necesitas casarte.

Él hizo una mueca de desagrado.

—Estás hablando como mi abuela.

Se volvió, dio unas cuantas zancadas y después se giró nuevamente hacia ella.

—¿Es que piensas que soy tan incapaz de cortejar a una mujer que has creído que debías hacerlo por mí? ¿Tan falto de encanto? ¿Piensas que asustaré a mi posible prometida si tengo que valerme por mí mismo?

Francesca lo miró con los ojos muy abiertos.

—Yo... yo...

Él se acercó a ella con una expresión de ira.

—¿Soy tan torpe? Dime, tú deberías saberlo. ¿Fue mi cortejo tan horroroso?

Se detuvo ante Francesca, y ella lo miró con estupefacción. Su furia era abrumadora. Parecía tan grande, tan cercano, con los ojos tan llenos de fuego...

—¿Fueron mis besos tan poco agradables? —prosiguió él, en voz tan baja que Francesca apenas lo oía—. ¿Fueron mis caricias tan repulsivas para ti?

Entonces, asombrándola todavía más, la agarró por los brazos, la atrajo hacia sí y la besó.

Francesca se quedó inmóvil. Todos los pensamientos se le borraron de la mente. No percibía nada más que el fiero contacto de sus dedos sobre los antebrazos y la presión caliente y dura de sus labios. Una llamarada estalló en su interior y se echó a temblar, completamente perpleja por su reacción y por lo que había hecho Rochford.

Él movió los labios insistentemente hasta que ella abrió la boca, y él le hundió la lengua. Francesca notó una oleada de calor y un cosquilleo en la piel. Se sintió mareada, débil, como si fuera a caerse al suelo de no ser porque él la estaba sujetando por los brazos.

Tan repentinamente como la había besado, la soltó. Rochford tenía los ojos muy abiertos, muy brillantes. Soltó un juramento y se dio la vuelta. Después salió por la puerta.

Durante un largo instante, Francesca se quedó inmóvil. El corazón le latía con fuerza en el pecho y tenía la respiración entrecortada. Estaba sufriendo el bombardeo de cientos de emociones.

Sus palabras le habían retorcido el corazón, y tenía los ojos llenos de lágrimas. Sin saberlo, le había hecho daño. Quiso correr tras él y rogarle que se quedara y la escuchara. Hacerle daño era lo último que ella hubiera deseado, y debía decírselo.

¿Cómo era posible que hubiera creado tal desastre? Francesca había pensado que quizá Rochford se molestara un poco con sus maquinaciones, pero nunca hubiera imaginado que iba a ponerse furioso. Temió que quizá lo hubiera perdido por completo, incluso como amigo. Y eso la dejaba helada por dentro.

¿Y por qué él la había besado? Aquel beso no podía considerarse como una expresión de un sentimiento, o al menos, no de un sentimiento bueno. La boca de Sinclair había sido dura y brutal, había exigido la posesión de sus labios, no se la había pedido, ni había intentado seducirla. Había más ira que pasión en su forma de agarrarla y de besarla. Era casi como si estuviera castigándola.

Pero lo que ella había sentido no era nada parecido a un castigo.

Francesca se llevó los dedos a los labios y se palpó cuidadosamente la carne palpitante, sensible. Todavía notaba su contacto, el sabor de su boca. Y en el vientre tenía un calor de lava fundida. En su interior todo estaba vivo, vibrante de un modo que nunca había sentido antes... al menos, durante años y años.

Quería acostarse en la cama y echarse a llorar. Quería acurrucarse y flotar en el recuerdo de aquel beso una y otra vez. De hecho no sabía bien lo que quería.

Confundida, temblorosa, Francesca se dio la vuelta, tomó el candelabro y se encaminó hacia su dormitorio.

El duque de Rochford entró por la puerta principal de White's sin mirar ni a la derecha ni a la izquierda. No estaba seguro de por qué estaba allí. Ciertamente, no tenía ganas de tener compañía en aquel momento. Sin embargo, no había querido volver a la solitaria casa de los Lilles.

Lo que quería, pensó, era sentarse con una botella de oporto y emborracharse para olvidar. Con aquel propósito, le hizo un gesto al camarero y se tiró en una de las butacas de la sala, en una zona que estaba vacía.

Echó la cabeza hacia atrás y cerró los ojos mientras luchaba por recuperar el sosiego. ¿Cómo demonios se las arreglaba Francesca para alterarlo de aquella manera, después de tantos años? Él tenía un carácter equilibrado, sabía mantener la calma durante una crisis y tardaba en enfadarse. Sólo con ella se veía a punto de estallar.

Alguien se detuvo junto a su butaca. Rochford mantuvo los ojos cerrados con la esperanza de que la persona decidiera alejarse. Sin embargo, no hubo ningún sonido, y después de un momento, dejó escapar un suspiro y abrió los ojos.

—¡Gideon! ¿Qué estás haciendo aquí?

—Soy de este club —respondió el otro hombre con una ligera sonrisa—. Quizá te acuerdes, porque fuiste tú mismo quien me propuso como socio.

Rochford asintió.

—Eso ya lo sé. Pero tú vienes muy poco por aquí, y menos a estas horas de la noche —hizo un vago gesto hacia la butaca que estaba frente a él—. Siéntate, por favor.

—Puede decirse lo mismo sobre ti —comentó Gideon, lord Radbourne, mientras se sentaba donde Rochford le había indicado.

Gideon era primo lejano del duque, otro sobrino segundo de la muy temida lady Odelia Pencully, y los dos se parecían. Ambos eran altos, con el pelo espeso y moreno, pero Gideon era un poco más bajo y fornido, y su pelo era un poco más claro. Sin embargo, lo que más les diferenciaba era la expresión dura y cautelosa de Gideon. Aunque era conde, lord Radbourne se había criado en las duras calles de Londres, sin saber que en realidad era el hijo de un conde. Un año antes, se había desvelado la verdad de su existencia y Rochford y él se habían hecho amigos durante ese tiempo.

El duque se encogió de hombros.

—Admito que no soy muy aficionado a los clubes. Me temo que soy muy aburrido. Sin embargo, de vez en cuando vengo por aquí antes de acostarme; pero yo no tengo a una esposa bella esperándome en casa —dijo, y le lanzó una mirada significativa a su primo.

—Yo tampoco —respondió Gideon—. Irene se ha ido con su madre a visitar a lady Wyngate, la esposa de su hermano. Lady Wyngate está a punto de dar a luz.

—Ah —dijo Rochford, y asintió—. Y quiere que Irene esté allí para el evento.

—Lo dudo —respondió Gideon con una sonrisa—. Maura e Irene se llevan mal. La presencia que requieren es la de la madre de Irene, y mi esposa ha ido a acompañarla. Mi suegra estará allí varias semanas, pero estoy seguro de que Irene volverá mucho antes. Sin embargo, por el momento no tengo nada que hacer.

—Y veo que no estás disfrutando —comentó Rochford.

—No —dijo Gideon con el ceño fruncido—. No lo entiendo. Antes de conocer a Irene estaba muy contento solo. Ahora, sin ella, tengo la sensación de que la casa está vacía.

Rochford se encogió de hombros.

—Me temo que eso está más allá del entendimiento de un soltero.

Timmons llegó con una botella de oporto y dos copas. Gideon y Rochford pasaron unos minutos bebiendo en un cómodo silencio.

Entonces, Radbourne miró a su primo y dijo:

—No estaba seguro de si querías tener compañía. Parecía más bien que... no sé... que quizá necesitaras un padrino.

El duque se rió.

—No. No es nada tan grave como un duelo. Sólo... lady Haughston —dijo. Después terminó su bebida y se sirvió otra.

—¿Estás... enfadado con la dama?

—¡Es la mujer más exasperante, más difícil, más... imposible que he conocido en toda mi vida! —exclamó Rochford.

Gideon parpadeó.

—Ya... ya entiendo.

—No, estoy seguro de que no. No te has pasado los últimos quince años intentando tratar con esa mujer.

Gideon emitió un murmullo evasivo.

—Esta noche ha sido la última de sus muchas... ¿sabes lo que está intentando hacer? ¿Sabes cuál es la última idiotez que está intentando echarme encima?

—No.

—Quiere encontrarme esposa. Se ha propuesto elegir a la mujer que, en su opinión, será la mejor duquesa de Rochford.

—Y supongo que tú no se lo has pedido —sugirió Gideon.

—Claro que no. Cree que si me encuentra mujer me compensará por algo que pasó hace mucho tiempo —dijo Rochford, y miró a Gideon—. ¡Qué demonios! La verdad es que rompió nuestro compromiso.

Gideon se quedó boquiabierto.

—¿Compromiso? ¿Lady Haughston y tú estáis comprometidos?

El duque suspiró.

—Lo estuvimos hace mucho tiempo. Entonces ella no era lady Haughston. Hace quince años, ella sólo era lady Francesca, la hija del conde de Selbrooke.

—Pero, ¿por qué no he oído hablar de ello? Ni la tía Odelia ni mi abuela lo han mencionado nunca.

—Nadie lo sabía —le dijo Rochford—. Fue un compromiso secreto. Francesca acababa de cumplir dieciocho años. Yo la conocía desde siempre, claro. La finca de Selbrooke, Redfields, limita con mis tierras en Dancy Park.

Pero aquel último invierno, cuando ella tenía diecisiete años y yo la vi... —en los labios del duque se dibujó una débil sonrisa—. Fue como si me quitara una venda de los ojos. Era día de elecciones, y celebramos un baile. Allí estaba ella, por fin con un vestido largo y un lazo azul en el pelo, que hacía juego con sus ojos. Yo me quedé sin habla —dijo, y miró a su primo con melancolía.

—Conozco esa sensación —le aseguró Gideon con ironía.

—Sí, me lo imagino. Así que... me enamoré de ella. Intenté no hacerlo, me dije que era demasiado joven. Parecía que ella me correspondía, pero yo sabía que ella ni siquiera había hecho su debut en sociedad. No había estado en las fiestas de Londres, sólo en las celebraciones del campo. Conocía a pocos hombres, aparte de sus parientes y los habitantes del pueblo. ¿Cómo iba a saber lo que quería de verdad? Sin embargo, yo no pude esperar a que ella pasara su primera temporada en Londres. Temía que, si no le decía nada, otro hombre se la llevara para sí.

—Así que os comprometisteis en secreto —le dijo Gideon.

—Exactamente. Yo veía su mirada de enamorada. Sabía que creía que me quería, pero temía que sólo estuviera cegada por su primer romance. No podía soportar dejarla libre sin que supiera lo que sentía por ella, sin que supiera todas las esperanzas que yo tenía para los dos. Sin embargo, no quería que estuviera irrevocablemente atada a mí por un compromiso público. Si cambiaba de opinión o se daba cuenta de que no me quería tanto como pensaba, entonces podría romper conmigo sin formar un escándalo.

—Entiendo.

—Por desgracia, al final yo tenía razón. Ella no me quería lo suficiente.

—¿Qué ocurrió?

El duque se encogió de hombros.

—La engañaron. Consiguieron que creyera que yo tenía una aventura con otra mujer. Yo intenté contarle lo que había ocurrido en realidad, pero ella no me creyó. Se negó a verme. Al final de la temporada estaba comprometida con lord Haughston, y todo había terminado entre nosotros.

—Hasta ahora.

Rochford asintió.

—Hasta ahora.

Apuró la copa y se sirvió más oporto.

—Hace poco —continuó—, ella descubrió que todo era mentira, que la mujer en cuestión había arreglado la situación para que Francesca descubriera que estábamos en delito flagrante. Se dio cuenta de que yo le había dicho la verdad y de que estaba equivocada, y de que me había tratado injustamente. Así que decidió compensarme por ello encontrándome esposa. ¿Por qué demonios se le ha metido eso en la cabeza? —preguntó Rochford mientras dejaba la copa sobre la mesa con brusquedad—. Dios, y pensar que por un momento he sido tan tonto como para creer que...

Como no continuó, Gideon preguntó suavemente:

—¿Como para creer qué?

Rochford sacudió la cabeza e hizo un gesto con la mano.

—No importa, no es nada —dijo. Hizo una pausa y después siguió—: Me contó lo que había averiguado y se disculpó. Y después, se las arregló para que yo accediera a acompañarlas a ella y a lady Althea Robart a una obra de teatro. Pensé...

—Que ella iba a volver a...

—¡No! —respondió Rochford rápidamente—. Dios Santo, no. Eso no es posible. Pero pensé que quizá ahora podríamos ser mejores amigos. Entonces, ella empezó a empujarme hacia lady Althea. ¡A lady Althea, precisamente!

—No la conozco.

—Ni falta que te hace —le dijo el duque sin miramientos—. Es bastante guapa, pero demasiado altiva. Por no mencionar que, después de los primeros diez minutos de conversación con ella, uno sólo quiere irse a dormir.

—¿Todavía quieres a lady Haughston?

Rochford lo miró, pero rápidamente apartó la vista y dijo ásperamente:

—Tonterías. Claro que no. Es decir... bueno... siento algo por esa mujer. Somos viejos... no amigos, claro, pero en cierto sentido ella es casi de mi familia.

Gideon arqueó una ceja con escepticismo, pero no dijo nada.

—No llevo queriéndola sin esperanzas durante quince años —continuó el duque—. Nunca podremos volver a lo que éramos, a lo que sentíamos. Ha pasado mucho tiempo. Los dos perdimos esos sentimientos hace años. No estoy enfadado porque esperara que nosotros... No, es la absoluta desfachatez de Francesca por querer hacerse con el control de mi vida. Todo el mundo le permite que maneje las cosas. Se le da terriblemente bien manejar y planear.

Gideon sonrió.

—Lo he experimentado.

—Pero... ¡que haya decidido hacerlo por mí! ¡Que piense que es más capaz de elegirme esposa que yo mismo! ¡Que haya tenido la frescura de echarme en cara mis deberes! ¡A mí! Como si no hubiera dedicado mi vida al título y a su patrimonio desde que tengo dieciocho años, como si fuera un idiota capaz de permitirme todos los caprichos, sin preocuparme por mi nombre o por mi familia. Y, como guinda, me insinúa que se me está pasando la edad de casarme. ¡Como si yo tuviera que elegir a cualquier muchacha tonta y tener un hijo antes de no poder ser padre!

Gideon reprimió una sonrisa.

—Estoy seguro de que ella no quería decir eso.

El duque gruñó y le dio un sorbo a su copa.

—Perdóname si estoy siendo entrometido —le dijo—. Ya sabes que mis modales no son muy refinados. Pero, ¿es que no vas a casarte?

—Claro que sí. Me casaré. Debo hacerlo. En algún momento.

—No parece que estés muy entusiasmado con la idea.

Rochford se encogió de hombros.

—Sencillamente, no he encontrado a nadie con quien quiera casarme. Todo el mundo me recuerda que debo tener hijos, y supongo que tienen razón. El linaje debe continuar, y mi primo Bertram no tiene ganas de heredar todo el trabajo y la responsabilidad que acompañan al título. Pero todavía tengo tiempo. No estoy dispuesto a dejar este mundo ya. Algún día encontraré una esposa, y lo haré a mi modo, sin ayuda de lady Haughston.

—Debo decir que conmigo lo hizo muy bien —señaló suavemente Gideon, observando a su primo—. No me imagino que haya nadie mejor que Irene para mí en este mundo. Quizá debieras dejar que lo intentara.

Rochford soltó un resoplido.

—Le estaría bien empleado que lo hiciera.

Aquella idea lo dejó perplejo. Se quedó callado y miró al vacío durante un instante.

Finalmente, sonrió y tomó otro sorbo de licor, pensativamente.

—Quizá debería hacerlo —murmuró—. Dejar que lady Haughston vea lo mucho que disfruta encontrándome la duquesa perfecta.

CAPÍTULO 6

Sir Alan fue a visitar a Francesca al día siguiente con su hija. Ella se sintió aliviada al verlos. Había estado desanimada todo el día, porque temía haber perdido la amistad de Rochford para siempre. Había dejado y comenzado varias tareas, pero había sido incapaz de concentrarse en nada, porque no podía dejar de pensar en la furia de Rochford. Le parecía muy injusto que él se hubiera enfadado tanto con ella, cuando sólo quería ayudarlo.

Si, al menos, Rochford le hubiera permitido explicarse, ella habría podido hacer que la entendiera y que no se enfadara. No era propio del duque enfurecerse tan rápidamente o no escuchar a una persona. Pero Francesca estaba empezando a darse cuenta de que ella tenía aquel efecto en él. Sospechaba que era su carácter frívolo lo que más le molestaba a Rochford. Él siempre había sido serio; bueno, no serio exactamente, porque tenía un gran sentido del humor y una risa magnífica. Y, por supuesto, cuando sonreía, toda la habitación se iluminaba. No era uno de aquellos hombres aburridos que siempre estaba serio.

Pero era muy responsable, muy cuidadoso y reflexivo en todo lo que hacía, y estaba totalmente dedicado a sus deberes. Había leído mucho y se había convertido en un erudito, y tenía interés en una gran variedad de temas. Mantenía correspondencia con científicos y estudiosos. Francesca sabía que él debía de considerarla muy superficial, porque ella era una mujer interesada sólo en la ropa, en los sombreros y los cotilleos. Por aquel motivo, cuando estaban comprometidos, Francesca había temido que un día él se cansara de ella, o que llegara a verla como una molestia.

Y en aquel momento, él la veía sin duda de aquel modo, puesto que su enamoramiento había terminado muchos años antes. Sin embargo, para Francesca era sorprendente que su reacción hubiera sido tan extrema. Ojalá ella hubiera sido más hábil al reunir a lady Althea y a Rochford; pasó la mayor parte de aquel día pensando en qué podría haber hecho de forma diferente.

Cuando llegó sir Alan, ella lo recibió cordialmente, contenta por poder distraerse con otra persona. El caballero estaba acompañado por su hija, a quien Francesca saludó con agrado. Era una chica bonita, con unos preciosos ojos castaños, la nariz respingona y el pelo espeso y brillante, también castaño. Tenía la piel demasiado morena; era evidente que no tenía cuidado de ponerse sombrero en el campo. Pero, al menos, no tenía granos ni pecas. Tenía un rostro franco, abierto, y una sonrisa amigable. No tenía el aspecto frío y aristocrático que los expertos de la sociedad consideraban más correcto. Sin embargo, Francesca nunca había conocido a un hombre que se sintiera atraído por aquello, tampoco.

Un peinado distinto haría maravillas, y también un cambio de vestuario. El vestido que llevaba era soso y remilgado, y Francesca supuso que la madre de sir Alan había elegido la ropa de la muchacha.

—Vuestro padre me ha dicho que tenéis interés en causar un revuelo esta temporada —comenzó Francesca, en tono de broma.

Harriet le devolvió la sonrisa.

—Oh, yo no diría tanto, lady Haughston. Creo que hacerme notar un poco sería una gran mejoría.

A Francesca le gustó la respuesta sincera de la muchacha. Por supuesto, tendría que pulir un poco aquello si Harriet quería tener éxito.

—Creo que podremos conseguir más que eso si nos lo proponemos.

—Estoy dispuesta —respondió Harriet, y miró a su padre con una sonrisa—. Me temo que papá ha malgastado el dinero hasta este momento. No me gustaría nada que hubiera sido en vano.

—Vamos, Harriet —protestó su padre cariñosamente—. No tienes por qué preocuparte por esas cosas.

—Sé que a ti no te importa —respondió ella—. Pero a mí no me gusta malgastar las cosas.

—Entonces, ¿estáis... eh... dispuesta a seguir mis consejos en estos asuntos? —preguntó Francesca. No había nada peor que un estudiante rebelde.

—Me pongo en vuestras manos —le aseguró la señorita Sherbourne—. Sé que no tengo el refinamiento adecuado para Londres. Me doy cuenta de que algunas de las cosas que digo sorprenden a la gente. Pero aprendo rápidamente, y estoy lista para cambiar todo lo que tenga que cambiar. Al menos, durante esta temporada.

Entonces, Francesca le dijo que debían hacer una salida de compras para renovar su vestuario, y también que sería aconsejable celebrar una fiesta o una cena en su casa.

Sir Alan asintió con alivio al ver que su hija estaba de acuerdo, y volvió a decirle a Francesca que debía remitirle las facturas de todos aquellos gastos.

Poco después, Harriet y su padre se levantaron para marcharse. Mientras Francesca y la muchacha se citaban para ir de compras al día siguiente, Fenton apareció en la puerta para anunciar que había otra visita.

—Su Excelencia, el duque de Rochford, milady —dijo Fenton.

Francesca se volvió hacia la puerta y se quedó perpleja al ver a Rochford en el pasillo, detrás del mayordomo. Se le encogió el estómago, y notó que se ruborizaba. No supo qué decir ni qué pensar.

—Rochford —susurró—. No... no os esperaba. Yo... oh, disculpadme. Por favor, permitidme que os presente a sir Alan Sherbourne y a su hija, la señorita Harriet Sherbourne. Sir Alan, el duque de Rochford.

Para su sorpresa, sir Alan sonrió y dijo:

—Gracias, lady Haughston, pero el duque y yo ya nos conocemos. Me alegro de veros de nuevo.

—Sir Alan —dijo el duque, y después de saludarlo, se

volvió hacia Francesca–. Sir Alan y yo nos conocimos el otro día en Tattersall's.

Aquélla era una venta de caballos que se celebraba todos los lunes, y se había convertido en el lugar de reunión favorito de hombres de todas las clases sociales.

–Sí, y Su Excelencia fue muy amable al aconsejarme que no adquiriera cierto caballo de caza en el que me había fijado.

–Yo ya lo conocía –explicó el duque–. Es un animal muy bello, pero no tiene energía –después, se giró hacia Harriet–. No tenía el placer de conocer a vuestra hija, sir Alan. Señorita Sherbourne.

Harriet, que estaba mirando al duque con los ojos abiertos como platos, hizo una reverencia y se ruborizó.

–Es un honor, Excelencia.

Sir Alan y Harriet se marcharon entonces, después de que sir Alan expresara nuevamente su agradecimiento a Francesca. Cuando se fueron, el duque la miró.

–¿Uno de tus proyectos? –le preguntó.

–Sí, he decidido interesarme por la señorita Sherbourne –respondió Francesca, sin saber qué pensar de su visita.

–He venido a disculparme –dijo él entonces, directamente–. No tengo excusa para mi comportamiento de anoche. Espero que tu naturaleza bondadosa haga que me perdones.

–Algunas personas dirían que apelar a mi bondad sería inútil –respondió Francesca con aspereza, aunque no pudo evitar sentirse conmovida por su disculpa.

Él sonrió.

—Esas personas, evidentemente, no te conocen.

—No quería que te enfadaras —le dijo ella—. Quería compensarte por mis errores, no cometer otro.

—No tienes la culpa de mi reacción —dijo Rochford, y se encogió de hombros—. Me temo que soy un poco sensible con el tema del matrimonio. Mi abuela me ha llamado la atención sobre ello muchas veces, como la tía Odelia.

—Oh, Dios mío. No me gusta oír que me estoy comportando como una abuela o como una tía abuela.

Francesca no quería seguir enfadada con Rochford. ¡Y mucho menos quería hablar del beso! No, era mejor pasar aquel asunto por alto con elegancia.

—Espero que quieras dar un paseo conmigo por el parque, como señal de paz —continuó él—. Hace un precioso día de mayo.

Rochford había vuelto a sorprenderla. Francesca no recordaba cuándo había sido la última vez que había dado un paseo con el duque; hacía tanto tiempo, que era mejor no pensar en ello.

—Sí —le dijo con una sonrisa—. Me parece estupendo.

Unos minutos después, él la acompañaba hacia su faetón, un vehículo que tenía el asiento tan elevado sobre el suelo que Francesca se hubiera sentido alarmada de no ser Rochford quien iba a conducirlo, puesto que él manejaba con habilidad a sus caballos.

Él se sentó a su lado y tomó las riendas, y se pusieron en camino. No hablaron mucho durante el trayecto, porque el tráfico obligó a Rochford a mantenerse concentrado en la conducción. A Francesca no le importó.

En realidad, necesitaba tiempo para asimilar todo lo que estaba sintiendo.

Rochford y ella habían ido de paseo a menudo a Hyde Park cuando estaban comprometidos. Cuando ella había ido a Londres para pasar allí su primera temporada social, lo había echado de menos terriblemente, porque estaba acostumbrada a verlo todos los días en el campo. Iban a montar a caballo muy a menudo y paseaban por los jardines de Redfields y Dancy Park, y hacían largas rutas por el campo. Cuando él iba a verla a Redfields, nadie los vigilaba demasiado, y era fácil hablar e intercambiar miradas, quizá incluso tomarse de la mano.

Sin embargo, cuando llegaron a Londres todo cambió. Estaban siempre rodeados de gente, y no podían pasear. Ella se había sentido sola y frustrada, y estaba deseando siempre que llegara el momento en que el duque pudiera llevarla de paseo, aunque tuvieran que tener cuidado con el número de veces que se veían para no llamar la atención. No obstante, Francesca se había sentido más feliz durante aquellos paseos que en ningún otro momento de la temporada.

Los recuerdos de aquellos tiempos se adueñaron de su mente y estuvieron a punto de cortarle la respiración. Era el mismo momento del año, y sentía el mismo calor del sol en la espalda, la misma brisa. Francesca no podía evitar recordar la alegría y la emoción que había sentido en aquellos paseos sólo por estar sentada junto a Rochford.

–He pensado mucho en lo que me dijiste anoche –comenzó a decirle Rochford cuando hubieron llegado a Hyde Park y ya no tenía que fijar su concentración en las riendas.

Francesca, que estaba absorta en sus pensamientos, se sobresaltó.

—¿Oh?

—Sí. Cuando me calmé, me di cuenta de que había sido muy maleducado, y de que además tú tenías razón. Y mi abuela también.

—¿De veras? Entonces, ¿quieres decir que...?

Él asintió.

—Sí. Ya es hora de que me case.

—Oh, entiendo. Bien...

Francesca notó algo extraño en el estómago, como una punzada de dolor.

—He decidido que tienes razón —continuó él—. Es hora de que empiece a buscar novia. Dudo que desarrolle un súbito interés por el matrimonio, así que me pondré manos a la obra y lo haré sin pensarlo.

—Esa resignación no es una buena base para el matrimonio —le dijo Francesca.

Rochford arqueó una ceja.

—Creía que era lo que querías.

—¡No! Yo no quería arrastrarte al altar. Quería... quería hacerte feliz.

En cuanto dijo aquello se dio cuenta de su significado y se ruborizó.

—Es decir, que esperaba que el matrimonio te proporcionaría felicidad. Que cambiaría tu vida para mejor.

En voz baja, él preguntó:

—¿El matrimonio te hizo a ti más feliz?

Francesca lo miró durante una fracción de segundo, y después volvió la cara para ocultar las lágrimas que le habían llenado los ojos. Tragó saliva. No iba a hablar sobre aquello. No podía. Respiró profundamente y se volvió con una sonrisa hacia Rochford.

—Ah, pero estamos hablando de ti y de tu felicidad, no de mí. ¿Qué tienes pensado hacer, ahora que has decidido casarte?

—Ya he dado el primer paso —le respondió él, mirándola fijamente—. He venido a verte.

Francesca se quedó sin habla durante un momento.

—¿Có... cómo?

—¿Qué mejor persona para guiarme en este proyecto que la mujer que ha formado tantas parejas exitosas? Pensé que podrías ayudarme a encontrar una novia.

—Pero yo... —Francesca se sintió débil, sin saber qué decir. Nunca hubiera esperado que Rochford le dijera algo así—. Me temo que mis logros han sido exagerados.

—Si es verdad tan sólo la mitad de lo que dice la gente, debes de ser muy diestra en el asunto —replicó Rochford—. Con mi primo lo hiciste muy bien. No creo haber visto a un hombre casado más feliz. Y tu hermano y su mujer son felices. Los he visto recientemente y están muy enamorados, más incluso que el día que se casaron.

—Esos son casos poco habituales. Además, el que hayan encontrado el amor no es mérito mío.

—Pero sin ti, ahora no estarían juntos. Ni mi hermana y Bromwell tampoco.

—Por eso no puedes estar satisfecho.

—Siempre y cuando Callie sea feliz, yo estoy satisfecho –dijo él. Hizo una pausa y continuó–: De todos modos, ya has hecho gran parte del trabajo. Si te entendí bien ayer, has seleccionado varias candidatas para ser mi prometida.

–¿No estás bromeando? –le preguntó Francesca, observándolo con atención–. ¿De veras quieres que te ayude?

–Por ese motivo estoy aquí.

Ella lo miró durante otro largo momento, y después asintió.

–Entonces, de acuerdo. Te ayudaré.

–Magnífico. Dime, ¿cuántas candidatas me has encontrado?

–¿Qué? Oh, bueno, había seleccionado a tres muchachas.

–¿Sólo tres? –preguntó él, lanzándole una mirada de diversión–. ¿Es que soy tan impopular?

Francesca miró al cielo con resignación.

–Sabes que es exactamente lo contrario. Hay hordas de mujeres que querrían ser tu prometida. Pero yo tenía que ser selectiva.

–¿Y cuáles han sido tus criterios?

–Naturalmente, debían ser agradables de cara y de figura.

–Soy afortunado porque hayas tenido eso en cuenta.

Francesca lo miró significativamente, y después siguió hablando.

–Deben ser de familias excelentes, aunque no creí que la riqueza fuera muy importante para ti.

Él asintió.

—Has acertado, como siempre.

—También pensé que sería bueno que fueran lo suficientemente inteligentes como para conversar con tus amigos, aunque no creo que esperaras que fueran tan eruditas como los miembros de tu círculo de eruditos. También deben tener las habilidades sociales necesarias para ser anfitrionas en las cenas y fiestas que una duquesa debe ofrecer. Deben poder conversar con invitados importantes. Y deben ser capaces de dirigir y supervisar a una plantilla de servicio amplia, de hecho, a los sirvientes de varias residencias. Además, están las demás tareas que debe desempeñar una duquesa, como tratar con las familias de tus arrendatarios y con los aristócratas de tus fincas. Y, por supuesto, deben agradarte personalmente.

—Me preguntaba si eso entraba en tus ecuaciones —murmuró él.

—De verdad, Rochford, no seas absurdo. Eso es lo más importante. No deben ser engreídas ni egoístas. No deben ser malas, ni superficiales, ni enfermizas.

El duque se rió.

—Empiezo a entender por qué habías dado con tan pocas candidatas.

Francesca se rió también.

—Sé que tu nivel de exigencia es alto.

—Sí, siempre lo ha sido —convino él.

Francesca se percató al instante del significado de sus palabras; implicaba que ella sí había llegado a su nivel de exigencia. Al mirarlo, se dio cuenta de que él tenía los ojos fijos en ella, y se ruborizó. Se sintió absurdamente complacida y un poco aturullada.

Carraspeó y apartó la vista. De repente, no sabía qué decir.

—Tu primera elegida, obviamente, fue Althea Robart —dijo él, rompiendo el azoramiento—. Cualquiera se preguntaría por qué.

—Es bastante atractiva —dijo Francesca, defendiendo su elección—. Además, su padre es el conde de Bridcombe, y su hermana está casada con lord Howard. Su familia es muy buena y, sin duda, ella sabe cuáles son las tareas de la duquesa de Rochford.

—Sin embargo, es muy arrogante —comentó él.

—Supuse que eso le convendría a una duquesa.

—Mmm, pero quizá no le convenga al duque.

Francesca no pudo reprimir la sonrisa.

—Está bien, admito que lady Althea fue una mala elección.

—Sí. Sugiero que la dejemos apartada de este proceso de selección. O quizá que la mantengamos en reserva, por si me desespero —dijo Rochford. Después se quedó pensativo durante unos instantes y se desdijo—: No. Me temo que ni siquiera entonces. No creo que ni siquiera el sentido de la responsabilidad para con mis descendientes me obligaría a pasar una vida entera junto a Althea Robart.

—Bien, lady Althea queda tachada de la lista. ¿Qué te parece Damaris Burke? Es inteligente y competente. Su madre murió, así que lady Damaris ha sido la anfitriona de lord Burke durante los dos años anteriores. Como él está en el gobierno, ella está acostumbrada a tratar con gente importante, y a dar grandes fiestas.

—Mmm. Conozco a lady Damaris.

—¿Y qué te parece?

—No estoy seguro. No la había mirado con la intención de que fuera mi duquesa. Que yo recuerde, no me cayó mal.

—Muy bien, entonces la tendremos en cuenta. ¿De acuerdo?

Él asintió.

—La última es lady Caroline Wyatt.

El duque frunció el ceño.

—No creo que la conozca.

—Ha debutado este año.

—¿Una niña recién salida del colegio?

—Es un poco joven –admitió Francesca–. Pero su familia es la mejor de las tres. Su padre sólo es barón, pero su madre es la pequeña de las hijas del duque de Bellingham, y su abuela paterna era una Moreland.

—Impresionante.

—Yo conozco a la muchacha, y no es tonta ni infantil. No la he oído soltar ninguna risita.

—Muy bien. La acepto. Pero me parece que has elegido a mujeres demasiado jóvenes para mí. Te recuerdo que tengo treinta y ocho años.

Francesca le hizo una mueca burlona.

—Sí, ya lo sé. Eres un decrépito, estoy segura.

—¿Alguna tiene más de veintiún años?

—Lady Damaris tiene veintitrés, y Althea veintiuno.

Él arqueó una ceja.

—Bueno, es muy difícil encontrar buenas candidatas entre las mujeres un poco mayores –dijo Francesca–. Si son guapas e inteligentes, ya están casadas.

—Hay viudas que tienen una edad parecida a la mía —señaló él.

—Sí, pero... yo no había tenido en cuenta a las viudas para elegir a tu futura novia.

—¿Por qué no? Algunas viudas están entre las mujeres más bellas de nuestro círculo.

Francesca se ruborizó. ¿Se refería a ella? Si fuera cualquier otro hombre, ella estaría segura de que estaba flirteando con ella. Pero Rochford no flirteaba, y menos con ella.

Sin embargo, la había mirado de un modo que hacía que sintiera calor por dentro.

Esperaba que él no notara lo nerviosa que se había puesto.

—Creo que es importante para un hombre que su mujer no haya estado casada antes. Que sea... —Francesca se ruborizó todavía más. Era muy embarazoso tener que hablar de aquello con Rochford. Finalmente, dijo en voz baja—. Virgen.

Él no respondió, y ella continuó rápidamente.

—Además, también hay que pensar en los hijos. Una mujer joven tiene más tiempo para... —Francesca se quedó callada.

—Ah, sí, el heredero, lo más importante —dijo él con ironía—. Se me había olvidado. Estamos eligiendo a una yegua de cría, no a una compañera para mí.

—¡No! ¡Sinclair! —Francesca se giró hacia él, superando todo su azoramiento—. ¡No es así!

—¿No? —preguntó con una sonrisa—. Al menos me has llamado Sinclair.

Ella apartó la mirada, incapaz de sostener la de él. ¿Por qué se sentía tan desconcertada con el duque aquel día? Parecía una colegiala.

—Es tu nombre —le dijo, con la respiración entrecortada.

—Sí, pero hacía muchos años que no lo oía de tus labios.

Su tono de voz hizo que a Francesca se acelerara el corazón. Intentando mantener la calma, le dijo:

—Yo... he pensado en otras dos mujeres. Ambas son mayores que las anteriores.

—¿De veras? —el tono de voz del duque había vuelto a ser irónico, divertido—. ¿Y quiénes son esas ancianas?

—Lady Mary Calderwood, la hija mayor de lord Calderwood. Creo que tiene unos veinticinco años. Y lady Edwina de Winter, la viuda de lord de Winter. Es un poco mayor que eso. Lady Mary es muy inteligente, aunque un poco tímida. Por eso no la había incluido antes.

—Estoy conforme con conocerlas a las dos. Y ahora, dime, ¿cómo piensas que entreviste a todas esas candidatas? ¿Vas a celebrar una fiesta en una casa con todas ellas de invitadas, como hiciste para Gideon? Es muy cómodo, aunque no estoy tan seguro de que yo quiera hacer mi elección después de tan sólo dos semanas.

—No, no veo la necesidad. Con lord Radbourne había una situación especial que no se parece a este caso. Además, estamos en plena temporada y todo el mundo está aquí, en Londres. Estoy segura de que no será difícil arreglar las cosas para que las conozcas en alguna fiesta o una cena. Aunque... –ella se quedó callada un momento, recapacitando–. ¿Por qué no vienes a la fiesta que voy a dar para la hija de sir Alan? Tu presencia ayudaría a establecer a Harriet en sociedad, y al mismo tiempo tendrías la oportunidad de hablar con lady Damaris y las demás.

–Muy eficiente por tu parte.

Francesca lo miró con desconfianza, porque no sabía con seguridad qué significaba su tono de ironía. Sin embargo, él se limitó a sonreírle y añadió:

–Me pongo en tus manos. Estoy seguro de que encontrarás a la mujer perfecta para mí.

–Haré todo lo que pueda –respondió Francesca.

–Bien. Entonces, vamos a hablar de temas más divertidos. ¿Te has enterado del desafío de sir Hugo Walden al hijo menor de lord Berry?

–¿La carrera de coches? –preguntó Francesca con una carcajada–. Sí, por supuesto. Me han dicho que sir Hugo aterrizó en un gallinero.

Rochford se rió.

–No, no, eso le ocurrió a un pobre cura que se vio atrapado entre los vehículos en la carretera. Creo que sir Hugo terminó en un estanque.

El resto del paseo transcurrió con una alegre conversación. Hablaron de los últimos cotilleos y de la política del momento, y después hablaron de los cambios que el hermano de Francesca estaba llevando a cabo en Redfields. El azoramiento que había entorpecido su conversación anterior se disipó, y Francesca se rió y habló relajadamente.

Hacía muchos años que no charlaba con Rochford de aquel modo, con libertad. Hubo un tiempo en que él no sólo había sido el hombre al que amaba, sino también su amigo íntimo. La ausencia de su compañía había entristecido los primeros años sin él tanto como su corazón destrozado. Francesca no creía que pudiera tener la misma cercanía y sentir el mismo afecto por nadie más.

Quizá pudieran ser amigos otra vez, pensó cuando él la hubo dejado en casa. Fue a la ventana del gabinete, que daba a la calle, y lo vio subir nuevamente al asiento del faetón. Pasó la mirada por sus piernas largas y fuertes y por sus manos firmes mientras agarraba las riendas.

Podía haber más tardes como aquélla, más conversación y más risas, una vez que las barreras del pasado habían caído. Ella ya no sentía el dolor de su traición, y él... bueno, él debía de haber dejado de sentir la mayor parte de su ira, si había vuelto a verla y se había disculpado como había hecho aquel día.

Podrían trabajar juntos para encontrarle una esposa, se dijo Francesca. Y cuando lo hubiera hecho, ella podría librarse del sentimiento de culpabilidad que la embargaba. Le habría ayudado a encontrar la felicidad. Él tendría una esposa e hijos. Y ella tendría su amistad.

Entonces, ¿por qué, al verlo alejarse, tuvo aquella sensación de vacío por dentro?

CAPÍTULO 7

Francesca estuvo muy ocupada durante la semana siguiente, ayudando a Harriet con su guardarropa y planeando la fiesta. Había decidido celebrar una velada pequeña. Nada demasiado grande, donde todo el mundo se perdería entre la multitud, y nada demasiado elegante, donde todo el mundo se sentiría rígido. La lista de invitados era lo más importante, y como Rochford iba a asistir, Francesca no tenía duda de que todos aquellos a quienes invitara acudirían también. Ninguna mujer en edad de casarse rechazaría la oportunidad de estar en compañía del duque.

Al día siguiente, Francesca se sacudió aquel sentimiento de tristeza tan raro e inquietante que se había adueñado de ella la noche anterior. Estaba en su elemento organizando una fiesta, y además, disfrutaba doblemente porque no tenía que preocuparse de los gastos. Pronto se sentó al escritorio para hacer listas y confeccionar los menús.

Sólo interrumpió su tarea aquella tarde para ir de compras con Harriet; pasaron la mayor parte del tiempo en el taller de la modista favorita de Francesca, y cuando se marcharon, Harriet había adquirido tres nuevos vestidos de noche, cuatro vestidos de día y un traje de paseo, así como una preciosa capa. La señorita du Plessis, con los ojos brillantes de satisfacción por tener un pedido tan grande, le sugirió a Francesca que podía llevarse el vestido de noche de color verde a un precio incluso menor que al principio, y Francesca no pudo resistirse a comprarlo.

Después, visitaron la sombrerería y la zapatería, donde terminaron de adquirir los complementos y adornos que necesitaría Harriet: zapatillas, botas, un chal de cachemira, pañuelos, guantes y lazos.

Terminaron su expedición con un viaje a Gunter's, donde tomaron un helado de limón antes de volver a casa de Francesca, cansadas, pero complacidas con las compras, con las cajas de zapatos y complementos sobre los asientos del vehículo. Los vestidos no estarían listos hasta varios días después, aunque la modista le había prometido a Francesca que uno de los vestidos de noche de Harriet sí estaría terminado para la fiesta que Francesca iba a celebrar la semana siguiente.

—Espero que a vuestro padre no le importen las facturas cuando le lleguen —comentó Francesca, un poco preocupada.

—Oh, no —le aseguró Harriet—. No es nada tacaño, y menos con los gastos de mi temporada. No se molestó nada por lo que gastó la abuela, aunque debo decir que los vestidos eran demasiado caros, teniendo en cuenta su aspecto. A mí me parecieron faltos de estilo, y cuando vi a las otras chicas en las fiestas, supe que tenía razón.

—Seguramente vuestra abuela está acostumbrada a un estilo más antiguo.

Harriet asintió.

—No quiero hablar mal de ella, milady. Mi abuela tiene muy buen corazón. Pero es una persona mayor, se cansa fácilmente, y las compras y las fiestas le resultan agotadoras. Además, me temo que su modista no tiene tanto talento como la señorita du Plessis. Y es más cara. Yo me di cuenta de que incluso mi padre se quedó un poco desilusionado con mi nuevo guardarropa, aunque, claro, es demasiado bueno como para decirlo.

—Creo que se pondrá contento cuando te vea con estos vestidos.

Harriet sonrió.

—Bien. Me gustaría no seguir de brazos cruzados en las fiestas. ¿Creéis que me sacarán a bailar la próxima vez que vayamos a un baile? ¿Iremos a algún baile?

—Por supuesto. A varios. Todavía quedan varias semanas de temporada, y en cuanto mis amigos sir Lucien y el duque de Rochford os hayan pedido un baile, no creo que sigáis sentada mucho tiempo.

—¡El duque! —exclamó Harriet, y palideció. Abrió los ojos desorbitadamente—. ¿Creéis que el duque bailará conmigo?

—Me aseguraré de que lo haga.

—Oh, no, milady, yo no me atrevo a bailar con alguien como él. Seguro que me tropezaré, o que le pisaré el pie, y entonces me desmayaré de la vergüenza.

—Tonterías. El duque es un excelente bailarín. Él no permitirá que ocurra eso.

—No es él quien me preocupa. Soy yo. ¿Y si hago el ridículo? No tengo ni idea de cómo hablarle a un duque. Me pondría muy nerviosa, seguro.

—Tendréis oportunidad de conversar con él en la fiesta, así que después no será tan imponente.

Harriet no parecía muy convencida.

—Es un hombre tan bien educado. Nunca había visto a nadie tan elegante.

—Eso es cierto —admitió Francesca.

—Y es muy guapo —continuó Harriet—. Como el mismo Lucifer, con ese pelo y esos ojos negros. ¿No os parece, lady Haughston?

—Sí. Es un hombre muy atractivo.

—Y un duque... Seguro que no está acostumbrado a oír a alguien como yo.

—Pero si él no es nada arrogante —le dijo Francesca—. Trata a todo el mundo con respeto. Lo he visto hablar con sus arrendatarios y sus sirvientes, y siempre lo hace con gran cortesía. No es altivo ni malo. Preguntadle a vuestro padre.

—Papá piensa que es un caballero admirable. Me lo dijo cuando volvió de Tattersall's aquel día. Fue el duque quien le recomendó a papá que os pidiera ayuda.

—¿De veras? —preguntó Francesca con asombro—. Eso no me lo dijo.

—Oh, sí. Papá no podía creerse lo generoso que fue, sobre todo teniendo en cuenta que acababan de conocerse.

—El duque es muy generoso, y juzga de manera excelente el carácter de los demás. Estoy segura de que al instante entendió que vuestro padre era digno de su amistad.

Pese a aquellas palabras, Francesca se había quedado perpleja al saber que el duque había indicado a sir Alan que se dirigiera a ella. Supuso que sir Alan debía de haber sacado el tema de la falta de éxito de su hija, aunque a ella le parecía un tema de conversación muy raro entre dos caballeros en Tattersall's. Pero, aunque hubieran hablado de ello, a ella le sorprendía que el duque le hubiera dicho a sir Alan que le pidiera ayuda.

Se alegraba de ello, por supuesto, pero tenía la sensación de que Rochford se había propuesto ayudarla en sus empresas.

Pero... no. No podía ser. Él no conocía sus dificultades económicas. Nadie lo sabía. Francesca se había esforzado mucho en ocultar aquellas dificultades. Además, aunque Rochford se hubiera imaginado de algún modo que Francesca estaba al borde de la pobreza, y se hubiera dado cuenta de que estaba usando sus habilidades para esquivar esa amenaza, no había ninguna razón para que él quisiera ayudarla.

No. Era algo absurdo. Seguramente, sir Alan había tocado el tema, y Rochford la había mencionado simplemente al acordarse de lo que Francesca había hecho por su primo Gideon.

Para dejar de hablar de Rochford, cosa que le resultaba un poco inquietante a Francesca, le preguntó a la muchacha:

—¿Qué esperáis conseguir en esta temporada?

—No entiendo muy bien qué queréis decir —respondió Harriet, con el ceño fruncido—. Quiero disfrutar. Y me gustaría que papá estuviera feliz. Él quiere que yo tenga una buena temporada.

—¿Y tenéis la esperanza de encontrar marido?

La muchacha se ruborizó.

—Oh, no, lady Haughston. No me importa... Bueno, no creo que yo sea la persona adecuada para casarse con un lord, o algo así. No tengo deseos de vivir en Londres, ni de participar en la escena social de la ciudad. Soy una chica de campo. Lo paso bien en las Asambleas, y visitando a la gente que conozco en casa. Me gusta llevarles cestas a los arrendatarios de papá cuando están enfermos. Preguntarle a la gente por sus hijos y nietos. Ésa es la vida que me gusta, y para la que estoy educada. No quiero separarme de papá. Y... —la muchacha se interrumpió y se ruborizó todavía más—. Hay un chico... el hijo de un terrateniente de la zona. Viven cerca de nosotros. Sé que a papá le cae bien, aunque a veces me dice que podría aspirar a algo más.

—Ah, entiendo —dijo Francesca, y asintió—. Pero no deseáis nada más alto.

Harriet asintió, agradecida por la comprensión de aquella sofisticada señora.

—Exactamente. Se llama Tom, y lo conozco desde siempre. Él era... o, una molestia. Siempre me estaba tomando el pelo y contándome historias de terror para asustarme. Pero el año pasado, la primera vez que fui a la Asamblea, bailamos, y todo fue muy diferente. Él es mucho más agradable ahora, y cuando viene de visita, hablamos de muchas cosas, y yo me quedo deseando que vuelva otra vez. Es muy raro. Lo conozco muy bien, pero es como si fuera alguien a quien acabo de conocer. ¿Entendéis lo que quiero decir?

—Sí —le dijo Francesca con una sonrisa agridulce—. Sé perfectamente lo que queréis decir.

Francesca estaba en su escritorio al día siguiente, pensando en la decoración para la fiesta, cuando su mayordomo entró en la habitación. Tenía una pequeña bandeja de plata sobre la cual había una tarjeta blanca de visita.

—Hay un... hombre que desea verla, milady —dijo Fenton, y Francesca supo al instante, por su tono de voz y su expresión cuidadosamente neutral, que no se trataba de nadie a quien el mayordomo aprobara—. El señor Galen Perkins.

—¡Perkins! —¿qué estaba haciendo allí?—. Dígale que no recibo.

—¡Cómo! ¿Vais a tratar así a un viejo amigo? —preguntó Perkins, que entró por detrás del mayordomo.

Francesca se puso en pie con la espalda erguida.

—No creo que nunca fuéramos amigos, señor Perkins.

Fenton miró con sumo desagrado al hombre y se dirigió a Francesca.

—¿Acompaño al señor Perkins a la puerta, milady?

Perkins lo miró con una sonrisa socarrona.

—Me gustaría ver cómo lo intenta.

—No, gracias, Fenton —le dijo Francesca. Perkins no

iba a irse por propia voluntad, y ella temía que le hiciera daño al anciano–. Hablaré con el señor Perkins.

–Muy bien –dijo Fenton, e hizo una reverencia–. Estaré junto a la puerta por si me necesita.

El mayordomo rodeó a Perkins y se colocó en el pasillo que había frente a la puerta.

Perkins entró en la habitación y comentó:

–Qué caballero andante tenéis, milady. Sin duda, os protege de todos los peligros.

–¿Por qué habéis venido, señor Perkins? –preguntó Francesca–. ¿Qué queréis conseguir imponiéndome vuestra presencia?

–Bueno, creo que es lo lógico que venga a presentarle las condolencias a la viuda de un viejo amigo –respondió Perkins, sin perder su petulante sonrisa.

–Ya me disteis el pésame la otra noche, en el teatro –le recordó Francesca–. Así que no creo que sea necesaria una visita.

Él la miró con descaro.

–No se puede culpar a un hombre por querer renovar su amistad con una mujer tan encantadora –le dijo.

Francesca apretó los puños. Le habría gustado abofetearlo, por lo insolente e insinuador de su tono de voz.

–Debéis de sentiros muy sola –continuó él–, siendo viuda. Viviendo sola.

–Nunca estaría lo suficientemente sola como para desear vuestra compañía –le aseguró ella.

Él se encogió de hombros.

–Muy bien. Entonces, vamos directamente al grano.

–¿A qué os referís? –preguntó ella, sorprendida.

Perkins se metió la mano al bolsillo de la chaqueta y sacó un papel, que desplegó.

—Andrew y yo jugamos a las cartas un poco antes de que yo tuviera que marcharme al Continente...

—Os referís a antes de que matarais a un hombre.

Él se encogió de hombros otra vez.

—Un hombre debe defender su honor.

—Si es que tiene.

—Vuestro esposo perdió mucho —continuó Perkins, haciendo caso omiso de su comentario—. Como de costumbre, me temo. Se le terminaron los fondos, y ya había apostado sus gemelos y el alfiler de la corbata. Yo no podía aceptar un pagaré suyo, porque rara vez los abonaba. Así que, en la mano final, apostó su casa. Es triste decirlo, pero perdió.

Francesca lo miró fijamente, sin moverse, sin hablar. Finalmente dijo, con la voz ronca:

—¿A qué os referís? ¿Qué casa? ¿Haughston Hall? Está vinculada al título.

—Eso ya lo sé. Por eso le dije que debía apostar esta casa.

Francesca se quedó helada por dentro, pero se esforzó en que no se notara su miedo.

—Estáis mintiendo.

—¿De veras? —él le tendió un papel y se lo mostró para que pudiera leerlo—. ¿Es que no creéis que Andrew fuera capaz de algo así?

Francesca miró las palabras que había escritas en el papel y leyó los términos formales de la venta y, al final, la escritura descolorida pero terriblemente familiar: Andrew, lord Haughston. Se quedó sin respiración y temió que iba a desmayarse. No podía ser cierto. ¡Ni siquiera Andrew podía haberle hecho algo así! Pero, por supuesto, Francesca sabía que sí. Andrew nunca pensaba en las consecuencias de sus actos, sobre todo si aquellas consecuencias eran para ella.

Tragó saliva y lo miró a los ojos, con un repentino ataque de ira que hizo que reaccionara.

—Fuera de mi casa.

De nuevo, una sonrisa vagamente divertida y provocadora se le dibujó en los labios a Perkins.

—Me temo que es mi casa, milady.

—¿Acaso pensabais que os la iba a entregar dócilmente? Claro que no. No soy una débil que se va a rendir al primer golpe. Tengo amigos, gente con influencia y poder. Por lo que yo sé, podéis haber falsificado ese documento. No he visto ningún testigo.

Él dio un paso hacia ella, mirándola con una cólera fría.

—Yo tampoco soy un débil, milady. Hay testigos. Los otros dos hombres que jugaban a las cartas con nosotros, por no mencionar a las prostitutas y a la madama del burdel. Os llevaré ante los tribunales si no me entregáis la casa. Y ellos vendrán a testificar. Si es eso lo que queréis.

Aquellas palabras sí fueron un gran golpe para Francesca. Si luchaba contra él por la casa, él sacaría a la luz el comportamiento escandaloso de su marido. Ella sería objeto de todo tipo de chismorreos. Todo el mundo hablaría sobre Andrew y su vida disipada, su alcoholismo y su adicción al juego, de sus aventuras.

Sin embargo, Francesca se mantuvo erguida y repitió con gravedad:

—No voy a marcharme de esta casa.

Él la observó durante un largo momento, y después dijo:

—Entonces, os haré la misma oferta que le hice a Andrew en su momento. Le dije que podía pagarme con el dinero en vez de con la casa. Entonces, romperé el documento.

Francesca se relajó en parte. Quizá hubiera un modo de salir de aquello, después de todo. Aquel hombre sólo quería dinero.

—¿Cuál era la suma?

—Cinco mil libras.

Ella palideció. Nunca podría reunir tal cantidad.

—Le di dos semanas para que me pagara, pero entonces, por desgracia, tuve que salir del país por el incidente con Bagshaw.

—¿Incidente? ¿Así es como denomináis el asesinato?

Él dijo, como si ella no hubiera hablado:

—Sin embargo, a Haughston nunca le pareció adecuado enviarme la suma de dinero que me debía. Pero yo estoy dispuesto a tener la misma cortesía con vos. Podéis pagarme en dos semanas, y romperemos el documento que firmó lord Haughston.

—¡Dos semanas! No podéis esperar que consiga una cantidad tan grande en tan poco tiempo. Haughston tenía muchos más recursos que yo. Yo debo... escribir a mis padres, y a otros. Tengo que hablar con mi agente de negocios. Eso no es tiempo suficiente. Dadme unos cuantos meses.

—¡Meses! —exclamó él con desdén—. Llevo siete años esperando para tomar posesión de esta casa. ¿Por qué iba a esperar más?

—Será mucho más fácil para vos que os dé el dinero —argumentó Francesca desesperadamente—. ¿Para qué necesita un caballero soltero una casa tan grande? Y no puedo obtener tanto dinero tan rápidamente. Por favor. Sólo dos meses.

Él la miró durante un largo instante.

—Muy bien. Os concedo tres semanas.

No era mucho mejor, pero ella asintió, conforme con cualquier aumento del plazo.

—Bien.

Él sonrió de un modo que hizo que Francesca se estremeciera, y él hizo una reverencia.

—Hasta entonces, mi querida lady Haughston.

Después salió de la habitación. En el pasillo, Fenton lo siguió hasta la puerta de la casa.

Francesca se hundió en una butaca en cuanto el hombre desapareció. Era un milagro que no le hubieran fallado las piernas. Se tapó la cara con las manos, presa del terror.

¿Cómo iba a conseguir tanto dinero? Apenas podía mantenerse, y tenía muy pocas cosas que vender. Su carruaje era viejo, y los caballos también. No le reportarían mucho beneficio. Casi todas sus joyas eran falsas, salvo la pulsera y los pendientes que le había regalado el duque, y el camafeo que le había dado Callie. Todas aquellas cosas no sumarían ni una décima parte de la cantidad que le había exigido Perkins. Y, aunque vendiera todos los muebles de la casa y las vajillas de oro y plata, no sería suficiente.

No podía ir a pedirle dinero a su padre; él había estado a punto de arruinar las fincas del patrimonio familiar, y se había visto obligado a cederle su gestión a Dominic. Dominic la ayudaría si pudiera, ella lo sabía, pero su hermano estaba luchado por devolverle la solvencia a las fincas. Había vendido su propia casa de campo, una herencia de su tío, para pagar algunas de las deudas de las fincas y hacer las mejoras necesarias para que volvieran a ser productivas. Ella no podía pedirle que pusiera en peligro todos aquellos esfuerzos poniendo otra deuda sobre sus hombros. Nunca podría devolverle tanto dinero.

Tampoco podía pedirles a sus amigos una suma tan grande, y no tenía más familia. No tenía relación con el primo de lord Haughston, que había heredado el título y el patrimonio, aunque no conllevara dinero. Andrew había malgastado casi todas las riquezas de la familia.

Podría enfrentarse a Perkins y negarse a abandonar la casa. Quizá él no la llevara ante los tribunales, y aunque lo hiciera, era posible que aquel documento fuera una falsificación. Galen Perkins era capaz de eso y de más.

Sin embargo, si Francesca lo obligaba a ir ante el juez para obtener la casa, él cumpliría su amenaza de llevar a los conocidos de su marido como testigos ante el tribunal y la expondría a la humillación pública. Aunque el documento fuera falso, Perkins podía encontrar a unos hombres y mujeres que mintieran por unas cuantas monedas.

Francesca no podía soportar pasar por el escándalo y que su nombre apareciera en los periódicos, ni que todo el mundo murmurara sobre ella en Londres. Y de todos modos, al final era probable que perdiera la casa. La firma del documento se parecía mucho a la de Andrew.

¿Qué iba a hacer si perdía la casa? ¿Adónde iría? ¿A Redfields, donde tendría que vivir el resto de su existencia de la generosidad de su hermano? Sabía que Dom y su mujer, Constance, la acogerían sin una palabra de queja. Sin embargo, no quería ser una carga para ellos, y le aterraba la idea de no tener nada propio nunca más. Y vivir un año entero lejos de Londres le parecía un exilio.

Reprimió las lágrimas. La verdad era que estaba ante la ruina. Si no se las arreglaba para conjurar la amenaza de Perkins, aquello sería prácticamente el final de su mundo.

CAPÍTULO 8

Francesca se despertó a la mañana siguiente con una pesada sensación de miedo. Había llorado hasta caer rendida la noche anterior, pensando en su situación, y había tenido pesadillas de las que no podía recordar nada más que el pánico.

Un poco temblorosa, se sentó a tomar el té y las tostadas que le llevó Maisie mientras reflexionaba. Ojalá hubiera alguien a quien pudiera pedirle consejo. No podía acudir a su hermano sin delatarse; sir Lucien, su mejor amigo, tenía sus propios problemas de dinero, así que de él no podría obtener ayuda. Tampoco podía hablar con Irene; era una mujer muy inteligente, y Gideon, su marido, era uno de los hombres más ricos de Londres. Sin embargo, Francesca se encogía por dentro al pensar en pedirles ayuda.

No podía abusar así de sus amigos. Y no había nadie más de quien se sintiera tan cercana, salvo la familia. O...

Sinclair.

El nombre del duque apareció en su cabeza, pero Francesca se lo apartó de la mente y se cruzó de brazos como si quisiera defenderse de la idea. Tampoco podía ir corriendo a pedirle ayuda al duque. Ya no era nada para él, y se negaba a imponerle aquella obligación. Además, aunque sería un gran alivio poner el problema en sus manos, también sería muy humillante. Y, de todos modos, aquel hombre no le debía nada.

No. Tenía que resolver aquello por sí misma.

Francesca apartó la bandeja del desayuno, se levantó y fue hacia su joyero. Lo abrió y revisó sus joyas, separando las falsas de las que tenían valor. El montón de las valiosas era muy pequeño: el collar de perlas que le habían regalado sus padres el día de su décimo octavo cumpleaños, el camafeo de Callie, los pendientes de zafiros que le había regalado el duque por su compromiso y la pulsera de zafiros a juego que le había dado como pago por la apuesta que ella le había ganado el verano anterior. Su alianza y las joyas que le había regalado su marido las había vendido hacía mucho tiempo para mantenerse. Y lo que le quedaba era demasiado querido como para separarse de ello.

No estaba segura de poder hacerlo, pero, ¿le quedaba otra opción?

Cuando Maisie volvió para llevarse su bandeja, Francesca le dijo:

—Tengo algunas cosas para llevar a vender a la joyería.

Maisie la miró con sorpresa.

—¿De veras? No lo sabía.

La doncella frunció el ceño.

–Necesito vender todo lo que pueda. En cuanto me vista, inspeccionaré la plata. Creo que debemos deshacernos de todo.

Maisie se quedó boquiabierta.

–¿De todo, milady?

Francesca asintió.

–¿Cuánto crees que podrían darnos por ello? ¿Podemos vender también los vasos de cristal? ¿Y los muebles? ¿Cuánto dinero crees que podríamos conseguir en total?

Maisie sacudió la cabeza.

–Pero, milady, ¿qué usará después? No puede deshacerse de la vajilla y la cubertería.

–De la mayoría de las cosas –dijo Francesca–. A partir de ahora daré sólo cenas más reducidas, eso es todo. Y también podemos vender los candelabros de plata. Vamos a subir a la buhardilla para ver qué hay arriba. Y debería hablar con el cochero para vender el carruaje y los caballos.

–¡Vender el coche! Milady, ¿qué ha ocurrido? ¡Se va a quedar sin nada!

–Tengo que hacerlo. Voy a mandar llamar a mi agente de negocios. Tengo que pensar en vender la casa.

Pese a las protestas y el asombro de su doncella, Francesca fue inflexible, y pasó el resto del día tomando nota de todo lo que podía intentar vender. El agente la visitó aquel mismo día, un poco más tarde, y permanecieron encerrados en el despacho durante más de una hora. Cuando se marchó, ella estaba agotada y se quedó sentada un largo tiempo, observando el atardecer.

Todo lo que había hecho era inútil. Aunque vendiera todas sus posesiones, no le proporcionarían la cantidad que necesitaba. Si vendía sus fondos de inversión, se acercaría, pero no lo conseguiría por completo y además se quedaría sin nada para vivir, salvo lo que consiguiera ayudando a las muchachas a encontrar marido.

Lo único que podía hacer para conseguir aquella cantidad de dinero era vender la casa, pero le llevaría tiempo encontrar un comprador. Además, pese a que su agente había accedido a intentar venderla, no estaba de acuerdo con la idea. Le había aconsejado que alquilara la casa durante la temporada si necesitaba dinero, pero él no conocía el motivo de la desesperación y la urgencia de Francesca, y ella no era capaz de explicárselo.

Sin embargo, debía enviar a Maisie a vender todo lo que pudiera. Después de todo, necesitaría dinero si decidía enfrentarse a Perkins en el tribunal.

Volvió a su joyero y sacó los pendientes y la pulsera de zafiros. Lo vendería todo, pero no aquello.

Durante toda la semana, mientras preparaba la fiesta de Harriet, Francesca no pudo dejar de angustiarse. Por mucho que pensara y llorara por las noches en la privacidad de su dormitorio, no podía dar con la solución.

Intentó apartarse de la cabeza el asunto de Perkins y la casa, y se dedicó a organizar una fiesta perfecta. Para su satisfacción, le llegaron las respuestas a las invitaciones que había enviado, confirmando la asistencia de casi todo el mundo. Francesca abrió la sala de baile, una de las habitaciones que permanecían cerradas durante todo el año, en el ala este de la casa, y se contrataron sirvientes para hacer una limpieza a fondo. Cuando se terminó la limpieza, comenzó la tarea de la decoración de la sala y del vestíbulo principal. Se eligieron los vinos, el menú y las mantelerías de las mesas.

Por otra parte, estaban las sesiones que Francesca había acordado con Harriet para instruir a la muchacha en el arte de la conversación, del flirteo estratégico y de otras habilidades que la ayudarían a conducirse con éxito en aquella temporada social.

Sin embargo, por mucho que Francesca se concentrara en sus tareas, no podía dejar de pensar en Perkins y en sus amenazas. Cuando se acostaba, aquello no dejaba de atormentarla y no podía conciliar el sueño. Por las mañanas, lamentaba sus noches de vigilia. Le dolía la cabeza y tenía unas pronunciadas ojeras. Si no conseguía dormir algo, parecería una bruja, se dijo, pero no conseguía dejar de preocuparse.

Por fin llegó la noche de la fiesta. Hacía un tiempo veraniego muy agradable. Francesca estrenó su nuevo vestido verde claro de seda, y saludó a todos sus invitados con una sonrisa. Estaba decidida a olvidar sus inquietudes al menos aquella noche. Era la única fiesta que iba a dar durante la temporada y tenía intención de disfrutar de la velada.

Resultó que tuvo poco tiempo para disfrutar. Estuvo muy ocupada asegurándose de que Harriet, que estaba muy guapa con un vestido blanco de baile y el pelo arreglado en tirabuzones que le había hecho Maisie, conociera a todos los jóvenes a los que Francesca había invitado y a las mujeres que podían allanar el camino de la muchacha por la sociedad. Francesca pensaba que una invitación a Almack's era demasiado pedir, pero sí podría conseguirle a Harriet invitaciones a muchas fiestas divertidas.

Cuando no estaba ocupada con Harriet, perseguía otro de sus objetivos: presentarle al duque de Rochford a todas las muchachas que había elegido para él. Se sintió muy satisfecha al comprobar que sus cuatro candidatas habían acudido a la fiesta, y se las arregló sutilmente para conseguir que todas hablaran con Rochford en algún momento de la noche.

Durante todo el rato, hiciera lo que hiciera, Francesca observó al duque, y le agradó que él hiciera un esfuerzo por conversar con todas las muchachas. En una ocasión, lo vio charlando con lady Damaris, y mientras miraba, Rochford sonrió y se rió, y su rostro se iluminó. Francesca notó una punzada extraña en el corazón, aguda y dolorosa, y tuvo ganas de llorar.

Se dijo que era una tonta. Claro que Sinclair disfrutaría del hecho de conversar con Damaris. Era inteligente y sofisticada, y hábil en el arte de la conversación. Además era atractiva. En opinión de Francesca, era la joven que tenía más posibilidades de atraer al duque.

Por otra parte, lady Edwina de Morgan era la más bella de todas. Tenía el pelo negro y los ojos verdes y brillantes, aunque sus rasgos eran un poco afilados.

Francesca temía que lady Mary fuera demasiado tímida como para hablar con Rochford, porque tenía un carácter introvertido y era un ratón de biblioteca. Vio que el duque charlaba con ella y, sorprendentemente, la joven seguía la conversación incluso animadamente.

Francesca sonrió. Rochford podía conseguir aquella hazaña, y más. Era paciente, amable y encantador. Era, en resumen, la encarnación del perfecto caballero. En realidad, Francesca se preguntó si aquellas muchachas eran lo suficientemente buenas para él.

La noche no fue enteramente dedicada al trabajo. Francesca pasó unos minutos hablando con sir Alan, que tenía un carácter afable y agradable. Y también sir Lucien estaba allí, por supuesto, junto a lord y lady Radbourne.

Irene le dio una gran alegría al confesarle que estaba embarazada de pocos meses. Le pidió que fuera la madrina de su hijo, y a Francesca se le llenaron los ojos de lágrimas, en parte de alegría por Irene y Gideon, y en parte también por el dolor que le causaba saber que ella nunca podría experimentar la maternidad.

—Por supuesto que seré la madrina de tu hijo —le dijo a Irene—. Lo mimaré muchísimo.

—¡Aquí estás! —exclamó una voz familiar a su izquierda, y ambas mujeres se dieron la vuelta y vieron a una belleza con un maravilloso vestido del azul de las plumas de un pavo real, que caminaba hacia ellas del brazo de un hombre alto y guapo.

—¡Callie! —exclamó Francesca, acercándose a su amiga—. ¡Oh, Dios Santo! ¡Qué sorpresa verte aquí! No sabía que habías vuelto ya. Tu hermano no nos ha dicho una palabra.

Francesca abrazó a la hermana de Rochford. Callie le devolvió el abrazo, riéndose.

—Le obligué a jurar que no lo haría. Quería darte una sorpresa. Brom y yo hemos llegado justo antes de que

Sinclair saliera para tu fiesta, y le dije que tenía que venir a verte aunque no estuviéramos invitados. Como antes teníamos que arreglarnos, le pedí que no te contara nada.

—Tú siempre estás invitada —le dijo Francesca, y se alejó dos pasos de su amiga para contemplarla—. Ya lo sabes. Estás muy guapa.

—Es por el vestido —dijo Callie, con los ojos brillantes de alegría—. Lo compré en París.

—No es el vestido —le dijo Francesca.

—Bueno, entonces quizá sea la vida de casada —dijo Callie, y miró cariñosamente a su marido.

Bromwell era un hombre alto, de hombros anchos y complexión musculosa. Era uno de los hombres más guapos de Londres. Tenía el pelo de color caoba y los ojos azules. Se parecía a su bellísima hermana Daphne, pero afortunadamente su carácter era muy distinto al de aquella mujer.

A causa de las mentiras de su hermana, Bromwell había odiado al duque durante muchos años, y cuando había empezado a cortejar a Callie, lo había hecho para molestar a Rochford. Al final, no obstante, se había dado cuenta de que no había nada que le importara más que Callie y lo que sentía por ella. El duque y él se habían reconciliado después de que Bromwell supiera que lo que le había dicho su hermana era mentira. Claro que la reconciliación había llegado después de que ambos se pelearan a puñetazos. Aunque aquel incidente había servido, de aquella manera tan peculiar de los hombres, para aumentar el respeto del uno por el otro.

El conde de Bromwell les hizo una reverencia para saludarlas.

—Lady Haughston. Lady Radbourne. Me alegro de comprobar que están muy bien.

—Y vos, señor —le dijo Francesca con afecto.

—Me alegro de volver a veros —añadió Irene—. Espero que hayáis disfrutado del viaje.

—Creo que hemos visto todas las catedrales de Francia y de Italia —les dijo Bromwell quejumbrosamente—. No me había dado cuenta de que mi esposa era tan aficionada a las iglesias.

—No son las iglesias, aunque sean preciosas. Es el arte —explicó Callie.

Los cuatro charlaron durante unos minutos sobre lo que había visto la pareja durante su luna de miel. Después Irene acompañó al conde a saludar a Gideon, y Francesca se quedó hablando con Callie.

—Eres feliz, ¿verdad? —añadió Francesca, observando con atención a su amiga.

—Increíblemente feliz —respondió Callie—. Si hubiera sabido lo mucho que iba a disfrutar del matrimonio, me habría casado hace mucho tiempo.

—Creo que este marido en particular puede haber tenido algo que ver.

Callie sonrió de oreja a oreja.

—Lo quiero, Francesca. Lo quiero más de lo que nunca hubiera imaginado. O quizá es que mi amor crece cada día. No creía que fuera posible quererlo más que el día que me casé, pero así es.

—Me alegro muchísimo por ti, querida.

Ella siempre había querido mucho a Calandra, a quien conocía desde bebé, pero durante los últimos meses su amistad se había hecho mucho más íntima. Callie le había dicho una vez que para ella era como una hermana, y Francesca sentía lo mismo por la muchacha.

—Cuéntame las últimas noticias —le pidió Callie—. Tengo la sensación de que llevo fuera una eternidad, aunque el tiempo haya pasado tan deprisa.

—Me temo que no he ido a muchas fiestas. No tengo demasiadas noticias.

—¿Has estado enferma? —le preguntó Callie con preocupación.

—No, claro que no. Sólo un poco cansada. He estado muy ocupada con esta fiesta.

—Es una preciosidad. Claro que no hace falta decirlo. Tú tienes el don de la elegancia. Sinclair me dijo que la fiesta era para Harriet Sherbourne. ¿La conozco?

—No, ha llegado recientemente del campo. Está allí, hablando con Oscar Coventry.

—Ah, sí. Una muchacha muy guapa. ¿Es otro de tus proyectos?

—Un poco.

Callie siguió mirando por la habitación.

—¿Quién es la muchacha con la que está hablando mi hermano?

Francesca se volvió y siguió la mirada de Callie. Rochford estaba junto a una joven rubia muy guapa, que lo observaba con embeleso.

—Es lady Caroline Wyatt. Acaba de hacer su debut. Es la hija de sir Averill Wyatt.

—Sir Averill... —Callie frunció el ceño. Después, su expresión se aclaró—. Oh, ¿es la hija de lady Beatrice?

—Exactamente. La nieta de Bellingham.

—Dios Santo, apenas puedo creer que Sinclair esté hablando con ella. Normalmente, las muchachas jóvenes le aburren mortalmente. ¿Crees que está interesado en ella?

—Quizá. Es muy guapa.

Continuaron observando a la pareja. Rochford hablaba. Lady Caroline sonreía.

—Tengo que decir —comentó Francesca con cierta aspereza— que no parece que tenga mucha conversación. No creo que Rochford la encuentre muy entretenida.

De repente, se dio cuenta de que sus palabras habían sonado duras. Miró a Callie, preguntándose si su amiga se habría dado cuenta. Intentando hablar en un tono más agradable, dijo:

—Claro que supongo que muchos hombres prefieren a este tipo de mujer.

—No creo que mi hermano sea de esa opinión —comentó Callie, y aquellas palabras animaron a Francesca.

Hubo un sonido de voces masculinas en el vestíbulo, y Francesca apartó la vista de Rochford y lady Caroline para mirar hacia allí. Cuando lo hizo, vio a Galen Perkins con Fenton a su lado, protestando.

—Oh, Dios mío —dijo Francesca, con un nudo de miedo en el estómago. ¿Acaso Perkins iba a estropearle la fiesta? Se lo imaginó fácilmente diciéndole a todo el mundo que aquella casa era suya, en realidad, y no de lady Haughston—. Disculpa, Callie.

Se levantó y fue hacia las puertas dobles del salón, que estaban abiertas de par en par.

—Ah, lady Haughston —dijo Perkins con su sonrisa petulante—. Me alegro de veros. Por favor, decidle a vuestro sirviente que soy bienvenido en la fiesta.

—¿Qué estáis haciendo aquí? —le preguntó Francesca en voz baja—. No os he invitado.

—Estoy seguro de que se os ha pasado por alto. No habríais querido excluir a un viejo amigo de vuestro difunto marido.

—Por favor, marchaos. Me dijisteis que serían tres semanas...

—¿Tres semanas hasta qué, milady? —preguntó él con una sonrisa. Como siempre, el título con el que se dirigía a Francesca sonaba como un insulto en sus labios.

—Señor Perkins, por favor...

—Lady Haughston —dijo el duque desde detrás de ella.

Francesca se giró con alivio.

—Rochford...

—¿Puedo ayudar en algo? —preguntó, y le clavó una mirada dura a Perkins, tan dura que asombró a Francesca—. ¿Qué estáis haciendo aquí?

—Pues soy un invitado de la señora. El difunto lord Haughston y yo éramos muy amigos —dijo Perkins, y miró a Francesca—. Les contaré a los invitados la historia de nuestra amistad, si alguien cuestiona mi presencia aquí.

—¿Queréis que lo eche de casa, milady? —le preguntó el duque a Francesca sin apartar la vista de Perkins.

Perkins soltó un resoplido.

—Como si pudierais.

El duque no dijo nada. Se limitó a sostener la mirada de Perkins, y fue el último quien primero apartó la vista. Después, Rochford miró a Francesca.

—No —dijo ella rápidamente—. Por favor, no. Yo... no quiero que un altercado estropee la fiesta de Harriet.

Rochford frunció el ceño. Era evidente que no aprobaba el hecho de permitir a Perkins que se quedara. Ella lo miró de forma suplicante.

—Por favor, Rochford.

—Por supuesto —dijo él gentilmente—. Como queráis. Tened cuidado, Perkins. No os voy a quitar la vista de encima.

—Me voy a morir del miedo —replicó con arrogancia Perkins.

—Entrad. ¿Por qué no vais a comer algo? —Francesca señaló vagamente hacia la mesa de la comida.

Esperaba que el hombre no revelara nada demasiado dañino si le permitía que se quedara. Además, la fiesta ya estaba terminando. Francesca no tendría que soportar su presencia más de una hora. Por desgracia, con respecto a Perkins, aquel tiempo también le parecía una eternidad.

Callie se acercó a Francesca y la tomó del brazo.

—Vamos, preséntame a lady Sherbourne. Me gustaría conocerla.

—Por supuesto —dijo Francesca, y se alejó de Perkins.

—¿Quién es ese hombre? —le preguntó Callie—. A Sinclair se le puso cara de furia en cuanto lo vio.

—Nadie. Era... un conocido de mi difunto esposo. Un hombre de baja estofa. Pero no podía estropear la fiesta de Harriet dejando que Rochford lo echara.

—Claro que no —convino Callie—. Pero no te preocupes, Sinclair se ocupará de él si causa problemas. Y Brom también, me imagino. ¿Sabes que ellos dos se han hecho casi amigos? Los hombres son las criaturas más extrañas.

Francesca se rió. No era difícil relajarse con Callie.

—Muy cierto.

El resto de la velada pasó con tranquilidad. Francesca se movió entre el resto de los invitados, mirando a menudo por la habitación para localizar a Perkins. Lo vio junto a la mesa del bufé y, más tarde, caminando por la sala, saludando a algunos hombres, que invariablemente parecían nerviosos. Francesca se preguntó si los conocía de las mesas de juego. Quizá ellos también tenían miedo de lo que él pudiera revelar.

Más tarde, buscó a Perkins de nuevo, y se dio cuenta de que no estaba. Hizo un lento recorrido por el salón, pero no lo vio. Le pareció extraño. Aquel hombre no era de los que se marchaban sin formar revuelo.

Comenzó a buscarlo entre la multitud, y al cabo de unos minutos notó que faltaba otra persona: Rochford.

Se le encogió el estómago. ¿Acaso Rochford se las había arreglado para sacar silenciosamente a Perkins de la casa? Francesca se alegró por aquello, pero temió lo que podía haber ocurrido cuando los dos hombres habían salido de la casa. Rochford sabía cuidarse de sí mismo, por supuesto; ella no dudaba de sus habilidades, y menos después de haber presenciado su pelea con lord Bromwell tres meses antes.

En una situación normal, no se preocuparía por él,

pero Perkins era otra cosa. Francesca estaba segura de que no era de los que observaban las reglas caballerosas cuando tenía que pelear. No había modo de saber lo que podría hacer aquel hombre si Rochford decidía enfrentarse a él. Francesca siguió mirando a su alrededor, pensando en si debía alertar a Gideon, o quizá incluso a lord Bromwell, y pedirles ayuda.

Entonces se dio cuenta de que no veía tampoco a los otros dos hombres. ¿Acaso se habían ido los tres a echar a Perkins? Durante un instante, se relajó. Rochford no correría peligro si aquél era el caso.

Sin embargo, su alivio no duró mucho. Perkins se pondría furioso, y ella no quería pensar en lo que podría hacer si acumulaba la suficiente rabia. ¿Y si les contaba su historia? Francesca enrojeció. No quería que Rochford supiera la verdad completa del comportamiento de Haughston.

Buscó a Callie y le preguntó por su marido.

—La última vez que lo vi —respondió la muchacha, mirando a su alrededor—, se había ido con lord Radbourne a charlar con Sinclair. Creo que estaban conspirando para salir al jardín a fumar un cigarro.

—Ah...

Entonces, estaban juntos. Quizá fuera cierto que sólo querían disfrutar de un cigarro y de la compañía masculina.

—Ahí están —dijo Callie, mirando hacia la puerta.

Francesca se volvió y vio a lord Bromwell y a lord Radbourne entrando en la sala. Sin embargo, de Rochford no había ni rastro.

—¿Quieres que vayamos con ellos? —le preguntó Callie—. ¿Querías hablarle a Bromwell de algo?

—¿Qué? Oh, no. Quiero decir que no era nada importante, en realidad.

Francesca se dio cuenta de que su amiga debía pensar que se estaba comportando de manera extraña, pero no daba con un modo de preguntarle a Bromwell lo que quería saber. Si él había ayudado a sacar a Perkins de allí, no era probable que se lo dijera, y si no lo había hecho, Francesca sólo conseguiría que Callie y él tuvieran curiosidad por lo que había sucedido.

Por fortuna, en aquel momento vio a una pareja que se acercaba hacia Callie. Eran lord y lady Hampton, que iban a despedirse. A partir de aquel momento, los invitados comenzaron a marcharse poco a poco, y Francesca se trasladó al pasillo para poder decirles adiós más fácilmente.

Cuando la fiesta terminó y los sirvientes comenzaron a recoger, Francesca subió a su dormitorio. Como Maisie estaba abajo, ocupada con la limpieza, ella misma se desvistió. Después se puso la bata y se sentó en el alféizar de la venta a cepillarse el cabello. Había abierto un poco una de las hojas para dejar que entrara la brisa de la noche.

Acababa de cepillarse la melena cuando apareció la figura de un hombre al final de la manzana. Ella se inclinó hacia delante con los ojos entornados. Estaba demasiado oscuro como para distinguir sus rasgos, pero por su forma de caminar y su planta supo que era Rochford.

Él se detuvo frente a la casa y miró hacia arriba, pero la habitación de Francesca estaba a oscuras, porque ella había dejado la vela junto a la puerta, al otro lado del dormitorio. Él vaciló, y miró hacia la puerta de entrada.

Rápidamente, Francesca se inclinó hacia delante y dio unos golpecitos con los nudillos en el cristal. Él alzó la cabeza para mirar al piso de arriba, y Francesca abrió la ventana.

—Rochford —susurró.

Cuando él la vio, se quitó el sombrero y le hizo una elegante reverencia. Ella señaló la puerta principal, bajó del alféizar y, después de tomar el farol, salió apresuradamente de la habitación.

CAPÍTULO 9

Rochford la estaba esperando cuando ella abrió la pesada puerta. Francesca se llevó un dedo a los labios para indicarle que guardara silencio, puesto que los sirvientes seguían limpiando la sala de reuniones. Rochford asintió y entró en el vestíbulo. Francesca le hizo un gesto para que la siguiera y lo condujo al gabinete de mañana, que estaba en el extremo opuesto de la casa. Después de cerrar la puerta y encender un farol, lo miró con severidad.

–Está bien. Confiesa.

–Gustosamente –respondió el duque con despreocupación–. ¿Qué quieres que confiese?

–Me he dado cuenta de que el señor Perkins ha dejado sospechosamente pronto la fiesta.

–Quizá se aburriera. Dudo que fuera bien acogido por tus invitados.

Francesca arqueó una ceja.

—También me he dado cuenta de que tú y tus cohortes estabais ausentes al mismo tiempo.

Él sonrió.

—¿Mis cohortes? Por favor, dime cuáles son mis cohortes.

—Lord Radbourne y lord Bromwell. ¿Qué habéis hecho?

—Sólo le sugerimos a Perkins que estaría más contento en otra parte... y fuimos con él para asegurarnos de que llegaba sano y salvo.

—¡Sinclair! ¿Le habéis hecho daño?

—De verdad, Francesca, ¿por qué clase de rufián me tomas? —preguntó él, y después se quitó una pelusa de la manga de su chaqueta negra inmaculada.

—Yo nunca habría pensado en nada parecido a un rufián hasta que te vi intentar romperle la cabeza a tu futuro cuñado.

—En aquel momento no era mi futuro cuñado —observó él—. Además, tenía muchos más motivos para pegar a Bromwell. Creía que estaba intentando destrozar la reputación de mi hermana. Perkins sólo estaba... molestando.

—Entonces, ¿sólo hablasteis con él?

Rochford se encogió de hombros.

—Sí. Gideon estaba a favor de tirarlo al Támesis —dijo, y al oír el jadeo de horror de Francesca, sonrió levemente y siguió en tono confidencial—: Ya sabes, la infancia de Gideon. Bromwell y yo lo disuadimos, aunque le comenté a Perkins que su destino sería mucho peor si volvía a molestarte.

—Y qué... ¿Dijo algo indecoroso?

—Dijo unas cuantas cosas que no puedo repetirle a una señora. Nada importante –respondió Rochford, y la observó con atención–. Dime, ¿por qué estás tan preocupada por ese villano miserable? Estoy seguro de que tú no lo invitaste de verdad a la fiesta.

—No, claro que no. No quiero verlo. Es un hombre corrupto. Me preocupaba que pudiera herirte, si es que quieres saberlo –dijo Francesca; se dio la vuelta y atravesó la habitación–. Aunque, claramente, no tenía que haberme preocupado.

Él dio un paso tras ella, pero se detuvo.

—No, no tenías que preocuparte. Perkins no es una amenaza.

—Puede que quiera vengarse.

—Yo me encargaré de él.

—Muy bien. ¿Brandy?

Sin esperar la respuesta, ella sacó una botella de un armario y sirvió dos copas. Normalmente, nunca bebía brandy; lo tenía a mano sobre todo por su amigo Lucien. Sin embargo, aquella noche le parecía lo mejor.

Rochford la observó mientras servía el licor. Se preguntó si ella se habría dado cuenta de que había abierto la puerta en bata, con el pelo suelto cayéndole en cascada por toda la espalda. Una vez, él había soñado con estar con ella así; por supuesto, en aquellos sueños él tenía derecho a acercarse a ella, abrazarla y deslizar la mano por debajo de aquella melena de seda.

Se dio la vuelta bruscamente y se sentó.

—¿Por qué le permitiste que se quedara esta noche?

Francesca suspiró.

—Me pareció lo más fácil. No quería montar una escena, y me temo que él es exactamente de la clase de hombres que lo hace. Además, era amigo de Andrew. Yo... no quería ser abiertamente grosera con él.

—A mí me parece que sería muy fácil ser grosero con la mayoría de los amigos de Haughston.

Francesa no pudo contener una sonrisa, pero intentó disimularla tomando un sorbo de brandy. Le bajó por el esófago como un fuego de terciopelo y encendió su estómago, enviando suaves oleadas de relajación por todo su cuerpo. Ella dejó escapar un suspiro, tomó otro sorbo y subió los pies al sofá, bajo las piernas, como una niña.

Miró a Rochford. Era un hombre tan fuerte y tan capaz... Claro que Perkins no le preocupaba. Él podía sacudirse a aquel hombre de encima como si fuera un mosquito.

Durante un instante, pensó en contarle a Rochford la verdad sobre la amenaza de Perkins, y en poner en unas manos tan competentes todo aquel lío. Rápidamente, miró su copa e hizo girar él líquido de color ámbar por el cristal. No podía hacer semejante cosa. No tenía derechos sobre Rochford, y sería impensablemente atrevido hacerle partícipe de sus problemas. Como el caballero que era, él intentaría solucionarlo, pero eso, evidentemente, no estaba bien.

Además, para Francesca sería muy humillante revelarle al hombre con el que no se había casado el error tan espantoso que había cometido, el estúpido error que había cometido al elegir a aquel otro hombre. No quería que él supiera que vivía al borde de la pobreza, y mucho menos que pensara que quizá le estaba pidiendo el dinero para pagar a Perkins. Eso la avergonzaría profundamente. Tomó otro sorbo de licor.

Rochford miró la pechera de su bata. Las solapas se le habían abierto un poco, y dejaban a la vista la parte superior de sus pechos y el oscuro valle de separación que había entre ellos. No pudo evitar preguntarse qué llevaría bajo la bata; si era el camisón, debía de ser escotado. O quizá se había puesto la prenda directamente sobre la ropa interior, de modo que sólo llevaba una fina camisola y los pantalones por debajo.

Comenzó a hablar, pero se quedó asombrado de la ronquera de su voz. Carraspeó y volvió a empezar.

—Creo que podríamos hablar de... ah... de las damas a las que estamos teniendo en cuenta.

—Sí, por supuesto —respondió Francesca, aliviada de poder cambiar de tema—. ¿Te gustó lady Damaris?

—Parece muy competente, como dijiste. Y es buena conversadora —dijo él.

—Entonces... ¿Es tu favorita?

—No especialmente. No estoy seguro de que tenga una favorita.

—Hablaste bastante con lady Mary. Me sorprendió. Normalmente parece muy tímida.

Él frunció los labios ligeramente.

—En realidad, creo que me considera demasiado viejo como para asustarse. Creo que me pone en la categoría de su padre y los amigos de su padre.

—¡Viejo! —exclamó Francesca, y se echó a reír con ganas—. Oh, vaya.

—Ríete todo lo que quieras —replicó él—. Te recuerdo, querida, que no te llevo demasiados años.

—No, claro que no. Yo también soy una ancianita, sin duda —dijo Francesca, sonriéndole con picardía—. Quizá puedas hacer caer sus defensas. No tengo ninguna duda de que después podrás convencerla de que no estás completamente chocho todavía.

—Me parece un gran esfuerzo —musitó él.

—¿Y lady Caroline?

Rochford apretó los labios.

—¡Demonios, Francesca! ¿Por qué has pensado en cargarme con esa niña? ¡Nunca había conocido a una muchacha más aburrida!

Francesca también apretó los labios, para intentar reprimir la carcajada. No debería sentirse tan contenta al oír que le había desagradado la chica, pero no podía evitar la diversión que crecía en su interior como una burbuja.

—Es incapaz de hablar de nada —continuó él con amargura—. Y si tenía una opinión sobre algo, he sido incapaz de averiguarlo. Cada vez que le hacía una pregunta, me respondía preguntándome qué pensaba yo. ¿Qué sentido tiene eso? ¡Yo ya sé lo que pienso!

—Quizá debas darle otra oportunidad a lady Caroline. Después de todo, es muy joven, y quizá se sienta cohibida con alguien como tú.

—¿Con alguien como yo? —repitió él, lanzándole una mirada oscura—. ¿Qué quieres decir? ¿Insinúas que intimido? ¿Rígido e inflexible? O quizá te estés refiriendo a mi avanzada edad.

Francesca ya no pudo reprimir la carcajada.

—Puedes ser un poco... abrumador. Eres un duque, y cuando tienes esa expresión... ya sabes, como si un cachorro te hubiera puesto las patas manchadas de barro en tus mejores botas...

—Disculpa, pero yo nunca soy desagradable con los cachorros —dijo él, y controló la sonrisa que le tiraba de las comisuras de los labios—. Y debo añadir que nunca he notado que tú estuvieras cohibida por el hecho de que yo sea un duque. Ni siquiera cuando tenías catorce años.

—Es difícil estar cohibida con alguien a quien has visto tirarse desde el tejado de un establo a un montón de heno —replicó Francesca.

Rochford soltó una risotada.

—¿Cuándo fue eso?

—En Dancy Park, cuando yo tenía ocho años y tú trece. Dom, tú y yo habíamos estado montando a caballo, y nos detuvimos en la granja de Jamie Evans. El mozo intentó detenernos, pero no pudo. Había una gran pila de heno, y Dom se tiró sobre ella desde la valla y me retó a que yo también lo hiciera.

—Y tú dijiste «¡Me tiraré desde el tejado!». Por supuesto. ¿Cómo es que se me había olvidado eso? Eras incorregible.

—Bueno, sólo lo hice porque le dijiste a Dom que yo era demasiado pequeña para hacer algo así, y tenía que demostrarte que no era cierto. Y entonces, tú me ordenaste que no lo hiciera.

—Ah, sí. Y pensaba que con eso iba a controlarte rápidamente. Debía de haber sido más sabio a los trece años.

—Entonces, tú también te tiraste desde el tejado.

—¡Yo no podía dejar de hacerlo, sí tú habías sido capaz!

—¡Típico de ti! Echarme a mí la culpa.

—Tú eras quien la tenía todo el tiempo. Eras muy traviesa.

—Y tú eras un engreído.

La sonrisa de Rochford aumentó.

—Entonces, me pregunto por qué siempre me seguías a todas partes.

—Yo no te seguía —replicó Francesca, y añadió con gran dignidad—: Lo que pasa es que Dom y tú siempre ibais a los lugares a los que yo quería ir.

Él se rió, con los ojos brillantes, y se levantó de su butaca.

—¿Otro brandy?

—No, mejor no. Ya tengo una sensación muy agradable. Si bebo un poco más, me marearé. ¿Quieres tú otro?

—No. Yo estoy bien.

Francesca se levantó también, tomó las dos copas y las llevó al armario, junto a la botella. Sin mirar a Rochford, preguntó despreocupadamente:

—Entonces, ¿tienes alguna preferencia?

—¿A qué te refieres?

—Por alguna de las muchachas —explicó ella, y se giró hacia el duque—. ¿Te inclinas más por alguna en particular?

Él la miró durante un instante, y respondió:

—Sí, tengo una preferida.

—¿Quién? —preguntó Francesca, y se acercó a él. De repente, aquella pregunta le parecía muy importante. ¿Quién era la que había captado su atención? ¿Tenía intención de cortejarla?

—No es lady Caroline —respondió él secamente, y dio un paso hacia ella. Siguió hablando en voz baja—: Dime, querida, ¿has pensado en supervisar también mi cortejo?

Su cercanía dejó a Francesca sin aliento. Apartó la mirada de sus ojos negros y susurró:

—No, estoy segura de que tú sabes manejar ese asunto perfectamente.

—Yo no estaría tan seguro, si fuera tú —replicó Rochford—. Después de todo, mira cómo han sido mis intentos previos de galantear a una mujer. Es evidente que no he tenido éxito. Quizá deberías darme unas cuantas instrucciones al respecto.

—¿De veras? —Francesca ladeó la cabeza de un modo desafiante—. No creo que sea necesario. Estoy segura de que sabes muy bien cómo hacerle cumplidos a una mujer.

Francesca se daba cuenta de que tenía la respiración entrecortada, y sabía que era absurdo sentirse así, cálida y relajada, pero, al mismo tiempo, con un cosquilleo de impaciencia.

—¿Como por ejemplo, decirle que su pelo brilla como el oro a la luz de las velas? —preguntó él, observando su cabello—. ¿O que le relucen los ojos como zafiros?

—No debes exagerar demasiado —respondió ella, intentando hablar con ligereza.

Él alzó la mano y le acarició el pelo delicadamente, con el dorso de la mano.

—Es la verdad.

—No... no estoy segura de que la verdad sea lo más aconsejable cuando uno está describiendo a una mujer.

—¿Ni siquiera cuando tiene la piel tan suave? —preguntó él, y le rozó la mejilla con los nudillos—. ¿O cuando sus labios tienen una forma perfecta —dijo, y le pasó el índice por la línea del labio superior—, y sólo están esperando un beso?

—Parece que se te da muy bien —susurró Francesca, y cerró los ojos sin querer.

—¿Qué debo hacer después? —preguntó Rochford, y bajó la cabeza, tanto que Francesca notó su respiración cálida en la mejilla, y aquel roce tan delicado hizo que se estremeciera.

—Un beso en la mano nunca está de más.

Él le tomó la mano y se la llevó a los labios, y apretó su boca suavemente contra el dorso; después se la giró y depositó un beso en su palma. Tenía la boca cálida y suave, y al notar su tacto, las oleadas de calor que se extendían por su cuerpo se encontraron en su vientre.

Sin soltarle la mano, Rochford le besó cada una de las yemas de los dedos. Después la miró a la cara, y sus ojos eran abrasadores.

—¿Esto sería agradable?

Francesca no pudo responder. Se quedó muda, mirándolo con los ojos muy abiertos.

Él se acercó más allá y volvió a acariciarle el rostro.

—O quizá esto —murmuró, y se inclinó para posar los labios sobre su mejilla.

Le besó el borde del mentón, y después se deslizó hasta la piel suave de su cuello. Le recorrió el brazo con la palma de la mano, y Francesca notó un vago deseo de que su camisón no estuviera entre su piel y aquella caricia.

Rozándole el cuello con la nariz, él bajó centímetro a centímetro hasta que llegó al borde de la bata. Francesca estaba temblando. De repente le fallaron las rodillas y temió que podía caerse en cualquier momento. Con esfuerzo, reprimió un suave gemido mientras él encontraba con la boca el hueco de su garganta. Entonces no pudo reprimir un jadeo de sorpresa y placer.

—Dicen —continuó él, dejando su cuello y subiendo hasta su oreja— que algunas mujeres prefieren esto.

Le besó la oreja, y suavemente atrapó el lóbulo con los dientes y se lo mordisqueó.

Francesca tragó saliva y, sin darse cuenta, se aferró a las solapas de su chaqueta, sujetándose con fuerza mientras el mundo se tambaleaba a su alrededor.

—Sinclair...

Él trazó con la lengua todos los pliegues de su oreja y aquello le envió a Francesca estremecimientos de delicia por el cuerpo. Empezó a sentir un pulso entre las piernas, algo que nunca había sentido antes, un hambre y un ansia desconocidos en las entrañas.

Entonces, él le desató el cinturón de la bata y deslizó una mano por debajo. Francesca notó su palma en el estómago, y sólo la fina tela de la camisola separaba la piel de la piel. Entonces, él subió lentamente hasta que le tomó el pecho.

—Hay mujeres que desearían algo más parecido... a esto —dijo él en voz baja y susurrante. Aquella voz la afectaba como una sensación física.

Él extendió los dedos sobre el pecho y le acarició el pezón para lograr que se endureciera. Francesca emitió un sonido suave desde el fondo de la garganta.

—Aunque, sin duda, a otras les parecería demasiado atrevido.

Él metió los dedos por el borde de la camisola y le acarició la piel desnuda. Francesca pensó vagamente que, si no estuviera agarrada a él, se caería al suelo.

—Quizá sería mejor que...

Sinclair la hizo girar suavemente de modo que quedó de espaldas a él, y él le levantó la melena espesa y se la apartó del cuello. Se inclinó y le besó la nuca con la boca caliente y suave, estimulando la piel sensible.

Ella se estremeció y se desplomó débilmente sobre su torso fuerte. Él la rodeó con el otro brazo y extendió la mano sobre su estómago plano, y mientras le besaba el cuello, le acarició lentamente el cuerpo, pasando sobre la curva de sus pechos, bajando hasta su abdomen, acercándose mucho hasta el centro de su deseo.

Ella inhaló suavemente, esperando su caricia, imaginando que sus dedos se le deslizaban entre las piernas. Sin embargo, él hizo que se girara de nuevo.

—Sin embargo, después de todo —murmuró mientras le besaba primero una mejilla y después la otra—, lo mejor sería hacer esto.

Sus labios rozaron los de ella, una vez, dos, y finalmente se posaron en su boca. Francesca se derritió contra él, le pasó los brazos alrededor del cuello y abrió la boca bajo la presión de sus labios. Él movió la boca contra la de ella, y el calor y la presión se incrementaron, y él introdujo la lengua para apoderarse de ella con firmeza.

Así la había besado la otra noche, y como entonces, aquel beso inflamó su cuerpo de deseo. Sus formas se apretaron la una contra la otra; no había nada que los separara, salvo la ropa, y ella deseó que ni siquiera existiera aquel obstáculo. Se dio cuenta de que quería frotar su cuerpo contra el de él.

Sinclair la abrazó y la pegó contra sí, y siguió besándola con avidez. Francesca se colgó de él mientras el corazón le latía alocadamente. Estaba perdida en aquella experiencia; tenía los sentidos bombardeados de sensaciones, y ella ni siquiera sabía nombrarlas. Anhelaba, sufría y disfrutaba, presa de un hambre que no reconocía.

Él se separó de ella con un gruñido y escondió la cara en su cuello.

—Francesca... Dios mío...

No dijo nada más, y durante un momento sólo hubo el sonido de sus respiraciones entrecortadas.

Finalmente dijo:

—Creo que será mejor terminar con esta lección.

Francesca asintió, demasiado abrumada como para decir una sola palabra.

Él le puso las manos sobre las mejillas y le besó la frente. Después se dio la vuelta y se marchó rápidamente.

Francesca lo siguió corriendo hasta la puerta, observando cómo la abría y salía de la casa. Todo estaba oscuro; se dio cuenta de que los sirvientes habían terminado sus tareas y se habían ido a dormir.

Lentamente, se volvió y fue hacia el sofá. Allí se dejó caer.

¿Qué acababa de suceder?

Se sentía débil y flácida, y al mismo tiempo estaba completamente despierta y llena de energía Quería correr tras Sinclair y pedirle que volviera. Quería arrojarse a sus brazos y pedirle que la besara así de nuevo. Quería... Dios Santo, no sabía lo que quería. De lo único que estaba segura era de que no se había sentido así jamás. Nunca había experimentado aquel fuego, aquel deseo.

Cerró los ojos y se hundió entre los almohadones de terciopelo del sofá. Si Sinclair no se hubiera detenido y no se hubiera marchado, ¿habría terminado en la cama con él? ¿Habría disfrutado de una relación sexual?

Aquella idea hizo que le ardieran las mejillas. Se levantó y comenzó a pasearse por la habitación, pasándose las manos por los brazos como si pudiera despojarse de las extrañas emociones que la habían invadido.

Sabía que estaba siendo absurda. Unos cuantos besos no eran lo mismo que yacer con un hombre. Sólo porque hubiera respondido con pasión a las caricias de Sinclair, no podía pensar que disfrutaría con lo que ocurriera después. Y un hombre no sólo quería besos y caricias. Quería estar en la cama, quitarle la ropa y penetrar en su cuerpo a embestidas. Ella lo lamentaría, lo despreciaría, como siempre le había ocurrido con Andrew, y se volvería fría bajo sus caricias.

Y entonces, Sinclair la miraría con desilusión, incluso con desagrado, como la había mirado Andrew.

Francesca sacudió la cabeza. Aquello sería peor de lo que había sido en su matrimonio; no podía permitir que los recuerdos dulces del amor que habían compartido Sinclair y ella fueran destruidos por la realidad de su frigidez en el lecho. Preferiría perderlo todo antes que ver a Sinclair mirándola como la había mirado Andrew.

Con un suspiro, salió de la habitación y subió a su dormitorio, hacia su cama vacía.

CAPÍTULO 10

Francesca no vio al duque durante los días siguientes. Era de esperar, se dijo a sí misma. Su tarea en el proyecto de encontrarle una novia estaba casi terminada. Ahora era él quien debía cortejarla.

Por supuesto, a ella le interesaba saber a cuál de las mujeres elegía, pero no pensaba que pudiera participar más en el proceso.

Se sentía un poco inactiva, lo cual también era de esperar. La búsqueda de la mujer adecuada y la organización de la fiesta en su casa habían ocupado la mayor parte de su tiempo y, de repente, su vida se había quedado vacía.

Todavía tenía que ayudar a Harriet Sherbourne, pero eso tampoco requería grandes esfuerzos. Tenía planeado asistir a la ópera con sir Alan y con Harriet aquella semana, y se llevaría a la muchacha a un musical la noche siguiente, y a varias fiestas en el futuro. Sin embargo, el trabajo de verdad ya estaba hecho. Las mejoras en el vestuario y en la forma de conversar de Harriet aseguraban que tendría muchas solicitudes de bailes y coqueteos durante esas fiestas. Como ni la muchacha ni su padre habían expresado interés en que Harriet encontrara marido, Francesca ya no tenía que hacer más gestiones.

No era de extrañar que se sintiera aburrida e incluso sola. Tampoco era extraño que no dejara de recordar aquel extraño evento que había tenido lugar entre Rochford y ella.

¿Por qué había hecho él algo así? Si hubiera sido cualquier otro hombre, Francesca habría pensado que estaba intentando seducirla. Eso era absurdo, ¿no? Él nunca había intentado seducirla, ni seducir a otra dama, que ella supiera. Sin embargo, Francesca sabía que un hombre de su edad habría tenido seguramente compañeras, alguna cantante de ópera o una actriz, o una cortesana profesional. Con aquellas mujeres, él sí habría podido comportarse como lo había hecho con ella la noche anterior.

Sin embargo, con una mujer de buena familia, las reglas eran distintas. Un caballero debía cortejar y casarse con una señora, no seducirla. Por otra parte, era cierto que con las viudas las normas no eran tan rígidas en sociedad. Cuando una mujer ya había estado casada, no era extraño que pudiera tener aventuras sin que se la condenara por ello, siempre y cuando todo fuera muy discreto. Sin embargo, Francesca siempre había tenido un extremo cuidado de que nadie tuviera razones para creer que su comportamiento era relajado.

¿Qué la había ocurrido para comportarse como lo había hecho la noche anterior? ¿Acaso Rochford había pensado que, tal y como iba vestida, se prestaría a una seducción, o incluso que estaba invitándole a ello?

¿Y cómo iba a mirarlo a la cara si él había pensado eso de ella?

Sin embargo, si él había pensado que ella estaba dispuesta a dejarse seducir, ¿por qué había parado?

Quizá no hubiera sentido la misma excitación que ella. Tal vez, incluso en aquel momento tan temprano, había sentido en ella la frialdad que tanto había frustrado y enfadado a Andrew. Al pensarlo, a Francesca se le llenaron los ojos de lágrimas. Al pensar en que Rochford hubiera sentido la verdadera frialdad de su carácter, sólo quería llorar. Y, a medida que pasaban los días, no pudo evitar pensar que su ausencia estaba motivada por lo mismo que le había hecho dejar de besarla y marcharse.

Sabía que no debía sentirse mal por ello, ni rechazada. Al fin y al cabo, ella no se hubiera acostado con él aunque Rochford se hubiera quedado. Francesca no quería tener una aventura con él ni con ningún otro. Por fortuna, la parte de su vida en que se veía obligada a someterse a los deseos de un hombre había terminado. Así pues, no tenía ninguna razón para sentirse triste por el hecho de que Rochford no hubiera intentado terminar la seducción que había empezado.

Y no debía pensar más en ello.

Se obligó a concentrarse en la correspondencia, que había descuidado bastante durante los últimos días, pero en cinco minutos estaba pensando en lo mismo. Y cuando por fin consiguió apartarse a Rochford de la cabeza, fue sólo para pensar en Perkins y en sus preocupaciones. Temía que aquel hombre apareciera en su puerta de un momento a otro para cargar contra ella por cómo lo había tratado Rochford. Saber que podía aparecer en cualquier momento le ponía los nervios de punta, y según pasaban los días hacia el momento en que tendría que enfrentarse a él, su ansiedad crecía cada vez más. Francesca no tenía ni idea de qué podría hacer. No podría reunir la cantidad que él exigía, y él no iba a esperar. Perkins no era un hombre precisamente bondadoso.

Dos días después de la fiesta, Francesca estaba en el salón, intentando pensar en una solución, cuando oyó la voz de Callie en el vestíbulo.

Francesca se puso en pie de un salto, pensando que Rochford habría ido de visita con su hermana. Sin embargo, resultó que Callie estaba sola, y Francesca se reprendió a sí misma por la desilusión que sintió. Sonrió a su amiga y la tomó por las manos cariñosamente.

—Callie, estaba pensando en ti. Iba a visitarte esta misma tarde.

—Bueno, pues me alegro de haber llegado antes de que tú salieras hacia mi casa —respondió Callie con una sonrisa.

Francesca pidió el té, y las dos se sentaron a charlar. Callie le explicó que se marchaba al día siguiente a la finca de su marido, en el campo.

—¡No! Acabas de llegar —protestó Francesca.

—Lo sé, pero Brom ya lleva mucho tiempo lejos de sus campos. Dice que los ha descuidado mucho.

—Voy a echarte de menos.

—Tienes que venir a visitarme —le dijo Callie—. Allí no voy a conocer a nadie. Me sentiré muy sola. Deberías venir en cuanto termine la temporada.

—Estarás con Bromwell, y sospecho que con eso será suficiente. No quiero molestar a una pareja recién casada.

—No molestarás. Yo ya seré una vieja mujer casada para entonces. Y Brom va a estar muy ocupado. Será el tiempo de la cosecha.

—Bueno, quizá vaya unos días.

—Como mínimo un mes —insistió Callie, y Francesca, riéndose, cedió.

Siguieron hablando de otras cosas, entre ellas de los vestidos que Callie había comprado en París. Aquel tema las ocupó alegremente hasta que Fenton entró para informar de que lady Mannering había ido de visita.

Fue un poco frustrante que otra invitada acortara su tiempo a solas con Callie, pero Francesca le indicó al mayordomo que hiciera pasar a la dama. Lady Mannering era una anfitriona importante, y Francesca quería que invitara a Harriet a sus fiestas.

—Lady Haughston. Y lady Bromwell —dijo la recién llegada con satisfacción—. ¡Qué sorpresa más agradable encontraros aquí también!

Hubo una charla cortés sobre la fiesta de Francesca, así como sobre la maravillosa boda de Callie. Después, lady Mannering se dirigió a la muchacha con una sonrisa cómplice y dijo:

—Lady Bromwell, me pregunto si no hay otra inminente alianza en la familia Lilles.

—¿Disculpad? —preguntó Callie, mirando a la otra mujer con desconcierto.

—Vuestro hermano, querida. Parece que está muy interesado en la hija mayor de Calderwood, ¿no es así?

Francesca notó un repentino nudo en el estómago.

—¿En lady Mary?

—En efecto. Los vi hablando la otra noche, durante la fiesta de lady Haughston. Le comenté a lord Mannering que conversaron durante un largo rato, y el hecho de que no es muy frecuente en su hija. La muchacha es muy bella, y una vez que se supera esa terrible timidez suya y sonríe, resulta muy atractiva.

—Sí —convino Francesca—. Y muy dulce, también. Pero no creo que una conversación durante una fiesta sea lo mismo que un romance.

A su invitada le brillaron los ojos.

—Ah, pero no es sólo eso. Ayer volví a verlos juntos; estaban paseando por el parque en el faetón de lord Rochford. Ella charlaba como si fueran viejos amigos. No es propio de esa muchacha. Ni de él. Me pregunto si es un cortejo.

Francesca mantuvo una sonrisa cortés en los labios.

—Pues sí.

—Yo no le daría importancia —dijo Callie—. Si Rochford tiene un interés especial en alguien, yo no me he enterado.

La expresión de Callie, pensó Francesca, podría rivalizar con la de su hermano el duque a la hora de apagar las pretensiones de cualquiera. Lady Mannering cambió de tema y comenzó a hablar sobre la cena que iba a celebrar en una semana. ¿Creía lady Haughston que ese agradable señor Alan y su hija querrían asistir?

Francesca se obligó a concentrarse en ayudar a Harriet Sherbourne. Mientras seguían hablando, tuvo la sensación de que era la viudez de sir Alan lo que más estimulaba el interés de lady Mannering. Sin embargo, Francesca no tuvo ningún problema en aprovechar aquel interés para beneficiar la carrera social de Harriet. Las fiestas de lady Mannering siempre eran muy concurridas.

Si además de favorecer a Harriet, podía facilitar un romance para sir Alan, mejor que mejor. Así pues, respondió las preguntas que lady Mannering le hizo sobre los Sherbourne con prontitud, e incluso con más información de la que pedía la mujer.

Francesca consiguió concentrarse en la conversación, pero más tarde, cuando lady Mannering y Callie se hubieron marchado, le dijo a Fenton que no estaba en casa para más visitantes y subió a su dormitorio. Se acercó a la ventana y se puso a mirar hacia la calle.

Así que la muchacha que interesaba a Rochford era lady Mary Calderwood. Era la última en quien habría pensado Francesca; no porque tuviera nada de malo, por supuesto. Su linaje era extraordinario, y su reputación impecable. Sin embargo, era demasiado tímida y tranquila para el gusto de Rochford. No obstante, si él la había llevado a pasear por el parque en su faetón, era porque le estaba prestando más atención que a las demás. Y eso sólo podía ser porque estaba pensando seriamente en convertirla en su esposa.

Francesca debería sentirse contenta de que sus esfuerzos hubieran dado fruto. Eso era lo que ella quería: compensar a Sinclair por el daño que le había hecho. Quería que encontrara una mujer a quien pudiera darle su corazón. Quería que fuera feliz.

Entonces, ¿por qué tenía aquel peso en el pecho? ¿Por qué no podía mirar a la calle sin que los ojos se le llenaran de lágrimas?

La tarde siguiente, Francesca estaba en el escritorio, abriendo los sobres de sus últimas invitaciones, cuando Fenton apareció en la puerta de la sala.

–Su Excelencia, el duque de Rochford, está aquí.

Francesca se puso en pie de un salto y se dio un golpe en la rodilla contra el escritorio. Habían pasado cuatro días desde su fiesta, y después de la visita de Callie y lady Mannering, al día siguiente, se había convencido por completo de que no volvería a ver a Rochford más que esporádicamente, del mismo modo que lo había visto durante los años anteriores.

Sin embargo, allí estaba él.

Sintió que le ardían las mejillas y se preguntó si el mayordomo se habría dado cuenta de su reacción.

–Por favor, hágalo pasar, Fenton –dijo ella, y se esforzó por adoptar una expresión de cortesía.

Rochford entró un instante después, y en cuanto pasó a la habitación, pareció que todo se empequeñecía.

Francesca había pensado que estaba preparada; se había pasado mucho tiempo aconsejándose sobre cómo debía reaccionar cuando lo viera, teniendo en cuenta lo que había sucedido entre ellos la última vez, y teniendo en cuenta su aparente interés por lady Mary.

Sin embargo, al verlo cara a cara, no podía quitarse de la cabeza el recuerdo de sus besos. Se ruborizó todavía más, y rápidamente bajó los ojos. Con un esfuerzo, extendió la mano para saludarlo.

—Rochford, qué sorpresa tan agradable. No esperaba verte de nuevo.

—¿De veras? —preguntó él—. Y yo que creía que me había convertido en un visitante tan asiduo que no pensarías más que «Oh, eres tú otra vez».

—Estoy segura de que tu presencia nunca ocasiona ese tipo de comentarios —replicó Francesca.

Él tomó su mano y se inclinó. Francesca notó con intensidad el tacto de su piel, cálido, ligeramente áspero. ¿Por qué su contacto la afectaba como ninguna otra cosa? Deseó que le hubiera besado la mano, y no que sólo hubiera hecho una reverencia para saludarla.

Apretó los labios y giró la cabeza hacia el sofá.

—Por favor, siéntate. ¿Te apetecería tomar algo?

Rochford negó con la cabeza. Pasaron varios minutos en una charla de cortesía, comentando el buen tiempo, preguntándose por su salud y hablando de lo mucho que iban a añorar a Callie, que se iba a la finca de su esposo.

Finalmente, Francesca pensó que había pasado suficiente tiempo como para abordar el tema que ocupaba sus pensamientos.

—Me alegra saber que has estado cortejando a lady Mary.

Él arqueó las cejas y sonrió ligeramente.

—¿De veras? ¿Es eso lo que dice la gente?

—Tengo entendido que la llevaste a dar un paseo por el parque en tu faetón.

—Sí, es cierto —dijo él, con la misma sonrisa, vagamente burlona, en los labios—. No me parece nada reseñable.

—Mi querido duque, cualquier señal de favor vuestra atrae la atención de todo el mundo.

Él emitió un sonido casi imperceptible, evasivo.

—Entonces, ¿sientes preferencia por lady Mary?

El rostro de Rochford no reveló nada.

—Es una joven agradable.

—Sí, es cierto —convino Francesca—. Bastante inteligente.

—Sí.

—Sin embargo, creo que vas a continuar teniendo en cuenta todas las opciones de las que hemos hablado.

—Por supuesto —dijo él, y de nuevo sonrió—. Ésa es la razón de mi visita de hoy.

—¿De veras? ¿Deseas hablar de las jóvenes en cuestión? ¿O quizá quieres tener más candidatas entre las que elegir? ¿Éstas no te satisfacen? —Francesca se sintió animada—. Puedo pensar en otras.

—No. Creo que éstas son adecuadas —dijo él—. Lo que había pensado era crear otra oportunidad en la que galantear a mi futura esposa. He decidido que voy a dar un baile.

—Claro. Es una idea magnífica.

—Quiero que me ayudes a organizarlo.

Francesca sintió una oleada de placer.

—¿De verdad? Me siento muy halagada —dijo; pero después añadió de mala gana—: Sin embargo, no creo que sea apropiado que lo haga yo.

—¿Quién mejor que tú? —dijo él—. No hay nadie que te supere como anfitriona.

—Eso es muy agradable por tu parte, claro, pero no hay motivo... quiero decir que parecería raro. Yo no tengo vínculos contigo.

—¿No? —preguntó él, y por un momento, su mirada, innegablemente cálida, descansó sobre el rostro de Francesca. Después apartó la vista—. Antes era mi abuela quien se encargaba de esas cosas, y en los últimos años, Callie era mi anfitriona. Sin embargo, ahora no están ninguna de las dos. No puedo pedirle a mi abuela, a su edad, que venga a Londres a organizarme un baile.

—No, claro que no. Pero estoy segura de que tu mayordomo es más que capaz de hacerlo.

—Cranston es muy capaz, por supuesto, pero es un hombre acostumbrado a poner en marcha los planes, no a hacerlos. Además, no tiene tu habilidad. La tarea requiere el gusto de una dama, como tú.

—¿Crees que vas a convencerme con halagos? —le preguntó Francesca, mirándolo con severidad.

—Eso espero.

Ella se rió sin poder evitarlo.

—Eres un desvergonzado.

—Eso me han dicho.

—Sabes que parecería raro. La gente lo comentaría.

—No hay ninguna razón para que lo sepan —dijo él, y se encogió de hombros—. No te pediré que recibas a los invitados conmigo —añadió, y la miró de una manera penetrante—: ¿Estarías dispuesta a hacerlo, entonces, si... nos escondiéramos del mundo?

A Francesca se le aceleró el corazón, como si sus palabras tuvieran un doble significado.

—Quizá —respondió con calma—. Aunque me parece que debe de haber otra persona que pueda hacerlo mejor.

—No —dijo él, que continuaba mirándola con fijeza—. Debes ser tú.

CAPÍTULO 11

Francesca lo miró mientras sus palabras reverberaban en su interior. Por un momento, tuvo la sensación de que el aire resplandecía entre ellos. Bruscamente, ella apartó la mirada, temiendo que él se diera cuenta de cómo se le había acelerado la respiración, que él oyera el pulso que a ella le retumbaba en los oídos.

—Muy bien —le dijo—. Si eso es lo que quieres...

—Sí —respondió Rochford, con un tono de triunfo en la voz, mientras se ponía en pie y se acercaba a ella. Extendió la mano y, automáticamente, Francesca le dio la suya y se levantó. Él sonrió.

—¿Qué deberíamos hacer? Supongo que Lilles House debería ser el lugar por donde empezar, ¿no crees?

—¿Quieres que sea un baile grande? —preguntó ella.

—Sí. Algo en lo que puedas emplear a fondo todas tus habilidades.

Francesca le lanzó una mirada de picardía.

—Quizá te arrepientas de hacerlo.

Rochford sonrió.

—Nunca, aunque no tengo duda de que tú intentarás poner a prueba mi determinación. Sin embargo, tienes carta blanca para hacer lo que quieras. Del modo más respetable, por supuesto.

Aquellas últimas palabras subrayaron el doble sentido de la frase. Era una expresión que se usaba a menudo para describir la relación que un hombre tenía con su amante, y Francesca notó que le ardían las mejillas. ¿Qué le ocurría? Ya no era una niña ingenua como para sonrojarse así.

—Ah, veo que he hecho que te ruborizaras. Lo siento mucho —dijo Rochford, con satisfacción, pese a sus palabras.

—No lo sientes ni lo más mínimo, hombre detestable. Pero te aseguro que es a causa del calor del verano, no por lo que has dicho. Sin duda, ahora parezco una de las mozas de la cocina —dijo ella, y se tocó una mejilla con azoramiento.

—Sea cual sea la causa, estás preciosa —respondió Rochford con seriedad. Después dio un paso atrás—. Vamos, avisa a los sirvientes para que te traigan el sombrero. Vamos a Lilles House.

—¿Ahora?

—Sí, ¿por qué no? Podemos empezar ya, ¿no? Trae a tu doncella, si te preocupan las apariencias. Debes ver la casa y el salón de baile. De lo contrario, ¿cómo vas a organizarlo todo?

—Sí, es cierto.

Él tenía razón, y Francesca lo sabía. Sin embargo, le parecía que había algo ilícito en el hecho de acompañar a un caballero a su casa sin que hubiera ninguna mujer de la familia residiendo allí.

Maisie los acompañó en el carruaje, pero cuando llegaron a la casa, fue conducida a las dependencias del servicio, y ellos se quedaron a solas nuevamente.

—Me sorprende que no te hayas empeñado en que tu doncella nos acompañe —bromeó Rochford—. ¿Es que soy una criatura tan horrible?

Francesca puso los ojos en blanco.

—De veras, Sinclair, sabes que no podía venir aquí sin ella. Tú eres quien lo sugirió, después de todo. Es por tu bien, tanto como por el mío. Me imagino la cara que pondría Cranston si hubieras entrado aquí con una mujer sin acompañante. Es decir, conmigo. Supongo que has traído a otras mujeres aquí.

El duque la miró fijamente.

—Vamos, Rochford, no soy tonta. Tienes más de treinta años, y sé que has debido de estar con mujeres.

—Aquí no —respondió él lacónicamente.

Extrañamente, ella se sintió muy complacida por su respuesta. Rochford no era del tipo de hombre que hubiera deshonrado su casa, su familia y a su esposa de esa manera. No mantendría aventuras pasajeras en el hogar que había sido de sus padres, y que un día sería de su esposa y sus hijos. Si ella se hubiera casado con él, siempre habría tenido su honor, lo sabía. Durante un instante, la pena le atenazó la garganta. Qué diferente habría sido su vida si se hubiera casado con Sinclair.

Francesca volvió la cabeza, temiendo que él pudiera leerle la mente. Rochford siempre había sido capaz de ver lo que ella pensaba. Después, miró a su alrededor para concentrarse en la tarea que tenían entre manos. El vestíbulo de Lilles House era enorme; tenía dos pisos y una escalinata doble en el centro. Detrás de la escalera había un pasillo que conducía al invernadero y a la salida al jardín, mientras que a la izquierda había otro pasillo que llevaba al área de la cocina y los sirvientes.

A la derecha, sin embargo, la estancia se abría a una galería, un pasillo majestuoso con el solado de mármol de Carrara, y lleno de retratos de los duques anteriores, de sus esposas, sus hijos y sus mascotas. Había unos elegantes apliques que proporcionaban iluminación por las noches, pero durante el día la luz del sol entraba a raudales por las altas ventanas que recorrían el muro exterior. Las cortinas eran de terciopelo verde, sujetas en alzapaños de metal.

—Siempre he adorado Lilles House —dijo Francesca.

Él la miró, y ella se preguntó si él también estaba pensando que una vez la casa habría podido ser suya. La idea puso nerviosa a Francesca, y apartó rápidamente la mirada, ruborizada. ¿Y si él pensaba que lamentaba haber perdido la grandiosidad de aquella casa?

—Yo también le tengo cariño —respondió Sinclair, y para alivio de Francesca, no detectó nada en su voz que indicara que sus palabras no le habían parecido normales—. Aunque está un poco pasada de moda, creo. Sin duda, mi prometida querrá cambiar las cosas. Poner su propia marca en la casa.

—¡Oh, no! —protestó Francesca sin darse cuenta—. Espero que no lo haga. Es maravillosa tal y como está. Yo no cambiaría nada.

Sin embargo, ella no tenía nada que decir al respecto. Volvió a ruborizarse, pensando que de nuevo su comentario podía ser malinterpretado, y miró a su compañero. Por fortuna, Rochford estaba mirando en otra dirección, y no pareció que se diera cuenta de su traspié.

Él abrió unas puertas dobles que había a la izquierda. Aquellas puertas, como otras que había más allá, también en el vestíbulo, daban paso a un gran salón de baile, que se extendía hasta la parte trasera de la casa. Del techo colgaban tres enormes arañas, y el suelo era del mismo mármol de veta roja que había en la galería. En una de las paredes había una andanada de ventanas altas, vestidas con pesadas cortinas de brocado de color granate, y en el paño opuesto, tres pares de puertas que se abrían a la terraza.

—Si celebras el baile en este salón, será muy grande —le advirtió ella—. De lo contrario, no sería apropiado. Tomará tiempo prepararlo.

—Entonces, daremos la fiesta al final de la temporada. Quizá un gran baile para anunciar un compromiso.

Francesca notó una punzada de nervios en el estómago. Entonces, ¿estaba tan seguro de su elección? Debía de ser lady Mary.

—¿Crees que tendrás tiempo suficiente para organizarlo? —preguntó el duque.

A ella se le encogió el corazón. Ni siquiera sabía si seguiría en Londres en unas semanas. Si Perkins cumplía sus amenazas, ella estaría fuera de su casa. ¿Cómo iba a ser capaz de organizar aquella fiesta?

Ella esbozó una sonrisa forzada, de todos modos, y dijo:

—Claro. Aquí no es necesario añadir muchos adornos.

Caminaron por el salón hasta las puertas de la terraza. Francesca miró hacia el jardín. Era muy grande para una casa de la ciudad.

—¿Te gustaría extender la fiesta al jardín? —le preguntó—. Podríamos poner luces por entre los árboles.

—¿Como en Vauxhall Gardens?

—Bueno... sí, supongo que sí. Pero menos ostentosas, creo, y espero que sin cierto tipo de comportamiento que se produce allí. Pero quizá pudiéramos poner algunas mesas y sillas en la terraza —dijo Francesca—. Aquí, donde está más protegido. Podríamos poner luces en los escalones, y decorar los bancos que están alrededor de la fuente.

—Suena muy agradable —dijo él, y abrió las puertas—. Vamos a ver el jardín.

Él le ofreció el brazo, y juntos salieron a la terraza y bajaron al jardín, caminando agradablemente y mirando a su alrededor. Francesca señaló algunos puntos donde podrían colocarse candelabros altos, y explicándole cómo podrían entrelazarse grandes cintas en las barandillas para darle un toque festivo a la terraza y las escaleras. Francesca pensó que sería una delicia organizar aquella fiesta, si no fuera porque estaba planeándola para otra mujer.

—No tendríamos que usar todo el jardín —comentó

mientras rodeaban la fuente y seguían avanzando–. Podemos poner una marca en los caminos para restringirlos en ciertos puntos.

Rochford se encogió de hombros.

–Sin duda, el jardinero no lo aprobará, pero a mí me parece que sería más agradable tenerlo todo abierto.

Había un seto alto que dividía el jardín. Tenía un arco que permitía el paso y, más allá, las rosas crecían a miles y perfumaban el aire. Allí el jardín era menos formal, y los macizos de flores ya no estaban contenidos en formas simétricas, sino creciendo en gloriosa libertad.

–Es maravilloso –susurró Francesca. Aunque había estado en varias fiestas, en el transcurso de los años, en Lilles House, y había visitado a la duquesa viuda y a Callie muchas veces, nunca había estado en aquella parte de los jardines.

–A mi madre le encantaba el jardín –dijo Rochford en voz baja–. Chocaba con mi abuela por él; eran las únicas veces en que la oí mostrar su desacuerdo con la duquesa. Ella animaba al jardinero a que mantuviera la parte trasera más salvaje.

–No conocí bien a tu madre –dijo Francesca–. Pero estoy segura de que me habría caído muy bien, si este jardín me sirve de ejemplo.

–No visitó mucho Dancy Park después de la muerte de mi padre. Tú todavía eras una niña cuando ella murió. Supongo que tendrías doce o trece años. Mi madre era... era una mujer dulce, romántica. Mis padres se casaron por amor. La familia de mi madre era buena, pero no tan elevada como la de los Lilles. Mis abuelos pensaban que mi padre podría haberse casado mejor, y sin duda mi madre lo percibía. Estoy seguro de que se sintió intimidada cuando se casó con mi padre. Bueno, ya puedes imaginarte cómo fue entrar a formar parte de una familia con mi abuela y mi tía abuela Odelia.

–¡Dios Santo! –dijo Francesca, al darse cuenta–. Cualquiera de esas dos mujeres es suficiente para provocar miedo a cualquiera. Tu pobre madre.

Él sonrió.

–Creo que no le importaba tanto como le hubiera importado a otras mujeres. Me parece que a veces agradecía los consejos de mi abuela. Ella no siempre estaba cómoda en su papel de duquesa. Sin embargo, como esposa era perfecta para mi padre. Estaban muy enamorados. Ella fue una madre buena, dulce, y no dejó a sus hijos en manos de la institutriz y la niñera.

–Bueno, ésas eran sus tareas más importantes. Ser duquesa no contaba tanto.

Él la miró.

–Eso es lo que yo pensaba. Y mi padre. Para mi abuela, por supuesto, el deber es lo primero. La familia. El apellido.

Francesca se encogió de hombros.

–Todos tenemos que cumplir con nuestras responsabilidades, claro. Pero la felicidad y el amor son más importantes.

–¿Crees eso? No me lo parecía, por tus comentarios sobre mi matrimonio.

Francesca se detuvo en seco y se volvió hacia él.

–¿De nuevo me comparas con la duquesa viuda? De

veras, Rochford... puedes llegar a ser muy irritante. Yo no he dicho que debas casarte por tu familia. Lo más importante es que seas feliz.

Él la observó atentamente, con una sonrisa en los labios.

—Me alegro de oírte decir eso.

Francesca notó un escalofrío extraño. No quería pensar sobre ello, así que comenzó a caminar de nuevo, y dijo:

—¿Por qué no le gustaba Dancy Park a tu madre?

—No es que no le gustara, pero le resultaba difícil salir de Marcastle. Después de que mi padre muriera, se apartó del mundo. Apenas venía a Londres para la temporada. Ya no disfrutaba. De hecho, había perdido la alegría de vivir. Dejó de viajar; prefería quedarse allí donde mi padre y ella habían pasado la mayor parte de su vida juntos. Se sentía más cerca de él en Marcastle.

—Qué triste. Es muy dulce también, pero parece una vida muy triste.

—Lo fue. Yo lo siento por ella. Y sin embargo...

—Sin embargo, ¿qué?

Rochford sacudió la cabeza.

—Creo que voy a parecerte muy egoísta. Yo hubiera deseado que ella no se quedara tan atrapada en su pena. Fue casi como si hubieran muerto nuestros dos padres. Callie era una niña, y no podía recordar a su padre; pero para ella, nuestra madre era... como un espectro. Una imitación de la mujer que había sido. Callie no recuerda tampoco a la mujer vibrante que una vez fue nuestra madre. Ella se crió con una persona callada, triste, que siempre estaba un poco distante de las vidas de los demás.

—Debiste echarla de menos a ella también —dijo Francesca.

—Sí. Algunas veces necesitaba sus consejos desesperadamente. Sólo tenía dieciocho años, y me encontraba abrumado por el título. Estaba mi abuela para guiarme, por supuesto.

—La depositaria del Deber y la Responsabilidad —murmuró Francesca.

Rochford sonrió.

—Sí. Al menos, con la abuela, uno no debía temer la falta de opinión. Ella siempre estaba segura de qué era lo que había que hacer.

—Pero no era muy cariñosa, creo.

—No. Eso no. Ella no te aprobaba, ¿sabes?

Francesca lo miró con asombro.

—¿Lo sabía? ¿Sabía que tú y yo...?

—Yo no se lo dije —le aseguró Rochford—, pero ella se dio cuenta de que te prestaba mucha atención aquel último año. Sabía que pasé mucho tiempo en Dancy Park, y dedujo el motivo. La abuela siempre ha sido muy astuta.

—Oh, vaya —dijo Francesca—. Debió de sentirse furiosa conmigo, entonces, cuando yo...

—No. Recuerdo que me dijo que era exactamente lo que debía haber esperado. Y me aseguró que era lo mejor que podía sucederme, que me permitiría pedir la mano de la hermana pequeña de Carborough.

—¿Lady Alspaugh? —preguntó Francesca, perpleja.

—Sí, bueno, en aquel momento no estaba casada con lord Alspaugh, pero sí, lady Katherine.

Francesca siguió mirándolo con la boca abierta, hasta que él se echó a reír.

—¡Oh! —exclamó ella, y le dio una palmada en el brazo—. Me estás tomando el pelo.

—No, de veras, no. Ella era la elegida de mi abuela, por su dote y su linaje, principalmente. Y una gran extensión de tierras que lady Katherine iba a heredar a la muerte de su abuela. Esas tierras en cuestión lindan con mis tierras de Cornwall, y unidas se habrían convertido en una enorme finca.

—Pero ella tiene los dientes salidos, y carece de sentido del humor —protestó Francesca—. Además, tiene varios años más que tú.

—Cuatro —admitió él—. Pero el deber es el deber.

Francesca resopló con poca elegancia.

—Supongo que para ti no fue un toque de rebato.

—No, en absoluto. La abuela se lo tomó mal, pero a los pocos meses me buscó otra candidata, y después otra. Durante estos últimos años, sin embargo, se ha vuelto silenciosa al respecto. Salvo por algún suspiro y una mirada significativa, sobre todo cuando lee la noticia del nacimiento de algún heredero u otro.

—Seguro que me culpa de todo —dijo Francesca, con un suspiro de martirio.

—No, no. Se complace mucho en echarme toda la culpa a mí. De hecho, últimamente me ha recordado lo tonto que fui por dejarte escapar.

—Sinclair, lo siento muchísimo...

—No, no te preocupes —le dijo él, acariciándole la mano—. Yo también cometí errores. Dejé que mi maldito orgullo me dominara. Debería haber... —se encogió de hombros y prosiguió—: Ya no importa. Pero no quiero que te sientas responsable. Los dos éramos muy jóvenes, y eso ocurrió hace mucho tiempo. Debemos olvidarlo.

Su mano irradiaba calor sobre la de ella, y Francesca sintió una gran necesidad de apoyar la cabeza en su brazo. Se imaginó cómo sería que él le pasara el brazo por los hombros, que la atrajera hacia su cuerpo, y ella posaría la cabeza sobre su pecho y oiría cada uno de los latidos de su corazón. A Rochford le brillaron los ojos y, de repente, Francesca temió que hubiera supuesto cuáles eran sus pensamientos.

Se dio la vuelta rápidamente y apartó la mano. Siguió caminando, y Rochford la siguió. Después de un instante, le preguntó:

—¿Te gustaría conocer el jardín de mi madre?

—Creía que éste era su jardín.

—Sí, pero no su jardín privado. Es un jardín secreto.

Francesca miró con curiosidad hacia delante, intrigada. Rochford sonrió y la tomó de la mano.

—Vamos. Te lo enseñaré.

La condujo hacia la parte trasera del jardín, donde había una fila de hayas junto a un viejo muro de ladrillo. Al final de aquel paseo, el muro continuaba hacia el este durante un rato, antes de unirse al muro lateral de la finca. Ambos muros estaban cubiertos de hiedra, verde y brillante. Una brisa suave movía las hojas y creaba un suave susurro.

Entre el muro y la última haya había una puerta estrecha, baja, de madera, con una anilla de metal. Rochford tiró de la anilla y la puerta se abrió con un chirrido. Él se hizo a un lado y le cedió el paso a Francesca. Después la siguió y cerró la puerta tras ellos.

—¡Oh! —gritó ella de felicidad.

En el centro de aquel pequeño jardín había un estanque cubierto de nenúfares. En uno de los rincones había una fuente que vertía el agua desde la boca a un pilón, del cual se derramaba sobre unas piedras colocadas artísticamente. El sonido calmante estaba presente por todo el jardín, unido de vez en cuando al ruido de las hojas de los árboles y de la hiedra. En otro de los rincones había un sauce, y un banco de hierro forjado junto al estanque.

Por todas partes había flores de colores. En algunos lugares crecían junto a los muros, y flanqueando caminos cuidadosamente delineados. En otras zonas estaban derramadas como si se hubieran caído las piedras preciosas de un joyero. Claramente, aquel jardín estaba muy bien cuidado. No había ni una sola mala hierba; sin embargo, no parecía que hubiera limitaciones para las flores, que se extendían, florecían y se mezclaban las unas con las otras.

—Es precioso —susurró Francesca, girando para poder verlo todo—. Y tan maravillosamente...

—¿Excesivo? —preguntó Rochford.

—No, en absoluto. Suntuoso, diría yo. Me encanta.

—A mi madre también le encantaba —dijo él, y la siguió mientras ella se movía entre las flores, deteniéndose para admirar una planta u otra–. Mi padre hizo que levantaran el muro en esta parte del jardín, y lo llenó de plantas sólo para ella. Fue su regalo en su segundo aniversario. Ella echaba de menos los jardines de Marcastle cuando venían a Londres para la temporada, así que plantó sus plantas preferidas aquí. Ella podía venir a este jardín y encerrarse siempre que quisiera.

–¿Encerrarse? No he visto la llave de la puerta.

–Se cierra sólo por dentro. Aquí no podían entrar los niños, ni la suegra, ni los sirvientes... a menos que ella quisiera. Le gustaba venir a pintar, o a leer, o sencillamente a sentarse y no ser... la duquesa.

–Y tú lo has mantenido tal y como era –dijo Francesca.

–Sí. Lleva muchos años así. Ella no volvió a Londres más que un par de veces después de que mi padre muriera. Pero yo no podía cambiarlo.

–Claro que no. Es precioso. ¿Vienes a menudo?

–Algunas veces. Pero... es el jardín de la duquesa.

Ella alzó la vista y lo encontró mirándola fijamente. Una suave ráfaga de brisa le soltó un rizo del cabello; él se lo apartó con delicadeza de la mejilla.

¿Sería aquel jardín para Mary Calderwood, entonces? Al pensarlo, a Francesca se le encogió el corazón. Quería que aquel lugar fuera suyo, pero supo que lo que quería en realidad era que aquel hombre fuera suyo.

Sufrió por todo lo que había perdido. Por él, por una vida que no conocería. Por los hijos, las esperanzas y la risa.

Sin embargo, sabía que todos sus deseos eran inútiles.

Había pasado el momento en que pudo tener todas aquellas cosas, cuando pudo haber tenido el amor. Por mucho que lo anhelara, ya no podía recuperarlo.

¿Cómo podía ser tan egoísta? ¿Cómo podía regatearle a Rochford la oportunidad de ser feliz? Si lady Mary era la mujer que él quería como su duquesa, ella debía hacer todo lo posible para ayudarle a que lo consiguiera.

Se dio la vuelta y dijo, en voz baja:

—Se está haciendo tarde. Debería volver a casa.

—Francesca... —dijo él, y la tomó por la muñeca—. Espera.

—No —dijo ella. Lo miró con los ojos muy abiertos, oscuros por el caos de emociones que sentía—. No. Debemos irnos.

Tiró suavemente del brazo y salió apresuradamente del jardín.

CAPÍTULO 12

Francesca hizo todo lo posible por no pensar en lo que había ocurrido entre Rochford y ella en el jardín. No podía haber nada entre ellos. El amor que ella había sentido por Sinclair había muerto hacía mucho tiempo, y no estaba segura de que él la hubiera amado de verdad alguna vez. Lo único que sentían en el presente era deseo, alimentado, sin duda, por el hecho de saber que su romance había tenido un final brusco y amargo.

Lo que menos necesitaba ninguno de los dos en aquel momento era una aventura. Rochford estaba listo para casarse y ella debía estar concentrándose en hacer todo lo posible por evitar perder su casa a manos de Perkins.

Pasó toda la mañana haciendo las cuentas de las cosas que Maisie y Fenton habían conseguido vender. Fenton se había librado de bastantes objetos, aunque se había aferrado obstinadamente a la cubertería de plata y a las bandejas grandes de servir, además de conservar las copas de cristal y la porcelana. Ella no había dicho nada al respecto. También habían vendido las perlas, lo que le había causado una punzada de dolor, todos los candelabros de la casa, salvo los que se usaban en el gabinete y en el salón formal. Sin embargo, la cantidad de dinero que habían conseguido era muy pequeña; quizá fuera suficiente para contratar a un abogado. La idea de tener que ir a los tribunales le encogió el estómago.

Por la tarde, estuvo haciendo planes para la fiesta de Rochford, una ocupación que la animó bastante. Era maravilloso tener un salón tan grande y un presupuesto holgado con el que trabajar, y Francesca dejó volar la imaginación.

Sin embargo, no olvidaba el comentario de Sinclair; él había dicho que quizá anunciaran un compromiso en aquel baile. Aquello acabó con toda su felicidad.

La fiesta de los Haversley iba a celebrarse la noche siguiente. Francesca no había pensado asistir, pero sabía que los Calderwood estarían allí, puesto que lady Calderwood y la señora Haversley eran primas y amigas. Si lady Mary iba a la fiesta, lo más seguro era que Rochford también asistiera.

Francesca quería verlos juntos para saber hasta dónde llegaba el interés de Rochford por lady Mary. Además, les pediría a Harriet y a su padre que la acompañaran para favorecer a la muchacha. Se sentó y le escribió una nota a sir Alan para decírselo.

Tenía razón en su suposición de que los Calderwood estarían en la fiesta. Francesca sintió un absurdo alivio al comprobar que Rochford no había ido; sin embargo, él llegó unos minutos después. Bueno, al menos no había ido con ellos, pensó Francesca.

Se las arregló para mantener la vista apartada de Rochford y lady Mary durante casi toda la noche. Los vio juntos en una ocasión, hablando animadamente, y después, él le llevó un poco de ponche. Claro que Francesca también lo vio hablando con lady de Morgan, y más tarde, con Damaris Burke y su padre. De hecho, habló más tiempo con Damaris que con ninguna otra, pero Francesca no pudo juzgar el alcance de su interés por la muchacha, puesto que la mayor parte de la conversación transcurrió entre los dos hombres.

—¿Espiando al duque?

Francesca se volvió con un sobresalto y vio a su amigo Lucien.

—¿Qué? No, claro que no. No seas tonto.

Sir Lucien la miró con astucia.

—Mmm, mmm. Entonces, seguro que no te interesa saber lo que se dice por los clubes.

—¿Lo que se dice? ¿Qué se dice? ¿Se dice algo sobre Rochford?

—Exacto.

—A la gente le gusta mucho hablar —respondió Francesca despreocupadamente, como si no tuviera ningún interés en el asunto. Sin embargo, como Lucien no continuó, ella tuvo que insistir, finalmente—: ¿Qué se dice?

Lucien sonrió.

—Oh, dicen que parece que el duque está buscando novia.

—¿De veras? ¿Es que él ha dicho algo?

—Lo dudo. Es muy reservado. Sin embargo, todo el mundo se ha percatado de que sale mucho más que durante ninguna otra temporada. Va a fiestas y a obras de teatro. Hace visitas sociales. Da paseos por el parque en compañía de damas. Y, en esas fiestas, conversa con mujeres jóvenes y con sus familias.

—Entiendo —dijo Francesca—. ¿Y lo relacionan con alguien en particular?

—El nombre que he oído con más frecuencia es el de la hija pequeña de lord Calderwood.

—Mary.

—Sí. Es muy tímida, pero la han visto conversando animadamente con el duque. Además, él la ha visitado y la ha llevado a pasear por el parque en su faetón. Todo eso son señales poco corrientes de interés.

Francesca se encogió de hombros.

—Supongo que sí. Sin embargo, me parece que no es suficiente para hablar de matrimonio. Rochford es un soltero empedernido.

—Sí. Sin embargo, últimamente les presta mucha atención a las jóvenes solteras.

Francesca asintió distraídamente y se volvió a mirar. No vio a Rochford, pero sí a Mary Calderwood, que estaba sentada contra la pared, hablando con una de sus hermanas.

—¿No crees que lady Mary es un poco... sosa para Rochford? —le preguntó a Lucien.

Sir Lucien la observó especulativamente.

—No lo sé. Es muy tímida, pero cuando uno consigue conocerla, resulta muy ingeniosa.

—Pero no creo que pueda desempeñar las obligaciones sociales de una duquesa. Se ruboriza y baja la mirada cuando le presentan a alguien.

—Muchos dirían que es una apropiada modestia —sugirió Lucien.

—Tampoco su físico es del tipo de Rochford.

—¿Detecto cierta nota de celos? —preguntó sir Lucien.

Francesca se volvió hacia su amigo y lo encontró con una sonrisa burlona.

—Tonterías. ¿Por qué iba a estar yo celosa?

Él no respondió; la miró fijamente y comentó:

—Se habla de otra mujer que ha podido captar el interés del duque.

—¿Quién? —preguntó Francesca, sorprendida.

—Lady Haughston.

Durante un instante, ella se quedó muda. Finalmente, dijo con un chirrido:

—¿Yo? Eso es absurdo. Rochford y yo nos conocemos desde siempre.

—Conocerse desde siempre no es un impedimento para el matrimonio.

—Somos amigos, eso es todo.

—Tampoco ser amigos impide casarse. Aunque eso no continúa después de la ceremonia —observó Lucien. Después añadió—: No puedes negar que el duque y tú os habéis mostrado mucho más amistosos durante estas últimas semanas.

—¿Qué quieres decir?

—Has ido a pasear con él por el parque, como lady Mary.

—Una sola vez.

—Como Rochford y lady Mary —repitió él—. Te ha pedido un baile varias veces.

—No es nada raro que Rochford me pida un baile.

—¿Tres veces en dos semanas?

—¿Has estado contando? —Francesca miró a sir Lucien con asombro—. Eso ha sido porque el duque ha asistido a muchos bailes.

—Y te ha visitado varias veces.

—Somos amigos, y tú lo sabes.

—¿Con qué frecuencia te hacía el duque visitas sociales estos años pasados?

—No lo recuerdo. Pero ha venido a verme. Por ejemplo, en enero vino a visitarme una o dos veces.

—Te refieres al tiempo en que su hermana estaba viviendo contigo.

—De veras, Lucien, ¿cómo voy a recordar todos los detalles? —Francesca le lanzó una mirada de exasperación—. Espero que no estés alimentando esos rumores tan absurdos.

—Claro que no. Yo nunca cotillearía sobre ti —dijo sir Lucien—. Sin embargo, no puedo evitar darme cuenta de ciertas cosas. Y creo que una amiga debería informar a un amigo si...

—Por favor, no te enfades, Lucien. No te he contado nada porque no hay nada que contar. Rochford no está interesado en mí, y yo no estoy celosa.

Él la miró de nuevo y finalmente se rindió.

—Muy bien. Me limitaré a seguir poniendo una cara misteriosa y a no decir nada cuando la gente me pregunte.

—¡Lucien! ¡Debes quitarle a la gente esa idea de la cabeza!

—¿Estás loca? Uno no cena gratis con negativas.

Francesca se rió. Lucien comenzó a hablarle sobre el último cotilleo sobre la condesa de Oxmoor, de quien se decía que mantenía una relación con el pintor a quien había contratado su marido para que la retratara. Francesca lo escuchó a medias, porque de nuevo estaba inspeccionando la sala.

Vio a Mary Calderwood sentada de nuevo contra la pared. Aquélla era una oportunidad perfecta para hablar con la joven, pensó.

—Discúlpame —le dijo a Lucien, aprovechando que su amigo había hecho una pausa—. Tengo que hablar con una persona.

Se dirigió hacia la joven y la saludó.

—Lady Mary —dijo, con una sonrisa—. Me alegro mucho de veros otra vez.

La chica se sobresaltó y le hizo una rápida reverencia.

—Lady Haughston. Hola. Eh... yo también me alegro mucho de verla.

Las mejillas de la muchacha se tiñeron de rojo, y ella se miró los zapatos.

Francesca fingió que no se daba cuenta de la torpeza de Mary. ¿Cómo era posible que consiguiera conversar tan fácilmente con Rochford, que normalmente intimidaba a gente mucho más valiente que ella? Francesca se sentó en la silla que había junto a la de Mary. Mary se quedó un poco alarmada, pero se sentó también.

—Me alegro de que pudierais venir a mi pequeña celebración de la semana pasada —dijo Francesca.

Mary se ruborizó.

—Oh, sí. Os pido perdón. Debería haber dicho... es decir, yo.. eh... os agradezco mucho que me invitarais. Que nos invitarais, quiero decir.

—Espero que pasarais una velada agradable —continuó Francesca, ignorando los tartamudeos y el rubor de Mary.

—Sí, fue una fiesta preciosa —dijo Mary con una sonrisa, y después apartó la vista.

—Espero que vuestros padres estén bien —dijo Francesca, siguiendo con los detalles acostumbrados.

Mary no era de mucha ayuda. Respondía con frases cortas y no hacía ningún esfuerzo por mencionar otros temas. Francesca se sintió como si estuviera siendo cruel por obligar a la muchacha a seguir hablando, porque, claramente, estaba muy incómoda. Así pues, dejó las cortesías sociales y abordó el tema que la había llevado hasta allí, con la esperanza de que Mary no notara la torpeza de la transición.

—Parece que disfrutasteis mucho de vuestra conversación con el duque de Rochford en mi fiesta —dijo.

La actitud de Mary cambió al instante. Alzó la cabeza. Tenía el rostro iluminado y los ojos brillantes detrás de las lentes de sus anteojos redondos.

—Sí —respondió—. Es un hombre maravilloso, ¿verdad?

—Muy admirable —dijo Francesca, reprimiendo un suspiro.

Claramente, la muchacha estaba loca por Rochford. No era extraño, por supuesto. Cualquier chica lo estaría, incluso los ratones de biblioteca. Sinclair era guapo, inteligente y fuerte, todo lo que una mujer podía desear en un hombre.

Mary asintió con entusiasmo.

—Es tan bueno. Normalmente, bueno, estoy segura de que lo habéis notado, yo no hablo fácilmente con nadie, pero el duque es tan agradable y atento... De hecho, apenas me di cuenta de que estaba conversando hasta que me oí parlotear.

Francesca asintió.

—Debéis pensar que soy muy tonta —continuó lady Mary—. Vos sois amiga del duque desde hace mucho tiempo.

—Sí, es cierto. Es un hombre magnífico.

La sonrisa de Mary era espléndida.

—Lo sé. Tengo tanta suerte...

Francesca tuvo que hacer un enorme esfuerzo por mantener la sonrisa. ¿La muchacha ya se consideraba afortunada? ¿Tan segura estaba de que había conseguido al duque? En otra mujer, Francesca se habría tomado aquella afirmación como una muestra de arrogancia, pero Mary Calderwood no era arrogante. No, lo que ocurría era que no tenía la experiencia necesaria como para saber que no debía hablar con tanta certidumbre hasta que el duque le hubiera pedido la mano de verdad.

Pero quizá él ya lo había hecho y no se lo había contado a Francesca. Aquella idea le atravesó el pecho como un puñal.

De repente, no podía soportar estar allí sentada, oyendo

cómo la felicidad teñía la voz de la joven, viendo el brillo de sus ojos. Sonrió, dijo algunas frases amables de rigor y se levantó.

Francesca se alejó del resto de la gente y se refugió en un pasillo. Allí, en un rincón apartado, se sentó y tomó aire profundamente.

¿Tendría razón Lucien y ella estaba celosa? Quería echarse a reír y decir que era absurdo, pero no podía negar que sentía un dolor en el corazón cuando pensaba en Rochford y lady Mary juntos. Ardía de resentimiento al pensar que él estaba enamorado. Sabía que aquellos sentimientos eran malos y quería terminar con ellos. Lucharía contra aquel desagradable reconcomio. No podía permitirse desear que un hombre fuera infeliz sólo porque ella no podía tenerlo. Si Mary Calderwood era la mujer que iba a darle la felicidad a Rochford, ella debía alegrarse.

El único problema era averiguar cómo podía conseguirlo.

El plazo que le había dado el señor Perkins se terminaba, pero Francesca se negaba a pensar en ello. Aparte de un milagro, no había forma de que consiguiera aquel dinero para él, así que no tenía más opciones que negarse a salir de la casa o hacerlo dócilmente. Y, aunque temblaba por dentro al pensarlo, estaba muy segura de lo que iba a hacer cuando llegara el momento. Los FitzAlan podían haber sido muchas cosas, pero su familia también había sido siempre luchadora.

Ocupó la mente con los planes para la fiesta de Rochford. Se dio cuenta de que necesitaba hablar de la organización con Cranston, el eficiente mayordomo del duque, así que decidió que iría a Lilles House a verlo. Se llevaría a Maisie consigo para que la visita fuera decorosa. Todo sería más sencillo si le mostraba a Cranston lo que quería en el mismo salón de baile donde iba a celebrarse la fiesta.

Cabía la posibilidad de que se encontrara con el duque, pero después de la velada en casa de la señora Haversley estaba segura de que había conseguido exorcizar al demonio de los celos. Sólo había sido una emoción momentánea, después de todo, y la razón lo superaría. Además, era probable que Rochford no estuviera en casa.

Resultó que, efectivamente, el duque había salido, así que Francesca se dijo que todo iba a salir bien. Cranston se quedó bastante sorprendido al verla, aunque lo disimuló a la perfección. Sólo sus ojos azules revelaron cierta curiosidad al ver a Francesca, acompañada por su doncella, en la puerta de la casa. Cuando ella le explicó que había ido para consultarle los detalles de la organización del baile del duque, su expresión cuidadosamente amable se desvaneció, y el hombre sonrió con ganas. Era la primera vez que Francesca le veía hacerlo.

—Por supuesto, milady. Estaré encantado de ayudarla. Tengo los planos del salón de baile.

—Excelente —dijo Francesca, con los ojos brillantes—. ¿Cree que podríamos sentarnos en alguna mesa?

—Naturalmente. Si a la señora no le importa, hay una

mesa en el salón de servicio, donde llevo a cabo la mayoría de la planificación. O, si le parece, la biblioteca sería más adecuada.

—La mesa del salón me parece perfecta.

Así pues, mientras Maisie se iba a la cocina a tomar un té y a charlar con el ama de llaves de Lilles House, Francesca se sentó ante la mesa, con uno de los planos del enorme salón de baile que había dibujado Cranston extendido ante sí.

El salón de servicio era un lugar acogedor, separado de la cocina por un corto pasillo. Cranston, solícitamente, le sirvió té y galletas, y después se quedó de pie tras ella, un poco retirado.

—Por favor, siéntese, Cranston —le dijo ella, indicándole la silla que estaba a su lado.

—Muy amable, milady, pero...

Ella sabía que el mayordomo observaba inflexiblemente las formas, pero también sabía que el hombre mayor había desarrollado cierta rigidez en las rodillas con el paso de los años. Francesca tenía práctica en tratar con sirvientes mayores.

—Por favor, siéntese —insistió—. Será mucho más fácil hablar. No tendré que torcer la cabeza para verle.

—Por supuesto, milady, si lo desea.

El mayordomo se sentó junto a ella, aunque permaneció en el borde de la silla, como si estuviera listo para ponerse en pie de un salto al momento, y se mantuvo ligeramente más atrás que ella.

—Aquí está la lista preliminar de invitados —le dijo, y puso una hoja sobre la mesa—. Pensé que querría verla para comprobar si he omitido a alguien que debería estar en ella, o si, por el contrario, hay alguien que no debería estar.

—Estoy seguro de que sus opiniones son perfectamente correctas —le aseguró Cranston, aunque dejó la lista aparte para revisarla más tarde.

Francesca tomó un lápiz y comenzó a describirle sus ideas para la decoración, marcándolo todo en el plano del salón de baile. Cranston asintió con satisfacción, tomando algunas notas de vez en cuando.

Después continuaron hablando del bufé, y para ello avisaron a la cocinera. La cocinera de los Lilles era tan posesiva de su territorio como la mayoría de las cocineras que conocía Francesca, y llegó a la habitación con una expresión ligeramente cautelosa en el rostro. Sin embargo, Francesca no tardó mucho en ganársela, y pronto, la señora estaba asintiendo ante todas las sugerencias que le hacía Francesca.

—Muy bien —dijo una refinada voz masculina desde la puerta—. ¿Estáis quitándome al servicio, lady Haughston? ¿Debo enfadarme?

Los tres ocupantes de la estancia se giraron hacia la entrada, donde estaba el duque, apoyado contra el marco con una sonrisa en los labios.

—Me encantaría, os lo aseguro, pero entonces tendría que enfrentarme a la ira de mi propio servicio —respondió Francesca con otra sonrisa.

—Entonces, supongo que estáis preparando la fiesta —continuó Rochford.

—Sí. ¿Os gustaría saber dónde podrían colocarse los adornos?

—Venid a mostrármelo. Después podríamos tomar el té, si os apetece —sugirió él.

—Sería muy agradable —respondió Francesca.

—Excelente. Cranston, el té en el gabinete de mañana, creo. ¿En veinte minutos?

Cranston asintió, y la cocinera y él desaparecieron por la puerta de la cocina. Rochford se volvió hacia Francesca y le ofreció el brazo. Caminaron por el largo pasillo hasta el vestíbulo y después pasaron al salón de baile.

—Me pareció que debía enseñarle a Cranston cómo debe situarse la decoración —dijo Francesca—. Pero él tenía unos planos de la estancia, con todo incluido, así que he podido marcárselo sobre el papel.

—Es un prodigio de organización. No dudo que tiene planos de toda la casa, con cada pieza de mobiliario perfectamente colocada. No hay nada que se escape a su atención. Y seguro que se ha sentido eufórico al tener a alguien que se interese por la decoración y los menús. Me temo que piensa que no tengo los recursos necesarios para ocuparme de esas cosas. Probablemente, echa de menos a Callie.

Francesca sonrió y le apretó con suavidad el brazo.

—Como tú, me imagino.

Él la miró y sonrió ligeramente.

—Tienes razón, claro. Creí que me había acostumbrado a su ausencia cuando estaba viviendo contigo, pero he descubierto que se siente algo muy diferente al saber que no va a volver después de uno o dos meses. Me alegro mucho por ella, porque sé que es feliz con Bromwell, pero desearía que la finca de su marido no estuviera tan lejos, en Yorkshire.

—Al menos, Marcastle está mucho más cerca —le dijo Francesca.

—Sí. Sin duda, nos veremos mucho más cuando yo vuelva a casa.

Francesca sintió una punzada de soledad al pensar que entonces se sentiría muy sola. Sin embargo, se dio cuenta de que estaba siendo absurda. Ella nunca estaba sola en Londres, ni siquiera cuando terminaba la temporada. Además, teniendo en cuenta la amenaza que se cernía sobre ella por parte de Perkins, era probable que para entonces ya no estuviera en Londres, sino enclaustrada en Redfields.

Cambió de tema de conversación cuando entraron al salón de baile.

—He pensado que podríamos celebrar una fiesta del Solsticio de Verano, ¿qué te parece? Podríamos elegir un día cercano a esa fecha, y hacer que el salón y el jardín parezcan el país de las hadas. Cranston me ha dicho que puede hacerse a tiempo. Podemos poner muchas plantas y, entre ellas, flores blancas de todas las clases.

Siguió describiéndole alegremente las maravillas que podían hacerse con red y tul salpicadas de lentejuelas plateadas, prendidas como guirnaldas al techo para que reflejaran la luz. Después de unos minutos, Francesca se detuvo y lo miró con una ceja arqueada.

—Te estoy aburriendo mortalmente, ¿no? —le preguntó con un suspiro.

—En absoluto. No podría sentirme más transportado —le aseguró él con una sonrisa.

—Mentiroso.

Rochford se rió.

—Estoy seguro de que será precioso. Todo será deslumbrante. Los invitados bailarán toda la noche y volverán a casa declarando que nadie da las fiestas como lady Haughston.

—Pero será tu fiesta, no la mía —señaló Francesca.

—Creo que todos sabrán que yo no soy el genio que lo ideó todo. Semejante elegancia y fantasía sólo pueden ser tuyas. ¿Vas a venir como Titania, vestida de blanco y plata?

A Francesca le brillaron los ojos.

—Es toda una idea. Quizá debiéramos celebrar un baile de disfraces.

Él soltó un gruñido.

—No, por favor, eso no. El baile de disfraces de la tía Odelia ha sido más que suficiente para un año.

—¡Pero si ni siquiera te disfrazaste! —protestó ella—. No pudo ser tan horrible.

—No, pero me machacaron hasta la muerte para que lo hiciera, lo cual es incluso peor.

Francesca agitó la cabeza, sonriente. Habían estado paseando por el salón mientras hablaban, pero en aquel momento él se detuvo y se volvió hacia ella. Francesca lo miró con confusión, sin saber qué iba a hacer.

—Debes concederme el primer baile —le dijo Rochford.

Bajo su mirada, ella se sintió muy tímida de repente. Hizo un gesto negativo.

—Yo debo supervisarlo todo, asegurarme de que salga bien. No tendré tiempo para bailar.

—Tonterías. Eso lo hará Cranston. Tú abrirás el baile conmigo.

Ella lo miró fijamente. En los ojos oscuros de Rochford había algo que le cortó la respiración.

—Pero... seguro que una de las damas jóvenes... lady Mary, por ejemplo, debería tener ese honor.

—No —replicó él—. Sólo tú.

Él la sorprendió tomándola de la mano y llevándola al centro del salón mientras canturreaba un vals. Francesca se rió y se abandonó al ritmo de la danza, y ambos giraron por la estancia. Era de día, y no había ninguna decoración en la hermosa sala, pero para ella fue un momento mágico.

Francesca sintió los músculos fuertes del duque bajo la mano, y sus dedos fuertes y largos en la cintura, guiándola con sutilidad. Finalmente, Rochford se detuvo y, durante un largo instante, sus miradas quedaron atrapadas. Aunque no habían bailado mucho, él tenía la respiración entrecortada; su pecho subía y bajaba visiblemente. Los ojos le brillaban con una luz oscura. Francesca notó un súbito calor en sus manos, y vio que su boca se suavizaba. Él se inclinó.

Ella sabía que iba a besarla, sabía que debía retirarse. Sin embargo, cerró los ojos.

CAPÍTULO 13

Entonces, notó los labios del duque en los suyos. Él no movió las manos de la posición que tenían mientras habían estado bailando. No la atrajo hacia sí ni la tocó en ninguna otra parte. Sólo sus labios hablaban por él mientras la besaba con dulzura, con anhelo, seduciéndola y tentándola.

Francesca tembló. Quería ponerse de puntillas y rodearle el cuello con los brazos. Ansiaba abrazarse a él y besarlo, apretar el cuerpo contra el suyo. Quería olvidarse de todo, de la precaución, del sentido común, y permitírselo. Olvidar que él estaba a punto de pedirle la mano a otra mujer. Olvidar su pasado, y no pensar adónde podía llevarles aquel beso.

Sin embargo, aunque no había podido apartarse de él, tampoco podía adelantarse hacia él. Se limitó a vivir aquel momento frágil y dulce, bebiéndose el placer de sus labios.

Al fin, él rompió el contacto y elevó la cabeza. Ninguno de los dos dijo una palabra.

Hubo un sonido de pasos en el pasillo que conducía al salón de baile, y Rochford se alejó. Apareció un lacayo y anunció que el té estaba servido. Rochford le ofreció el brazo a Francesca, con una apariencia fría y reservada, como de costumbre.

Ella posó la mano en su brazo, con la esperanza de parecer igualmente calmada, y ambos salieron de la estancia. Sin embargo, en vez de seguir al criado, Rochford la condujo hacia la terraza. Después entraron a la casa por otra puerta.

—Éste es el gabinete de mañana —le explicó cuando pasaron al interior—. Es mi habitación favorita, aunque en realidad la prefiero por la tarde, como ahora.

Francesca lo entendió. Era una sala espaciosa y amueblada para resultar cómoda. Tenía unas ventanas muy altas que daban a la terraza y a los jardines, y estaba protegida del sol del oeste, así que resultaba fresca y sombreada, pero abierta a las preciosas vistas.

—Es maravillosa —murmuró ella, mientras se acercaba a la mesa donde el mayordomo había depositado la bandeja de la merienda.

Mientras tomaban una taza de té y comían sándwiches y bizcocho, hablaron del baile, y también de la carta que Francesca había recibido de casa aquella mañana. Dominic estaba muy satisfecho con los logros de los cultivos de la finca aquella primavera, y Constance también estaba muy contenta, aunque cada vez más grande, en su séptimo mes de embarazo.

—¿Vas a ir a Dancy Park para estar con ella? —le preguntó Rochford.

Francesca asintió.

—Me quedaré allí un mes o seis semanas, y después me marcharé. Ella no tiene familia, ¿sabes? Aparte de nosotros. Bueno, salvo esa tía tan irritante y su tío, y no creo que quiera que esa mujer la acompañe en un momento así. Tampoco mi madre es alguien a quien yo elegiría como compañía. No es que yo tenga mucha experiencia con los bebés, pero la niñera ayudará en eso. Y, al menos, puedo entretener a Constance.

—Estoy seguro de que serás un gran apoyo para ella. Quizá te vea allí. Tengo intención de ir a Dancy Park otra vez antes del otoño.

Francesca lo miró con sorpresa.

—Yo creía que te quedarías aquí después de...

Él arqueó las cejas.

—¿Después de qué?

—Nada. No es asunto mío, en realidad. Yo sólo pensaba que... bueno, que estarías haciendo planes de boda.

Él la miró fijamente durante un instante.

—¿De veras?

—Sí. Después de todo, parece que vas en esa dirección. Me dijiste que anunciarías tu compromiso durante el baile, y has demostrado un claro interés en lady Mary. Tengo que decirte que me parece una excelente elección. Durante la fiesta de Haversley me expresó su afecto por ti.

—¿De veras? —repitió el duque, arqueando de nuevo las cejas—. Qué interesante.

—Oh, sí.

Francesca volvió a sentir un nudo de celos en el estómago, pero estaba decidida a no ceder a aquel sentimiento. No importaba lo que había ocurrido un poco antes en el salón de baile. No importaba cómo se sintiera ella.

Iba a seguir hablando, pero en aquel momento se oyeron unas voces demasiado altas desde el vestíbulo, algo poco común en la aristocrática casa de los Lilles. Tanto Francesca como Rochford cesaron su conversación y se volvieron hacia la puerta.

—¡Tengo que verlo! —exclamó un hombre, agitadamente—. ¡No me importa lo que esté haciendo!

Aquellas palabras fueron seguidas por la voz calmada y grave del mayordomo, pero estaba claro que sus intentos por razonar no servían de nada.

Rochford se levantó y caminó hacia la puerta.

—¿Cranston? ¿Qué ocurre?

—¡Tengo que hablar con vos!

Aunque Francesca no veía al joven que había en el pasillo, lo oía perfectamente.

—Soy Christopher Browning. Me parece que sabéis por qué estoy aquí.

Rochford puso mala cara.

—Se suponía que debíais venir mañana por la mañana —dijo. Sin embargo, suspiró y le hizo un gesto al visitante para que entrara—. Muy bien. No se preocupe, Cranston. Lo recibiré.

Después, se volvió hacia Francesca.

–Lo siento. Sólo será un momento.

Christopher Browning irrumpió en el gabinete. Francesca vio, con asombro, que llevaba alzacuellos y un traje negro. Era un sacerdote anglicano. Tenía el pelo liso y rubio, pero despeinado, como si se hubiera estado pasando las manos por la cabeza de preocupación, y estaba pálido y tenso, como si se sintiera a la vez asustado y furioso. Se enfrentó al duque, que era mucho más alto que él, con una actitud desafiante.

–¡No os lo permitiré! –le anunció a Rochford.

–¿De veras? –le preguntó Rochford con curiosidad–. ¿Y qué es exactamente lo que no me permitiréis?

–¡No os permitiré que me la arrebatéis! Quizá la hayáis encandilado con vuestros aires de grandeza, con vuestra casa y vuestra riqueza. Sin embargo, yo sé que esas cosas no la harán feliz. Ella es una muchacha tranquila, estudiosa. Lo que le gusta es leer un buen libro junto al fuego, o dar un paseo por el campo. No será feliz como duquesa.

–Eso creo yo –respondió Rochford en voz baja, y las comisuras de los labios le temblaron de una forma que le dio a entender a Francesca que estaba reprimiendo una sonrisa de diversión–. ¿Entiendo que estáis hablando de lady Mary Calderwood?

–¡Por supuesto! ¿De qué otra persona iba a estar hablando? ¿Acaso tenéis a más pobres jóvenes incautas pendiendo de un hilo?

El interés de Francesca se multiplicó al oír hablar de lady Mary, y observó al joven con más atención.

—No sabía que lady Mary estuviera pendiendo de un hilo. ¿Podríais ser tan amable de explicarme de qué estáis hablando? —le pidió Rochford al visitante.

—Estoy hablando de vuestra persecución. No creáis que no me he enterado. Los rumores han atravesado incluso los sagrados muros de la iglesia.

—Sí, sin duda. Y esos rumores que os han llegado en la iglesia...

—¡No os burléis de mí! —lo interrumpió Browning, con la cara congestionada—. ¡Sólo porque seáis rico y poderoso, no sois mejor hombre que yo! ¡No tenéis derecho a apartarme con una carcajada!

—Tenéis mucha razón —dijo Rochford—. Yo no me estaba burlando de vos. Sin embargo, me siento bastante asombrado por vuestra... eh... ferocidad.

—Sin duda, habéis creído que teníais camino libre hacia la dama. Pero, señor, yo me interpondré en vuestro camino.

—Ya lo veo —dijo Rochford, y se puso un dedo sobre los labios. Francesca pensó que era para no echarse a reír ante el florido lenguaje del joven.

—¡Lady Mary me quiere a mí! Estamos enamorados. Nos hemos prometido. Sé que no ha sido ante la iglesia y que su padre lo desaprueba, pero en el fondo sé que ella considera ese voto tan sagrado como yo. Sé que esto es cosa de su padre. La está obligando a que se case con vos.

Entonces, ¡Rochford ya le había pedido el matrimonio a lady Mary! Francesca se sintió como si una mano invisible le estuviera estrujando el corazón.

—Mi querido señor Browning —dijo Rochford—. Por muy revelador que sea todo esto, me temo que debo posponer la conversación. Como veis, estaba tomando el té.

—¡Sí, ya lo veo! ¡Confraternizando con vuestra amiguita mientras mi dulce Mary...!

Francesca abrió unos ojos como platos al oír la descripción que había hecho el joven de ella. Iba a protestar, pero Rochford había dado un paso hacia delante y miraba a Browning con tanta dureza que lo dejó sin habla.

—Voy a pasar por alto vuestra falta de educación porque es evidente que estáis alterado por vuestro afecto hacia lady Mary. Sin embargo, no vais a calumniar a esta dama, ni en mi presencia ni en ningún otro lugar. ¿Está claro?

—Sí... sí —dijo Browning, y dio un paso atrás. Miró a Francesca y murmuró—: Disculpadme, milady.

Francesca inclinó la cabeza majestuosamente. Estaba demasiado interesada en la conversación como para hablar de aquel detalle secundario.

—Y ahora, en cuanto a vuestro... problema conmigo —continuó Rochford—, ¿sois consciente de que os he citado mañana por la mañana?

—Sí, lo sé. Supongo que tenéis intención de informarme de vuestro compromiso con lady Mary. Sin embargo, ¿por qué clase de hombre me tomáis, para pensar que voy a quedarme de brazos cruzados mientras me la arrebatáis?

—Parece que os he tomado por un hombre de más

sentido común que el que tenéis —replicó Rochford—. ¿Es que no habéis hablado con lady Mary? ¿No os ha dicho ella por qué quería entrevistarme con vos?

—No —respondió Browning con tirantez—. Todavía no la he visto. Me ha enviado una nota para que nos veamos en el parque esta tarde, pero yo no he ido. Tenía que... enfrentarme primero a vos. No puedo dejar que me diga que va a casarse con vos sin luchar por ella.

El joven se irguió de hombros y miró a Rochford a los ojos.

—Bien, si hubierais ido a verla —le dijo el duque—, ella os habría dicho que tengo un puesto disponible, y que estaba pensando en ofrecéroslo. Es la parroquia de San Swithin, en el pueblo de Overgy, cerca de mi casa de campo de Dancy Park.

Al principio, el clérigo se quedó asombrado. Después se entusiasmó. Y después, como si hubiera recordado su propósito, se puso serio de nuevo, más rígido si era posible.

—Por supuesto, es un trabajo que cualquiera desearía, pero yo no puedo aceptar un soborno para mirar hacia otra parte mientras vos os casáis con la mujer a la que amo.

—¡Dios Santo! —exclamó Rochford—. Si tengo que sufrir durante mucho más tiempo semejante tontería, os garantizo que no voy a hacer la oferta. No estoy intentando sobornaros, ¡obtuso! ¡No tengo interés en casarme con lady Mary Calderwood!

El señor Browning se quedó boquiabierto. Y Francesca también.

—Pero todo el mundo dice que... habéis bailado con ella —dijo el joven.

—He pasado mucho tiempo con ella últimamente, escuchándola mientras os alababa —respondió Rochford—. Por la opinión que lady Mary tiene de vos, entiendo que hacéis gala de más sentido común cuando estáis en su compañía.

Browning se ruborizó al oír aquellas palabras, y Francesca tuvo que apretar los labios para no soltar una carcajada de alegría. De repente, estaba eufórica.

—Lady Mary me ha contado toda la historia de vuestras esperanzas frustradas —continuó el duque—. Y me habló de la oposición de su padre, bastante comprensible, a que se casara con un hombre que no puede mantenerla. El puesto de la parroquia os proporcionará la capacidad de mantener una familia, y eso, seguramente, animará al padre de la joven a concederos la mano de su hija. Ella me pidió ayuda, y yo accedí a hablar con vos sobre ese puesto en la parroquia de San Swithin, que quedó vacante recientemente.

El señor Browning se quedó inmóvil, mirando al duque. Lentamente, estaba comprendiendo que tenía ante sí una buena oportunidad, y también que podía haberlo echado todo a perder con sus acciones.

—Oh —dijo por fin, débilmente. Al final se irguió de hombros y dijo con la voz apagada—: Os ruego que me perdonéis, señor. No... no os molestaré más —dijo. Hizo una reverencia hacia Rochford, y después otra para Francesca—. Milady...

Se dio la vuelta para marcharse, y Rochford le dijo:

—Mañana por la mañana, a las diez en punto.
Browning se volvió.
—Entonces... ¿todavía vais a entrevistarme?
—Sí. El amor nos convierte a todos en unos tontos. Me gustaría hablar con vos en mejores circunstancias.
—Gracias, Excelencia. Me siento tan... Muchas gracias.

Sin decir nada más, volvió a inclinarse y se marchó.
—Bien —dijo Francesca alegremente—. Parece que ahora estás buscándole marido a tus posibles esposas.

Rochford se giró hacia ella y sonrió.
—No lo encontré yo. Me hablaron de él.
—Pero vas a darles la oportunidad de que puedan casarse.

Él se encogió de hombros y se sentó frente a ella.
—No tengo ganas de cortejar a una mujer que está enamorada de otro hombre.
—¿Estabas interesado en cortejarla?
—Lo intenté.
—Entonces, todas esas cosas... los paseos por el parque, las visitas a Mary Calderwood... eran...
—Conversaciones sobre su deseo de casarse con el señor Browning y sobre cómo podría hacerse realidad.

¡No era de extrañar que Mary Calderwood hubiera puesto al duque por las nubes la otra noche! Francesca se rió.
—Debería estar enfadada contigo. ¡Me has hecho creer que estabas interesado en ella!
—Yo no he dicho nada por el estilo.

¿No lo había dicho? Ella no recordaba exactamente

sus palabras. Sin embargo, no le había contado la verdad completa sobre la muchacha. Rochford nunca había mencionado nada de aquel plan para encontrarle empleo al hombre a quien amaba.

Seguramente, Francesca debía sentirse molesta por aquello, pero no pudo conseguir que le importara.

—¿Todavía piensas ofrecerle al clérigo el puesto de San Swithin? —le preguntó Francesca.

—Probablemente —respondió él, encogiéndose de hombros—. Sería un buen cambio para la gente de la parroquia, el hecho de tener un vicario que pueda hablar apasionadamente de las cosas. El último que ocupó el puesto apenas podía mantener los ojos abiertos durante sus propios sermones.

—¿No te parece que es un poco... impulsivo?

Rochford sonrió.

—Sí lo es. Espero que hoy haya aprendido la lección. Si mañana me parece igualmente inestable, no se lo ofreceré, por supuesto. Pero es joven y está enamorado, y uno comete tonterías en esas circunstancias.

—Sí, es cierto —convino Francesca. Era algo que ella sabía muy bien.

Terminó su té con mucho mejor humor y, francamente, tuvo la tentación de quedarse un poco más. Sin embargo, iba a asistir a la ópera aquella noche con sir Alan y su hija, y debía marcharse ya.

Rochford insistió en que Francesca y su doncella volvieran a casa en su carruaje, en vez de hacer caminando el corto trayecto. Francesca, acomodada en los lujosos asientos de cuero, reflexionó sobre el significado de su descubrimiento. Rochford ya había rechazado a Althea Robart y a Caroline Wyatt, y había quedado claro que tampoco tenía interés en Mary Calderwood.

¿Tenía intención, verdaderamente, de buscar esposa? En ese caso, ¿qué debía pensar ella de su comentario sobre el anuncio de compromiso durante el baile?

Podía darse el caso de que estuviera interesado en alguna de las dos candidatas restantes. Damaris era la más preparada para ocupar el puesto de una duquesa, y lady de Morgan era la más atractiva de todas. Sin embargo, Francesca no había percibido en el duque nada que le diera a entender que estaba enamorado de ninguna de las dos muchachas. No había mencionado a ninguna de las dos ni siquiera una vez. Y, de acuerdo con los rumores, la única que había sido objeto de su atención era lady Mary.

Pero, si no hablaba en serio sobre el matrimonio, entonces ¿por qué le había pedido que lo ayudara con el baile?

Y, teniendo en cuenta aquel baile y su propósito, ¿por qué la había besado?

Enfrascada en sus pensamientos, Francesca subió a su habitación en cuanto llegó a casa. Ya era hora de comenzar a prepararse para su salida con los Sherbourne. Se bañó y tomó una cena rápida, y después se sentó canturreando ante el espejo para que Maisie la peinara. Maisie era una artista arreglando el cabello, y no debía apresurarla. Francesca abrió el joyero y, de entre las joyas, sacó los pendientes de zafiros que le había regalado Rochford quince años antes y se los puso sobre la palma de la mano.

Observó las gemas azul oscuro. Su profundidad resplandecía rodeada de pequeños brillantes. Nunca se los había puesto. Al principio no lo había hecho porque su compromiso era secreto, y después porque ponérselos le causaría mucho dolor. Ni siquiera durante los años siguientes, cuando ya casi todo el dolor se había desvanecido, había tenido ganas de estrenarlos. Le había parecido mal, por algún motivo.

Sin embargo, en aquel momento pensó que era una tontería esconder unas joyas tan bonitas. Sobre todo aquella noche en que iba a ponerse un vestido verde azulado. Se sujetó los pendientes junto a los lóbulos de las orejas y volvió la cabeza de lado a lado para observar su efecto cuando los brillantes reflejaban la luz.

—¡Oh, milady! —dijo Maisie con admiración—. Son maravillosos. ¿Y no hacen juego a la perfección con su vestido?

—Estaba pensando justamente lo mismo —respondió Francesca con una sonrisa.

—¿Va a llevar también la pulsera?

—No lo sé —respondió Francesca, y sacó del joyero el brazalete de zafiros y brillantes.

No era pesado, pero era un trabajo exquisito y las joyas eran de la mejor calidad. Exactamente el ejemplo de buen gusto y elegancia que Rochford elegiría. Se la puso en la muñeca y la admiró.

—¿Sabes? Creo que sí voy a llevarla.

Maisie la ayudó a ponerse el vestido de tela suave y vaporosa. Justo cuando se estaba calzando oyó que alguien llamaba estruendosamente a la puerta.

La doncella y su señora se miraron con sorpresa. Era demasiado pronto para la llegada de sir Alan, y en cualquier caso el caballero no habría llamado de aquel modo. Con curiosidad, Francesca fue a la puerta de su dormitorio y la abrió, mientras Maisie sacaba del armario la capa de noche, el abanico y los guantes de Francesca y los depositaba sobre la cama.

Una voz masculina resonó en el piso de abajo, estridente y agresiva. Francesca se puso muy tensa. No reconoció la voz, pero sí la actitud. ¿Qué estaba haciendo allí el señor Perkins? Había prometido que no aparecería hasta el sábado.

Francesca sabía que Fenton no podía contener a aquel hombre, así que bajó las escaleras apresuradamente para evitar que Perkins le hiciera daño a su mayordomo. Las voces se elevaron a medida que ella se acercaba, y cuando dobló la esquina de las escaleras, vio que Perkins tenía a Fenton agarrado por las solapas de la levita, y que lo estaba zarandeando en el vestíbulo.

—¡Va a recibirme! —le estaba gritando.

Fenton estaba congestionado de rabia, y Francesca bajó corriendo los últimos escalones.

—Estoy aquí, Perkins, así que podéis dejar de gritar.

Perkins soltó a Fenton y se dio la vuelta. A tan corta distancia, Francesca se dio cuenta de que tenía los ojos inyectados en sangre y de que su cara estaba más hinchada de lo que estaba la última vez que lo había visto. De él emanaba un repugnante olor a alcohol.

—Vos —dijo Perkins con dificultad.

—Sí. Yo.

—Milady —comenzó a decir Fenton, temblando de rabia.

—No se preocupe, Fenton. Sé que ha hecho todo lo posible por impedir que entrara. Pero creo que es mejor que yo hable con el señor Perkins. ¿Queréis acompañarme? —le dijo al intruso, y le indicó el camino hacia el gabinete. Después comenzó a caminar, y él la siguió.

Cuando llegaron al gabinete, ella se volvió y se encaró con él.

—Bien, ¿qué estáis haciendo aquí? Tengo planes para esta noche. No os esperaba hasta el sábado.

—Quizá yo no quiera esperar hasta el sábado —replicó él—. Después del modo en que me echasteis de la fiesta la semana pasada, he decidido que no es necesario respetar las formalidades.

Con una sonrisa insolente, se dejó caer en una butaca sin esperar a que ella se sentara primero.

Francesca reprimió su desagrado y tomó asiento en el sofá, frente a él, y dijo con calma:

—Yo no tuve nada que ver con eso. Sin embargo, cuando uno llega a una fiesta sin invitación, supongo que puede esperarse un poco de rudeza.

—No me esperaba ninguna otra cosa del todopoderoso duque —dijo él con desprecio—. Siempre se ha creído que es mejor que todos los demás. Haughston se estará removiendo en su tumba al saber que Rochford está merodeando a vuestro alrededor —dijo Perkins, lanzándole una mirada torva—. Sin duda, el duque piensa convertiros en su próxima amante.

Francesca inspiró bruscamente, asombrada por aquellas palabras. Al instante sintió tal ira que se puso en pie de un salto.

—¿Cómo os atrevéis a decir esa mentira? Rochford nunca haría nada semejante. Es un hombre honorable.

—No es una cuestión de honor, sino de lujuria.

—Vos no podéis entender a un hombre como Rochford.

Él arqueó una ceja.

—Un hombre es un hombre, por muy elevada que sea su posición. No pensaréis que podéis conseguir que se case con vos, ¿verdad? —le preguntó, con una sonrisa desdeñosa.

—¡Por supuesto que no!

—Mejor. Ése se casará por el deber, y por nada más.

—Os aseguro que no tengo intención de intentar conseguir que se case conmigo. Y tampoco de seguir hablando con vos de mi vida personal.

—Muy bien, entonces hablemos de negocios. ¿Tenéis el dinero? —preguntó él. Se cruzó de brazos y esperó, mirándola fijamente.

Francesca lo miró también. La ira que sentía se desvaneció, y sólo quedó la aprensión que le producía aquel hombre. Sin embargo, sospechaba que, como con un animal, era mejor no dejarle ver a Perkins que estaba asustada.

—Yo...

Tenía la voz temblorosa, y se detuvo para empezar de nuevo con más firmeza. Debía intentar salvar la casa.

—Tengo una proposición para vos.

CAPÍTULO 14

—¿De veras? —preguntó él con una mirada lasciva—. ¿Y cuál es?

—Puedo entregaros una cantidad de dinero hoy. Doscientas libras —dijo ella.

Una vez que había empezado, Francesca se sintió más calmada. Lo había pensado con detenimiento, y había llegado a la conclusión de que aquélla era su mejor oportunidad.

—Yo os daré esa suma aparte de la cantidad que según vos os debía mi marido. A cambio, vos me concederéis un plazo razonable para reunir la cantidad completa.

—¿De veras? ¿Y cuánto es un plazo razonable?

—Seis meses.

—¿Seis meses? ¿Me pedís que espere seis meses para tomar posesión de una casa que es mía por derecho? Milady, creo que sobreestimáis vuestros poderes de persuasión —dijo Perkins, y se puso en pie.

—No podéis perder nada —le aseguró Francesca—. Si no puedo reunir la cantidad, os quedaréis con las doscientas libras. Y si puedo pagaros las cinco mil libras en seis meses, conseguiréis doscientas más de las que habíais pedido. Creo que este trato tiene ventajas para vos.

—Estáis diciendo que debo dejaros vivir en esta casa, gratis, seis meses más —dijo Perkins, mientras se acercaba a ella.

Francesca lo miró, negándose a retroceder.

—No sería gratis. A mí me parece que doscientas libras es un buen alquiler para ese periodo de tiempo. Además, así no tendríais que tomaros la molestia de llevarme ante los tribunales. Debéis saber que no será tan fácil como habéis dicho arrebatarme mi casa ante un juez.

—¿Y cómo vais a conseguir el dinero en seis meses si no lo habéis conseguido ahora? ¿Qué pensáis que podéis hacer, vender la casa? Yo puedo venderla en cuanto tome posesión de ella, y conseguir todo el valor de la venta, no sólo lo que me debía vuestro marido. ¿Por qué iba a dejar que lo hicierais?

—¡Porque lo que queréis hacer vos es censurable! ¡Quitarme la casa por una estúpida apuesta que hizo mi marido hace años!

—¿Censurable? —preguntó él, y de nuevo sonrió con arrogancia—. Parece que siempre habéis pensado mal de mí. Nunca os gustó que ensuciara vuestra casa, ¿verdad? Me mirasteis mal desde el primer día en que entré. Ni siquiera era lo suficientemente bueno para vuestro marido.

En aquel momento, se había acercado tanto a Francesca que ella olía el alcohol de su respiración. Sin embargo, Francesca se mantuvo firme y no se retiró.

–Vos animabais a Andrew en sus locuras. Yo nunca dije que fuera superior a vos.

–No teníais que decirlo. Se podía ver en vuestra cara. Y en la suya también. Él era un Haughston, era de una familia que llegó con el Conquistador, pero yo sólo era el hijo menor de un terrateniente de pueblo. Pues bien, mi linaje es tan bueno como cualquiera.

–Yo no tengo objeciones contra vuestro nacimiento, sino contra lo que elegisteis hacer con vuestra vida.

–No era peor que vuestro estimado marido.

–¡Es un comentario despreciable!

–Sin embargo, él fue lo suficientemente bueno como para que os casarais con él, y yo no me merecía ni siquiera una sonrisa –dijo él, y siguió acortando la distancia que los separaba. Tenía una mirada oscura que hizo que Francesca diera un paso atrás–. Si me acercaba a vos, vos os alejabais. Como ahora. Si os hacía un cumplido, me mirabais con desprecio. Si os rozaba, me apartabais la mano.

–¿Qué esperabais? Era una mujer casada. No iba a relacionarme con vos, ni con ningún otro hombre. Mi marido era vuestro amigo. Sólo alguien bajo se le habría insinuado a su esposa.

–Alguien bajo, ¿eh? –inquirió Perkins, y antes de que ella pudiera alejarse más, la agarró por el brazo–. No tan rápido, milady. Yo también tengo una proposición para vos.

A Francesca se le formó un nudo de terror en la garganta, pero no permitió que él notara que tenía miedo.

—¿Cuál es esa proposición? —le preguntó con frialdad.

—Podéis seguir viviendo aquí. Sin renta. Sin darme doscientas libras. Incluso olvidaré la deuda... después de un tiempo.

Perkins sonrió, con una mirada que a Francesca le revolvió el estómago. Él alzó la otra mano y le pasó un dedo por la mejilla.

—Lo único que tenéis que hacer es... complacerme en esta casa.

Francesca se quedó demasiado asombrada como para hablar.

—No os sorprendáis tanto. Es lo que hacen las mujeres como vos todos los días. Se venden para vivir de este modo. Vos lo hicisteis con Haughston. Lo haríais con Rochford si pudierais. Si queréis quedaros aquí, tendréis que hacerlo conmigo.

—Debe de ser una broma.

—No, no lo es —dijo él burlonamente—. Si lo pensáis bien, estoy seguro de que entenderéis que este trato tiene muchas ventajas para vos.

—Nunca sería vuestra amante. Preferiría morirme de hambre antes que acostarme con vos.

—¿De veras? —la expresión de Perkins se volvió dura y fría. Le apretó el brazo con fuerza y añadió—: ¿Por qué no lo comprobamos?

Tiró de ella con tanta brusquedad que Francesca se tropezó y cayó hacia delante y se chocó contra su pecho. Presa del pánico, lo único que pudo hacer fue pisarle con todas sus fuerzas en el empeine. Por suerte, se había puesto unos zapatos con algo de tacón. Él la soltó automáticamente y emitió un grito de dolor. Ella se alejó corriendo hacia la chimenea y tomó el atizador para amenazarlo.

—¡Salid de aquí o haré que os echen!

—¿De verdad? ¿Es que pensáis que ese viejo va a poder echarme? Me gustaría ver cómo lo intenta.

—¡Basta! Si me tocáis, haré que os encierren en las mazmorras. No querréis tener que huir de nuevo al Continente, ¿verdad?

—No vais a poder hablar mucho cuando acabe con vos —respondió él—. Voy a disfrutar mucho bajándoos los humos.

Entonces se abalanzó sobre ella y Francesca gritó. Para su sorpresa, consiguió darle un golpe en el brazo con todas sus fuerzas. Sin embargo, cuando alzó la mano para golpearlo otra vez, él la agarró por la muñeca y le quitó el atizador. Después lo arrojó hacia la mesa.

Ella gritó de nuevo e intentó huir, pero él la persiguió. Sin embargo, el alcohol que había ingerido hizo que tropezara y cayera de rodillas. Iba a levantarse cuando se detuvo en seco, al oír el sonido característico del percutor de una pistola.

—No dé un paso más si no quiere que le haga un agujero —dijo Fenton, mucho menos calmado de lo normal.

Tanto Francesca como su atacante se dieron la vuelta hacia él. De no haber estado tan asustada, Francesca se hubiera reído al ver a su anciano mayordomo, tan impoluto como siempre, sin un pelo fuera de lugar, con una de las pistolas de duelo de Andrew entre las manos. A su lado, la cocinera blandía una sartén de hierro.

Mientras estaban allí, como un retrato viviente, sonaron unos pasos, y un momento después, aparecieron Maisie y la sirvienta, la primera con unas tijeras y la segunda con una escoba preparada. Y por último, apareció el mozo, corriendo, con el cuchillo de la carne de la cocinera en ambas manos.

A Francesca se le llenaron los ojos de lágrimas al ver a sus leales sirvientes.

—Gracias, Fenton. Gracias a todos. Creo que el señor Perkins se marcha ya.

Perkins la miró con odio.

—¿Creéis que habéis ganado? ¿Creéis que voy a desaparecer sin más? Habéis hecho vuestra elección, y ahora tendréis que vivir con ello. Retiro mi oferta. Tendréis que rogarme que os preste atención a partir de ahora.

—¡Eso no sucederá nunca!

—¿No? Ya veremos lo que sucede cuando os haya echado a la calle. Os veréis humillada frente a vuestras amistades, sin dinero, sin hogar, en peligro de ir a la cárcel... ¿y qué haréis para manteneros? ¿Fregar suelos? ¿Cocinar? ¿Lavar los platos? No sabéis hacer nada, milady. Sólo podréis ganaros la vida como prostituta.

—¡Callaos! —le gritó Francesca, temblando de furia—. ¡Basta! Salid de mi casa y no volváis nunca más, ¿entendido?

—Oh, sí, os entiendo muy bien. Ahora, entendedme vos. Si no estáis fuera de esta casa antes de mañana por la noche, os la arrebataré. Y ninguno de vuestros... defensores —dijo, mirando con sumo desprecio a los sirvientes— podrá detenerme.

Con aquello, se dio la vuelta y salió. Los criados se apartaron de la puerta para dejarlo pasar, y Fenton se mantuvo cuidadosamente apartado del hombre, apuntándolo con la pistola.

Francesca se desplomó sobre una silla. Los sirvientes siguieron a Perkins, salvo Maisie, que fue corriendo hacia Francesca y se arrodilló a su lado, observándola con preocupación.

—¿Está bien, señora?

Francesca asintió. Estaba temblando y no podía pensar con claridad, pero su sentido del decoro le permitió seguir funcionando.

—Sí, por supuesto —dijo, aunque tuvo que contener las lágrimas antes de continuar—. Yo... creo que subiré a mi dormitorio.

Cuando salió de la habitación, Fenton se acercó a ella, mientras los demás permanecían tras el mayordomo, y le dijo:

—Milady, si hay algún modo en que podamos ayudarla...

—Gracias, Fenton. Si puede informar a sir Alan, cuando venga, de que estoy indispuesta...

—Por supuesto, milady —dijo Fenton, e hizo una grave reverencia.

Francesca asintió y comenzó a subir las escaleras con las rodillas temblorosas, aferrándose a la barandilla. Cuando llegó a su habitación, cerró la puerta, se dejó caer al suelo y estalló en sollozos. Estaba llena de furia y de rabia.

¿Qué iba a hacer? ¿Cómo iba a vivir? Las palabras de Perkins la habían hundido, habían destruido las barricadas que ella había construido durante las pasadas semanas. Sabía que su hermano la acogería, que no tendría que vivir en la calle, como aquel hombre le había dicho; sin embargo, se sentía humillada, derrotada, por tener que pasar el resto de su existencia dependiendo de Dominic y Constance.

Además, no sólo ella sería desplazada. Fenton y el resto de los sirvientes también tendrían que salir de la casa. Ella no podía esperar que Dominic pudiera asimilar el coste de varios criados más. Todos eran jóvenes y podrían encontrar otro empleo sin problemas, pero, ¿qué pasaría con Fenton? Él ya era demasiado mayor como para conseguir otro puesto.

Y casi peor que todo lo demás era el hecho de saber que todos los miembros de su círculo social conocerían su situación. Sería objeto de compasión de algunos y de burla para otros. Todos sabrían qué clase de marido había sido lord Haughston, lo poco que la había querido, la estupidez con la que él había destrozado sus vidas. Todo el mundo murmuraría sobre ellos.

Al pensarlo, a ella se le puso el vello de punta. Intentó desesperadamente dar con algún modo para evitar todo aquello, pero su cerebro era un caos. Francesca no conseguía concentrarse en nada.

Abajo oyó la voz de un hombre, y supo que debía de haber llegado sir Alan. Era un hombre bueno, amable, y Francesca tenía la sensación de que se sentía un poco atraído por ella. Si le diera un poco de ánimo, se enamoraría de ella y podrían casarse. De ese modo, Francesca evitaría la sombría existencia que le esperaba. Estaba segura de que la mayoría de las mujeres, en su situación, tomarían aquella decisión.

Pero ella no podía hacerlo. No podía casarse con un hombre a quien no amaba sólo por tener una vida segura.

Sin embargo, ¿qué opciones tenía? Llevaba dos semanas intentando dar con la solución, y todavía no lo había conseguido.

Se puso en pie y comenzó a pasearse por la habitación, limpiándose las lágrimas con la mano. Tenía los nervios alterados, y no podía permanecer quieta. Con tal desesperación no podía pensar en nada. Sólo una cosa penetró en la neblina de su mente. Sólo una palabra la aportó algo de calma: Sinclair.

Se puso la capa que Maisie había sacado del armario y, sigilosamente, salió de la casa sin que nadie la viera. Cuando estuvo en la calle, echó a correr.

Abrió la puerta un lacayo con una elegante librea azul y blanca. Al ver a una mujer en la entrada, frunció el ceño.

—¡Váyase de aquí! ¿Qué se cree que está haciendo? —le preguntó sin miramientos, mientras comenzaba a cerrar la puerta.

—¡No! —exclamó Francesca, y alzó una mano para detenerlo—. Avise a Cranston —le pidió.

Al oír una voz de una dama bien educada pronunciando el nombre del mayordomo, el hombre se detuvo, y después de una breve vacilación, le ordenó a Francesca que esperara allí. Al cabo de unos minutos, Cranston abrió la puerta y se quedó boquiabierto al verla.

—¡Milady!

—Por favor, Cranston. Tengo que verlo.

—Por supuesto, por supuesto. Por favor, pase. Lo siento muchísimo —murmuró mientras la hacía pasar. Rápidamente, la condujo por un largo pasillo hasta el estudio de Rochford—. Voy a avisar inmediatamente a Su Excelencia de que está aquí —le dijo.

—Gracias, Cranston.

El mayordomo salió y cerró la puerta. Francesca se volvió. La frenética desesperación que la había impulsado a correr hacia Rochford se estaba mitigando, dando paso a las dudas. ¿Qué iba a pensar de ella, de que hubiera ido a verlo de aquel modo?

Hubo un sonido de pasos apresurados por el pasillo, y al cabo de un instante el duque entró en el despacho. Sus ojos se fijaron en ella y al instante se percató de que estaba llorosa y de que su postura era muy tensa.

—¡Francesca! Dios Santo, ¿qué ha ocurrido? —cerró la puerta y se acercó a ella con las manos extendidas—. ¿Estás enferma? ¿Es Dom? ¿Selbrooke?

Ella negó con la cabeza.

—No, no es nada de eso.

Él le tomó las manos, y al sentir su calor y su fuerza, Francesca estalló en sollozos.

—¡Lo siento! ¡No debería haber venido, pero no sabía qué hacer!

—Claro que tenías que venir a verme —le dijo él, y la

llevó hasta el sofá para que se sentara–. ¿A qué otra parte ibas a ir? Dime lo que pasa.

–¿Y tú te ocuparás de ello? –le preguntó Francesca, intentando sonreír, aunque no pudo.

–Haré todo lo posible –le aseguró él.

De repente, ella se echó a llorar. Intentó contenerse, pero la bondad de su sonrisa, la preocupación de su mirada, le traspasaron el corazón, y las lágrimas fluyeron sin que ella pudiera evitarlo.

–Oh, Sinclair... lo siento. No debería... estoy tan asustada...

–Francesca, querida... –él la abrazó suavemente.

Aquella expresión de cariño, el consuelo que le proporcionó su abrazo, volvieron a romperle el corazón, y Francesca volvió a sollozar, escondiendo la cara en su pecho. Sólo podía llorar; no era capaz de hablar, ni de pensar con coherencia.

Él le acarició la espalda y la cabeza, soltándole algunos de los rizos que Maisie le había arreglado tan cuidadosamente. Rochford murmuró sonidos calmantes mientras la acariciaba con delicadeza. Poco a poco, Francesca se tranquilizó. Su respiración recuperó el ritmo normal y las lágrimas cesaron. Se apoyó contra su pecho, reconfortada por la fortaleza de su abrazo, por los latidos constantes de su corazón.

Al cabo de unos minutos, Rochford la levantó de su regazo y la apartó de él. Le dio su pañuelo blanco; ella lo tomó y se levantó, sin mirarlo, y caminó mientras se secaba las lágrimas de la cara y de los ojos. Rochford suspiró y se levantó también, observándola.

Cuando Francesca se dio la vuelta, lo vio mirándola y se ruborizó profundamente.

—Lo siento.

—Deja de decir eso. Francesca, cuéntame lo que te ocurre. Has dicho que estabas asustada. ¿Quién te ha asustado? ¿Qué ha pasado?

Ella tomó aire para reunir valor. De repente, la idea que había tenido en casa, en mitad de su desesperación, ya no le parecía tan factible.

—Yo... he venido a pedirte un préstamo.

Él la miró con asombro.

Ella siguió explicándose rápidamente.

—Sé que es por completo inapropiado, y me había jurado que no iba a pedírtelo, pero no se me ocurre otra solución, y no puedo soportar que ese hombre esté en mi casa. ¡Tengo que hacer algo!

—¡Hombre! ¿Qué hombre? ¿Me estás diciendo que un hombre ha entrado en tu casa?

—Se trata de Perkins.

—¿Galen Perkins? —de repente, la mirada de Rochford se oscureció, y resultó temible—. ¿Perkins está en tu casa?

Él se dirigió a la puerta, pero Francesca lo agarró de la mano.

—¡No! Ya no está allí. Te lo estoy contando mal. Por favor, vuelve y siéntate. Deja que comience por el principio.

—Está bien —dijo él. Ambos volvieron al sofá, y él se sentó con ella. La mano de Francesca todavía estaba en la suya, y Sinclair le apretó los dedos—. Cuéntamelo.

—Lord Haughston...

—¿Empieza tan atrás?

—Sí. Andrew era... imprudente.

Él emitió una carcajada seca, áspera, sin humor.

—Lord Haughston era un idiota.

Francesca iba a protestar, pero se encogió de hombros.

—Sí, es cierto. Tú tenías razón. Fui tonta por casarme con él. Intentaste decírmelo, pero no te escuché. Lo siento.

—Soy yo quien lo siente. Sabía que era inútil decírtelo, porque acababas de encontrar un nuevo amor, pero tenía que intentarlo. Lo hice mal.

—Yo estaba segura de que me advertiste contra él sólo porque estabas... amargado.

—Y lo estaba —admitió él con una mueca de resignación—. Pero eso no significa que no te estuviera diciendo la verdad. Lo hice mal, insisto. Habría sido mejor escribirte una carta en vez de aparecer en la puerta de tu casa. Podría haber expuesto mis argumentos con más claridad. Me temo que nunca fui muy lúcido en lo referente a ti. Debería haberte mostrado qué tipo de hombre era lord Haughston, haberme quedado allí hasta que me escucharas y me creyeras. Pero dejé que me dominara el orgullo, el amor propio herido.

Francesca sonrió y le apretó la mano.

—Oh, Sinclair. Por favor, no te eches la culpa. Fui yo la culpable y la que se casó con ese hombre. Debería haber tenido más cuidado. No debería haberme casado por un impulso. Yo sólo estaba... quería quererlo. Quería creer que era el hombre perfecto para mí. Estaba herida y sola, y enfadada contigo.

Francesca lo miró a los ojos.

—Has dicho que Andrew era idiota, pero yo lo fui diez veces más. Me casé sin pensarlo porque quería demostrarte que no me habías roto el corazón.

Él se quedó inmóvil, callado. Al darse cuenta de lo mucho que había revelado, Francesca se puso en pie y se alejó del sofá.

—Pero esto no es lo importante de mi historia. Lo pertinente es que lord Haughston me dejó sin nada, prácticamente, cuando murió. De hecho, me dejó un buen número de deudas que tuve que pagar. Desde que murió, me las he arreglado con dificultad.

—Lo sé.

Francesca se lo quedó mirando con la boca abierta.

—¿Que lo sabes? —preguntó, con las mejillas ardiendo—. ¿Es del dominio público? ¿Lo sabe todo el mundo?

—No, no —le aseguró él—. Sólo yo. Yo tenía mis sospechas sobre lo que podía haberte dejado porque sabía cómo era Haughston. Además... hice unas cuantas averiguaciones discretas.

Ella se sintió muy avergonzada. Durante todos aquellos años, el hombre de quien más había querido esconder sus problemas financieros lo sabía todo.

—Debes de haber pensado que era una estúpida.

—No, por supuesto que no.

Ella suspiró.

—Supongo que no importa. Tú siempre has sabido lo peor de mí.

—Cierto. Como tú de mí.

Aquel comentario hizo sonreír a Francesca.

—¿De veras? Entonces, lo peor de ti debe de ser una nimiedad.

—Como lo peor de ti.

Ella sintió un bálsamo en el corazón, y tuvo que tragar saliva para contener la emoción. Se volvió, carraspeó y dijo:

—Bueno, aprendí a economizar; te quedarías muy sorprendido si me vieras ir de tiendas. Hasta ahora me las he arreglado. Pero Perkins...

—¿Qué demonios tiene que ver Perkins con todo esto?

—¡Le ganó mi casa a Andrew en una partida de cartas! —Francesca se volvió hacia Rochford. De repente, se había puesto furiosa otra vez—. Ese... sinvergüenza se apostó mi casa y la perdió a las cartas.

Rochford soltó una sarta de imprecaciones. Francesca no estaba segura de si estaban dirigidas a Perkins o a su difunto esposo. Sólo supo que hicieron que se sintiera un poco mejor.

—Perkins me dijo que si le daba el dinero que Andrew le debía, rompería el papel en el que Andrew le cedía la propiedad de la casa. Yo he vendido todo lo posible, pero la cantidad está más allá de mis posibilidades. Pero si...

Francesca tragó saliva, sin poder mirar a Sinclair a la cara. Lo que le estaba pidiendo era completamente impropio. Una mujer no podía aceptar una cantidad de dinero tan grande de un hombre sin comprometer su virtud, y temía que él iba a pensar muy mal de ella por hacerlo. Durante un instante, pensó que no podía continuar.

Después, apresuradamente, dijo:

—Si pudieras prestarme el dinero, yo le pagaría. Después vendería la casa y podría devolvértelo todo.

—No venderás tu casa —le dijo Rochford rotundamente.

—Sólo puedo venderla o alquilarla durante la temporada; pero de ese último modo tardaría años en devolverte el préstamo, y si la vendiera, podría pagarte y comprar una casa más pequeña.

—No vas a alquilarla. No vas a venderla. Y no va a haber préstamo.

Francesca se volvió a mirarlo con el estómago encogido.

El duque tenía una expresión férrea y una mirada fría en los ojos.

—No permitiré que ese canalla se quede con tu casa. Cranston va a avisar al cochero para que te lleve a casa —le dijo a Francesca, y se encaminó hacia la puerta.

—¡Rochford! ¿Qué estás haciendo?

Ella salió corriendo tras él, ansiosamente.

Él se volvió y le dijo:

—Voy a ver a Perkins.

CAPÍTULO 15

—¡Sinclair! ¡No! —Francesca corrió tras él y lo agarró por el brazo para detenerlo—. ¿Qué vas a hacer? ¡No voy a permitir que le pagues mi deuda!

—No te preocupes por eso. Es muy improbable que haya una entrega de dinero. Creo que Perkins se va a dar cuenta de que tiene que volver urgentemente al Continente.

—¡Sinclair! ¿Quieres decir que vas a luchar con él? No, no debes hacerlo. De veras, no merece la pena. Saldrás herido.

El duque la miró con una ceja arqueada.

—¿Estás sugiriendo que no puedo ocuparme de un gusano como Perkins?

—¡Mató a un hombre!

—Yo también disparo muy bien.

—Lo sé —dijo Francesca—. Pero tú eres un caballero que respeta un código de honor, y Perkins no se atiene a ninguna regla.

—Francamente, en lo referente a Perkins, tampoco me siento obligado por ninguna regla.

—No, por favor... no debes verte involucrado en un duelo. Si te ocurre algo, nunca me lo perdonaré.

—Tu fe en mi es abrumadora, querida —dijo él, y cuando Francesca comenzó a protestar de nuevo, él posó el dedo índice en sus labios—. No habrá duelo, te lo prometo. Puedo encargarme de Perkins sin llegar a eso.

Francesca le soltó el brazo, aunque no dejó de fruncir el ceño.

—El no luchará limpiamente. No puedes confiar en él.

—Créeme, no tengo intención de hacerlo.

Entonces, Rochford siguió caminando hacia la puerta, y se volvió a mirarla. Ella se había quedado en medio de la habitación y lo estaba observando con tristeza. Tenía los ojos azules muy abiertos, y parecían enormes en su cara pálida.

Rochford musitó un juramento y volvió a ella. La tomó entre los brazos y la besó. Ella, asombrada, no se movió durante un instante, pero después le rodeó el cuello y apretó el cuerpo contra el de él. Rochford la besó lentamente, tomándose su tiempo, y cuando por fin la posó en el suelo, ella estaba sin aliento, con el corazón latiéndole desaforadamente en el pecho.

Después, él se marchó. Salió al pasillo, llamando a Cranston. Francesca se dejó caer sobre una butaca, aturdida. Oyó que Rochford y su mayordomo hablaban en voz baja, pero no entendió lo que estaban diciendo. Un minuto después, Cranston apareció en el despacho y se inclinó.

—Milady, el carruaje está esperando en la puerta para llevarla a casa.

—Gracias, Cranston —dijo ella, e intentó sonreír.

Él la acompañó hasta la puerta principal y la ayudó a subir al vehículo. Una vez sola, tomó aire profundamente, intentando calmarse. Sinclair estaría perfectamente bien, se dijo. Era un buen luchador. Sin embargo, no podía evitar preocuparse. Perkins no dudaría en disparar a un hombre desarmado. Si Sinclair resultaba muerto intentando ayudarla, ella jamás podría perdonárselo. Lamentó haber ido a Lilles House. Era mejor perder su casa que ser la causa de que Rochford sufriera una herida, o la muerte.

Y sin embargo, a pesar de toda la culpabilidad y la preocupación, Francesca sentía otra emoción. Era gratitud, sí, pero algo más. Era un calor profundo, dulce, una satisfacción enorme al saber que a Sinclair todavía le importaba lo que a ella pudiera sucederle.

El duque de Rochford no tardó mucho en encontrar a Perkins. Después de indagar en un par de locales de juego de Pall Mall, le indicaron que estaba en uno de los clubes de Bennet.

Efectivamente. Perkins estaba sentado en una de las mesas de Hazard, tan concentrado en el juego que ni siquiera alzó la cabeza cuando Rochford entró en la sala. El duque volvió a salir silenciosamente y le dio al portero una moneda de oro para que sacara a Perkins a la calle.

Diez minutos después, el fornido portero abrió la puerta e hizo salir a Perkins. Perkins miró a su alrededor y dijo:

—¿De qué demonios estás hablando? No veo a nadie.

El hombre se encogió de hombros.

—No lo sé. Él sólo me dijo que tenía una deuda que pagarte.

Rochford salió de entre las sombras.

—Soy yo.

Perkins abrió los ojos desorbitadamente y se dio la vuelta para volver al local, pero Rochford lo agarró del brazo y lo mantuvo en la calle.

—Tú y yo vamos a charlar.

Perkins intentó zafarse.

—Y un cuerno. No voy a ir con vos.

—¿No?

Rochford lo soltó y le dio un puñetazo en el estómago. Perkins se dobló hacia delante, y Rochford le dio un golpe en la barbilla y le rompió un labio. Perkins se tambaleó y cayó sobre la acera.

El portero los había estado observando con gran interés, y en aquel momento Rochford le hizo un gesto.

—Ayúdeme a meter a este individuo a un coche. Creo que ha llegado el momento de que vuelva a casa.

El duque paró un carruaje de alquiler y, con ayuda del portero, metió dentro a Perkins, que estaba aturdido.

Rochford se sentó frente a él.

—¿Dónde te alojas?

Perkins murmuró una dirección. Rochford se la dio al cochero y se acomodó en el asiento, con los brazos cruzados, vigilando al otro hombre. Cuando el coche se detuvo frente a un edificio estrecho de ladrillo marrón, el duque lo tomó por el brazo y lo hizo bajar. Aprovechando que Rochford se dio la vuelta para pagar al cochero, Perkins intentó salir corriendo. Sin embargo, el duque le puso la zancadilla y Perkins cayó al suelo. Cuando terminó de pagar al conductor, Rochford se inclinó y levantó a Perkins, que tenía un nuevo corte en la mejilla. Después de aquello, Perkins no ofreció más resistencia.

Subieron varios escalones hasta la puerta del edificio, y Perkins pasó unos momentos rebuscando la llave en sus bolsillos. Finalmente, entraron en su habitación. Con un empujón desdeñoso, el duque tiró al otro hombre sobre la cama.

—¡Demonios! —estalló Perkins—. ¿Qué creéis que estáis haciendo? —inquirió mientras se incorporaba y se sentaba sobre el colchón.

—Voy a enviarte de vuelta al Continente.

—¿Qué? No voy a ir a ninguna parte.

—Claro que sí. Pero primero me entregarás la nota que supuestamente escribió lord Haughston para entregarte la posesión de su casa. Después, saldrás de este país y no volverás más.

—¡Y un cuerno! ¡No podéis obligarme a marchar!

Rochford arqueó una ceja significativamente. Perkins lo miró con obstinación durante un instante y después se volvió.

—Está bien, está bien —dijo.

Se acercó al armario y sacó una bolsa de viaje. La abrió, la puso sobre la cama y se volvió hacia la mesilla de noche. De espaldas a Rochford, abrió el cajón, y en un segundo se volvió hacia el duque con una navaja en la mano.

Rochford esquivó la cuchillada con facilidad y le dio un puñetazo en el riñón. Después lo agarró por la muñeca, le retorció el brazo y le arrebató el cuchillo.

—Y ahora —dijo, mientras se guardaba la navaja en el bolsillo de la chaqueta—, espero que podamos seguir con tu bolsa de viaje. Si vuelves a intentar otro truco, te marcharás sin tus cosas.

—Casi me rompéis el brazo —se quejó Perkins, frotándose el hombro—. ¿Os habéis vuelto loco?

—Estoy perfectamente cuerdo.

—Yo nunca os he hecho nada. No tenéis derecho a acosarme.

—Has ofendido a una dama a la que conozco. Eso me da todo el derecho. Y ahora, entrégame el documento.

Perkins apretó los labios con amargura.

—¡Esa cualquiera! Así que éste es el precio que ha puesto por convertirse en vuestro juguete, ¿eh?

Rochford le dio un puñetazo que lo lanzó al suelo. Antes de que Perkins pudiera moverse, Rochford se adelantó y plantó la bota sobre el cuello del hombre.

—Puedo hacerte lo que quiera —le dijo con calma—. Espero que seas lo suficientemente inteligente como para entenderlo. Si quisiera, te aplastaría la garganta ahora mismo —mientras hablaba, ejerció más presión con la bota–. Podría matarte en un instante y hacer que mis sirvientes tiraran tu cuerpo al Támesis. A nadie le importaría que desaparecieras. Ahora, te lo diré una vez más. Dame la nota.

Perkins se había quedado blanco como el papel durante el discurso del duque, y en aquel momento buscó frenéticamente en el bolsillo interior de su chaqueta y sacó un papel. Después se lo tendió a Rochford.

Rochford relajó la presión del pie y tomó la nota. Desplegó el papel y, mientras lo leía, apretó los labios. Después se lo guardó en el bolsillo.

–Dime una cosa, sólo por curiosidad. ¿De veras fue Haughston tan necio como para escribir esto?

Perkins apretó los dientes obstinadamente y Rochford le apretó el cuello un poco más fuerte.

–¡No! –jadeó Perkins–. Yo fui quien lo escribió. Siempre supe imitar su letra. ¡Era un idiota! No sé cuántas veces lo hice. Siempre estaba demasiado borracho como para recordarlo.

Con un sonido de desagrado, Rochford quitó la bota del cuello del hombre y Perkins se levantó con cuidado.

–Mañana mismo saldrás de Inglaterra –le dijo el duque con frialdad–. Y si vuelves alguna vez, me encargaré personalmente de que te juzguen por el asesinato de Avery Bagshaw. ¿Me he expresado con claridad?

Perkins lo miró con odio, pero asintió mientras se limpiaba la sangre de la boca con la manga.

–Bien –dijo Rochford–. Espero no volver a verte jamás.

El duque salió de allí. Tras él, Perkins se quedó mirando la puerta durante un instante. Después se volvió y caminó con rigidez hacia la cama.

—Ya lo veremos —murmuró—. Ya lo veremos.

Francesca estaba sentada en su gabinete. No se había molestado en subir a su dormitorio y cambiarse. Estaba segura de que Rochford iría a su casa cuando hubiera terminado con Perkins y, si no lo hacía, podía significar lo peor. Ella no podía acostarse con aquella angustia.

Así pues, se sentó en una butaca junto a la ventana. El tiempo pasaba con una lentitud agonizante. Durante varias horas, estuvo con los ojos cerrados y las manos apretadas en el regazo, arrepintiéndose de haber ido a ver a Rochford aquella noche. Había sido algo muy egoísta por su parte.

Cuando por fin vio a un hombre acercándose por su calle, se inclinó hacia el cristal para asegurarse de que era el duque.

—¡Sinclair! —exclamó con lágrimas en los ojos.

Se puso en pie de un salto, tomó la vela y fue hacia la puerta. Dejó la palmatoria sobre la consola de la entrada y abrió silenciosamente. Rochford estaba acercándose.

—¡Sinclair!

Él alzó la vista y sonrió. Francesca bajó los escalones de la casa y se echó a sus brazos. Él la abrazó, la levantó del suelo y la besó.

Estuvieron así durante un largo rato, ajenos al resto del mundo. Sin embargo, Francesca recordó finalmente dónde estaban y qué estaban haciendo, y lo soltó con una risita temblorosa.

—Estaba tan preocupada... entra, por favor.

Lo tomó de la mano y lo llevó dentro de la casa, mirando hacia la calle oscura.

Tal y como habían hecho cuando él la había visitado por la noche, recorrieron sigilosamente el pasillo hasta el saloncito y cerraron la puerta.

—¿Qué ha ocurrido? —le preguntó ella—. ¿Has visto a Perkins?

—Sí —respondió Rochford. Se sacó el papel del bolsillo y, después de desdoblarlo, se lo entregó a Francesca—. Aquí tienes el documento. Te sugiero que lo quemes.

Casi sin poder dar crédito, ella lo tomó entre los dedos trémulos.

—No... No le has pagado, ¿verdad?

—No. Te lo prometo.

—¿Ni lo habrás matado?

Él sonrió ligeramente.

—Ni lo he matado. Lo convencí para que se marchara de Inglaterra. No creo que vuelvas a verlo.

—¡Oh, Sinclair! —Francesca se llevó una mano a los ojos y se apretó los párpados para impedir que se le cayeran las lágrimas—. Supongo que está muy mal, porque legalmente la casa es suya, pero no puedo evitar sentirme muy contenta porque lo hayas echado.

—La casa no es suya. Perkins admitió que la nota es falsa, tal y como yo pensaba. Haughston era lo suficientemente estúpido como para haberlo hecho, sí, pero si Perkins hubiera tenido este papel en sus manos durante estos últimos siete años, habría hecho algo al respecto mucho antes de ahora, aunque estuviera en el exilio. Y no habría estado dispuesto a aceptar dinero en lugar de apropiarse de la casa. Habría ido directamente a los tribunales cuando volvió a Inglaterra.

—Oh —susurró Francesca, pensándolo—. Tienes razón. Yo podría haberme enfrentado a él en los tribunales. Debería haberlo hecho, en vez de ir a molestarte.

—Hiciste exactamente lo que debías hacer. Si le hubieras desafiado, te habría hecho la vida imposible con mentiras y rumores. Ese hombre es una serpiente. Para mí no ha sido una molestia. Lo único que siento es que hayas esperado tanto para decirme lo que estaba ocurriendo. Me habría gustado ahorrarte las semanas de preocupación.

Sus palabras, la mirada llena de dulzura de sus ojos oscuros, volvieron a hacer llorar a Francesca.

—Francesca... cariño, no —dijo él. La abrazó con delicadeza y la besó en la cabeza—. No llores. Sólo quería hacerte feliz.

—¡Y lo has hecho! —dijo Francesca entre lágrimas y risas—. Soy más feliz de lo que he sido... en mucho tiempo.

Él se rió y frotó la mejilla contra el pelo de Francesca.

—Tan feliz que te echas a llorar.

—Exactamente.

Ella se retiró un poco y lo miró a la cara mientras se secaba las lágrimas. Tenía los ojos muy azules y muy brillantes, llenos de ternura y alegría.

Él respiró profundamente.

—Francesca...

—Has sido tan bueno, tan amable... Me siento tan agradecida que no puedes imaginártelo.

—No quiero tu gratitud —respondió él, con la voz ronca de emoción.

—La tienes de todos modos. Y más. Mucho más.

Con atrevimiento, Francesca se puso de puntillas y lo besó en la mejilla. Le tomó las mejillas con ambas manos y durante un largo momento se miraron a los ojos. Después, ella volvió a elevarse y sus bocas se unieron.

Se besaron, con los labios calientes y hambrientos, y sus lenguas se entrelazaron en una danza de deseo. La pasión estalló entre ellos.

Él la tomó por las caderas y la pegó contra su cuerpo. Francesca le rodeó el cuello con los brazos y se apretó contra él, deleitándose con el tacto duro de su cuerpo. Notó por dentro un profundo deseo, que aumentó a cada roce de los dedos de Sinclair, a cada movimiento de su boca. Todos los sentidos de Francesca se despertaron a la vida, como sólo ocurría con él. Su piel se volvió sensible al más ligero roce del aire; la vista, el oído, el olfato, todo se magnificó hasta que ella se sintió casi abrumada por la avalancha de sensaciones.

Le acarició la nuca y fue subiendo hasta su pelo sedoso y espeso. Hundió los dedos en su cabello y apretó las yemas de los dedos contra la solidez de su cráneo.

Él gimió mientras ella lo acariciaba, y aquel sonido le envió nuevas andanadas de deseo a Francesca. El pulso y el corazón se le aceleraron. Él la abrazó con fuerza, como si quisiera que sus cuerpos se fundieran en uno.

Ella se dio cuenta de que eso era lo que deseaba, sentirlo por dentro, como parte de ella, estar tan unida a él que no existiera ninguna separación. Tembló, casi asustada por la intensidad de su anhelo.

—No —dijo él entonces, y se apartó de ella jadeando—. No te deseo así... no debes sentir que me debes nada —añadió, y se pasó una mano por el pelo mientras inspiraba profundamente, luchando por recuperar la calma—. No me aprovecharé de ti.

Entonces la miró, con los ojos ardientes, intensos, de un modo que le envió flechas de deseo ardiente a través del cuerpo.

—No tienes que pagarme por lo que he hecho. No es ése el motivo...

—Calla —dijo ella, y le puso un dedo sobre los labios—. Sé que ése no es el motivo por el que me has ayudado.

Lo miró, se bebió su amado rostro, sus rasgos.

—Es mi elección. Quiero hacerlo.

Y, con una sonrisa, volvió a sus brazos y alzó la cara hacia él.

CAPÍTULO 16

–Francesca... –su nombre vibró con hambre y esperanza en la lengua de Sinclair, y él la abrazó y la levantó del suelo.

La besó desesperadamente, y Francesca se colgó de su cuello con el mismo fervor, devolviéndole beso por beso. Él era su ancla en aquella avalancha de emociones y sensaciones. El creador de aquel deseo y, al mismo tiempo, el único que podía aplacarlo.

Sin instrucción, con torpeza por la necesidad, ella le pasó las manos por los hombros y por el pelo, y a cada caricia, su deseo aumentó. Sin embargo, Francesca sabía que no era suficiente; sabía que quería explorar su piel desnuda. Con un atrevimiento desconocido para ella, deslizó la mano bajo el borde de su chaqueta. El tacto de la seda de su fajín era suave y fresco, y le provocó punzadas de deseo; pero aquello no era suficiente, tampoco.

Quería acariciarlo a él, sentirlo. Quería que él posara sus manos en su cuerpo.

Sinclair la dejó en el suelo, se quitó la chaqueta y la tiró descuidadamente al suelo. Francesca le desabrochó los botones del fajín, con algo de torpeza debido a la urgencia y el deseo. Él se aflojó la corbata y la tiró junto a la chaqueta.

Tiró de ella como si no pudiera esperar más y la besó. Francesca, que ya no sufría la restricción de las prendas exteriores, le pasó las manos por la espalda y el pecho. Sintió el calor de su piel a través de la fina seda de la camisa, pero aún quería más. Tiró de la tela y se la sacó del pantalón, y después pasó las manos por debajo hasta que acarició la piel desnuda.

Él inhaló bruscamente al sentirlo, y Francesca notó un temblor en el cuerpo. Sinclair comenzó a besarle el cuello y deslizó las manos, lentamente, hacia la espalda de su vestido; pronunció una imprecación en voz baja cuando encontró multitud de diminutos botones que le impidieron el paso.

Francesca no pudo contener la risa; entonces, Sinclair alzó la cara y la miró con los ojos brillantes, con una mezcla de diversión, frustración y deseo.

—Te parece divertido, ¿eh? —le gruñó, medio en broma.

—Me resulta familiar —respondió ella, y procedió a desatarle los lazos de la camisa—. Es mejor tener estos, creo.

Su única respuesta de Sinclair fue un murmullo, mientras volvía a besarle el cuello. En aquella ocasión se expandió por su mentón, hacia la oreja. Con los labios, le rozó el pendiente. Entonces se detuvo, y de nuevo alzó la cabeza y miró la joya con los ojos entrecerrados.

—Llevas los pendientes que te regalé.

Francesca se ruborizó. De repente, se sentía avergonzada.

—Sí.

Rochford la miró a los ojos. Ella no podía descifrar su expresión, y se sintió insegura. ¿Y si aquellos pendientes le recordaban su ruptura y resurgían la ira y el resentimiento que él debía de haber sentido entonces? ¿Y si él pensaba que ella presumía demasiadas cosas?

Sin embargo, Sinclair sonrió y dijo:

—Son maravillosos en ti.

Volvió la cabeza y le miró la muñeca, donde Francesca llevaba la pulsera a juego con los pendientes. Él se llevó su brazo a los labios y le besó suavemente la piel que había justo encima de las gemas. Francesca notó que se le aceleraba el pulso bajo la boca de Sinclair, delatándola.

Rochford pasó un dedo por su garganta.

—Necesitas algo para completar el conjunto, ¿no te parece?

Antes de que ella pudiera protestar, él se inclinó y le besó el hueco del cuello. Francesca cerró los ojos, con la esperanza de que no le fallaran las rodillas. Era curioso darse cuenta de cómo aquel pequeño gesto podía derretirle las entrañas como se derretía la cera.

—Sinclair... Oh, Sin.

Su boca le dejó un rastro caliente en el cuello y él siguió acariciándole la oreja con la nariz, provocándole escalofríos. Murmuró su nombre con la voz ronca de deseo.

Él nunca había estado así con ella, pensó Francesca; nunca tan atrevido, tan tentador... tan hambriento. El deseo la invadió como respuesta, caliente, rápido. Ella pasó las manos por debajo de su camisa y se la abrió, explorando los músculos y la piel suave con su vello áspero. Con las yemas de los dedos, encontró los pezones masculinos, pequeños y duros, y dibujó círculos a su alrededor.

Él emitió un ruido desde la garganta, y volvió a tomar sus labios en un beso. Comenzó a desabotonarle todos los botones del vestido, y Francesca oyó saltar uno o dos durante el proceso, pero no le importó. Lo único que le importaba era sentir sus manos en la piel, deslizándose por su espalda, despertando a la vida cada centímetro de su cuerpo.

Sinclair le bajó el vestido por los hombros y la prenda cayó a sus pies. Él se inclinó para besarle el hombro, y después siguió por la clavícula y, finalmente, por los suaves montículos de sus pechos. A Francesca se le cortó la respiración. Con suavidad, él abrió su camisola de encaje y el movimiento de la tela sobre su piel fue como una caricia. El volante superior le rozó el pezón y se lo endureció.

Él dirigió sus ojos, oscuros de deseo, hacia el pecho de Francesca, mientras con los dedos seguía el camino de la tela. Francesca se echó a temblar al sentir el tacto, y el pezón se le endureció más. Él pasó la yema del dedo por el botón rosado, jugueteando con él, y ella sintió humedad entre las piernas. El calor que estaba naciendo allí la sorprendió, pero cuando él se inclinó y tomó aquel pequeño nudo carnoso en su boca, olvidó todo pensamiento.

Francesca gimió y se mordió el labio inferior. Pareció que aquel sonido excitó aún más a Sinclair, que la levantó y atrapó todo el pezón en la boca. Succionó suavemente y se lo rodeó con la lengua, acariciándoselo, incrementando más y más su deseo. A cada movimiento de la boca de Sinclair, el calor se multiplicaba en su abdomen, y también la humedad y el pulso, y el ansia de satisfacción. Ella quería envolverlo con las piernas, moverse contra él de un modo que la habría ruborizado si hubiera pensado en él en otro momento.

Con rudeza, él apartó el resto de la camisola y derivó su atención al otro pecho. Francesca contuvo un gemido y le hundió los dedos en el brazo.

Finalmente, Sinclair dejó que ella se deslizara lentamente hacia el suelo, y la agarró por las nalgas con una caricia que le separó las piernas, clavó los dedos en los montes carnosos y apretó su sexo contra la dura protuberancia de su deseo. Con una frescura que la habría dejado boquiabierta pocos días antes, Francesca movió las caderas y se frotó contra él, y sonrió de satisfacción al notar la inconfundible respuesta de su cuerpo. Él tiró del lazo que sujetaba su camisola. La prenda se abrió y cayó al suelo. Ella se quitó los zapatos y se pasó las manos a la espalda para desatarse los lazos de la combinación y los pantalones, para evitar la destrucción de más prendas a manos de Sinclair. Su ropa interior cayó al suelo. Sinclair paseó la mirada por todo su cuerpo y Francesca recordó la vergüenza que había sentido la primera vez que su marido había mirado su cuerpo desnudo en la cama, las ganas que había tenido de cubrirse y la impaciencia con que él le había apartado las manos.

Estar así ante los ojos de Sinclair también le calentaba las mejillas, pero sabía que la vergüenza tenía poco que ver, porque su cuerpo se inflamaba de deseo bajo su mirada, como si estuviera acariciándola con las manos.

Él se quitó la camisa y Francesca pudo explorar la expansión desnuda de su pecho con los ojos, con tanta ansia como él la había observado a ella. Se dio cuenta, con una punzada de deseo, de que quería ver más de su cuerpo. Más que eso, sentía el deseo de acariciarlo, de besarlo y de tocarlo. Algo muy profundo en ella quería conocerlo de todos los modos posibles, poseerlo y ser poseída por él, convertirse en una parte de él.

Lo miró mientras se libraba rápidamente de las botas, y después del resto de la ropa, y el pulso se le aceleró más y más a cada prenda que él se quitaba de la piel. Entonces, se acercó a ella y la tomó de las manos; se arrodilló y tiró de ella. Francesca se tumbó sobre el lecho de su combinación, con el pelo extendido a su alrededor como un abanico de oro.

En aquel momento se puso tensa, pensando: «Ahora es cuando llegará. El frío, la indiferencia, el desagrado». Aquél sería el momento en el que sabría que nada había cambiado, que no había nada distinto con Sinclair. Se quedaría rígida, y el placer caliente que sentía en el vientre se desvanecería, y ella comprobaría que había sido una tonta por pensar que todo podía terminar de otra manera.

Rochford se tendió a su lado y apoyó la cabeza en la mano. Miró hacia abajo, examinando el rostro de Francesca con atención.

—Siempre soñé con hacerte el amor en mi cama, y ver tu pelo extendido en mis almohadas.

Le acarició la melena, y después la mejilla y la garganta, y le dijo:

—Pero te deseo demasiado como para esperar.

Bajó la cabeza y la besó lentamente, con ternura, moviendo la boca sin prisa, de un modo que contradecía lo que acababa de decirle. Sin embargo, Francesca percibía la pasión que alimentaba sus acciones. Estaba allí, en su pulso, en su respiración rápida, en el calor de su piel. Ella supo que se estaba conteniendo por pura fuerza de voluntad, como una presa que contenía las aguas. Estaba dominando su deseo para saborear el placer de cada instante.

Y Francesca sintió el mismo deleite. Su cuerpo se calentó, y la tensión pasó. No había temor, y no había nerviosismo. Estaba flotando en el placer, disfrutando de unas emociones que nunca habría esperado sentir.

Francesca le pasó la mano por el brazo, aprendiendo cuál era el tacto de su piel, la piel tierna del interior del codo, la firmeza de los músculos, la leve aspereza del vello. Sentía un cosquilleo en los dedos, que le enviaba directamente corrientes de deseo al abdomen. Francesca pasó la palma de la mano por su hombro y por su espalda, tan lejos como pudo llegar.

¿Cómo podía haber temido alguna vez que aquello no fuera maravilloso? Sin embargo, mientras pensaba aquello, se recordó que las cosas podían cambiar en cualquier momento, que Sinclair dejaría de besarla y acariciarla y que se colocaría entre sus piernas, ansioso por alcanzar el éxtasis.

Francesca pensó que aquel cambio sucedería cuando él levantó la cabeza, pero Sinclair sólo abandonó su boca para explorar su cuello y sus pechos, para saborear y mordisquear su piel, para excitarla más y más con cada beso. Y, mientras movía la boca sobre ella, deslizaba la mano sobre su cuerpo, cubriéndola de caricias lentas, perezosas.

Movió con inquietud las piernas debido al tacto de su mano, y el dolor que sentía entre los muslos creció y latió, inundándola de pasión. Él llevó sus labios a uno de los pechos de Francesca, moviéndolos inexorablemente hasta su pezón, y la impaciencia se adueñó de ella. Esperó a que él tomara el nudo endurecido una vez más en la boca, y a cada roce de su lengua, sus labios y sus dientes, el anhelo aumentó hasta que se sintió tensa como la cuerda de un arco, y tuvo la piel húmeda, y la respiración le raspó la garganta. Le clavó los dedos en los hombros y los bajó por su espalda hasta que pudo clavarlos también en la carne de sus nalgas.

Entonces, por fin, él cerró la boca alrededor del pezón, suave como el terciopelo, húmeda, y comenzó a succionar, tirando de aquel brote sensible con golpes largos, calientes. Francesca no pudo reprimir un gemido de satisfacción, una satisfacción tan intensa que casi resultaba dolorosa, y movió las caderas sobre el lecho de su combinación.

En respuesta a su petición silenciosa, Sinclair deslizó la mano por la extensión plana de su abdomen, acercándose cada vez más al vello de entre sus piernas. Enredó los dedos entre el pelo, y los deslizó hacia el centro, hacia los pliegues calientes y húmedos. Francesca se sobresaltó e intentó apartarse, avergonzada porque él encontrara un flujo poco corriente de humedad.

Pero sus dedos la siguieron, acariciándola con insistencia, presionándola de un modo que la hizo jadear y clavar los talones en el suelo. Entonces, sus dedos hábiles la separaron y la exploraron del modo más íntimo, y acariciaron la carne más sensible de su cuerpo hasta que ella enloqueció de deseo y movió las caderas contra su mano. De sus labios escapaban suaves gemidos de pasión y Francesca giró la cabeza para ahogar los sonidos contra el brazo de Sinclair.

Dentro de ella se estaba construyendo algo, un nudo de deseo duro y doloroso, y se sintió como si estuviera a punto de gritar. Entonces, explotó en su interior, y ella gritó de veras. Una marea de placer recorrió su cuerpo, y ella se echó a temblar, perdida en aquellas sensaciones puramente físicas.

Oyó que él gruñía; Sinclair apoyó la cabeza sobre su pecho durante un momento, como si estuviera intentando controlarse. Y cuando al fin, ella quedó lánguida bajo él, él se tendió sobre ella y le separó las piernas. Ella las abrió con deseo, porque pese a la satisfacción abrumadora que acababa de experimentar, todavía sentía un dolor, un hambre que no podría calmar hasta que lo sintiera dentro.

Sin embargo, él no la penetró todavía. En vez de eso, se apoyó en los codos y comenzó a besarle el otro pecho, a juguetear con él; tomó el pezón en la boca y repitió aquella succión dura, lenta. Y para asombro de Francesca, la tensión comenzó a formarse de nuevo en su vientre. Se sintió incluso más ansiosa, sabiendo lo que llegaría después.

Sinclair se apartó y le sopló suavemente el pezón de color rosado, mientras pellizcaba suavemente el otro con el pulgar y el índice, dándole delicados tirones. Ella estaba a punto de sollozar de deseo.

Gimió su nombre y le recorrió la espalda con las manos hasta que llegó a acariciar sus nalgas.

—Por favor —murmuró—. Por favor.

Entonces él le elevó las caderas y entró lentamente en ella. Francesca jadeó, invadida por cientos de sensaciones, asombrada por aquel sentimiento de plenitud, de la maravillosa perfección de aquella unión. Sinclair comenzó a acariciarla por dentro, saliendo casi por completo y entrando de nuevo, creando una fricción intensa y deliciosa que elevó más y más la tensión de Francesca. Y entonces, una vez más, ella se deshizo en contracciones, y en aquella ocasión se permitió el deseo de arañarle la espalda y las nalgas con las uñas.

Sinclair emitió un grito ronco y la embistió, y ambos se unieron en un cataclismo de pasión. Francesca lo envolvió con los brazos y las piernas, y se colgó de él mientras la tormenta los envolvía.

Francesca notaba su peso sobre el cuerpo. Sinclair había escondido la cara en el hueco de su hombro, pero a Francesca no le molestaba la presión. Estaba tan eufórica que no sabía si iba a salir flotando a otro lugar. Se aferró a él con fuerza y sintió cada centímetro de su piel caliente y húmeda, y su respiración en el cuello.

Notó que se le caían las lágrimas y se las secó rápidamente.

–¿Francesca? –preguntó él. Elevó la cara y frunció el ceño–. ¿Qué te pasa? ¿Estás llorando?

Ella asintió, avergonzada.

–Lo siento.

–¿Estás bien? ¿Te he hecho daño?

–¡No! ¡Oh, no! No sé por qué estoy llorando... ha sido tan hermoso... –entonces, comenzó a llorar otra vez, y con impaciencia, se secó las lágrimas–. Oh, demonios...

Sinclair se rió con satisfacción y la abrazó, situándola de espaldas a él, de modo que quedaron adaptados como cucharas en un cajón. Él metió la nariz entre su pelo y le besó la nuca.

–Ha sido hermoso.

–Nunca había sentido nada igual. Pensé... –se interrumpió, creyendo que había revelado demasiada información.

–¿Nunca? –le preguntó él con asombro–. ¿Quieres

decir que...? —Sinclair se quedó callado, y después continuó, pensativamente—. Nunca habías sentido... oh, maldita sea, no se me ocurre un modo elegante de decirlo... ¿nunca habías sentido tanta satisfacción?

Ella negó con la cabeza y respondió con un hilillo de voz:

—No. Sé que debo de parecerte muy rara. Y de verdad, no tiene sentido hablar de ello.

—No te encuentro rara en absoluto. Te encuentro... —dijo él, mientras recorría sus curvas con la palma de la mano— deliciosa.

Le besó el hombro.

—A quien no entiendo es a tu difunto marido.

—Era muy diferente con él. ¡Lo odiaba! —dijo, y su vehemencia la asustó un poco—. Lo siento. Sé que pensarás que soy horrible.

—Claro que no. Creo que lord Haughston era más idiota de lo que yo pensaba.

Las palabras comenzaron a salir de los labios de Francesca sin que pudiera evitarlo.

—Andrew decía que yo era fría, que era una princesa de hielo. Yo intentaba no serlo, pero no podía evitarlo. Era... no era como esta noche. Yo odiaba que me tocara. Sé que fui muy mala esposa. No debería haberme casado con él. No lo quería. Intenté convencerme de que sí, pero en cuanto nos casamos, me di cuenta de que había cometido un error espantoso. Fue tan vergonzoso... tan doloroso... Yo me pasé llorando toda la noche de bodas —tragó saliva y añadió—: No me extraña que él no me encontrara apetecible. Lo hice todo mal.

—Basta —le dijo Sinclair con firmeza—. Escúchame. Tú eres una mujer preciosa y apasionada. No he detectado ni la más mínima señal de frialdad en ti. Eres deseable y, pese a lo que te dijera lord Haughston, la culpa no era tuya. ¿Entendido?

Ella asintió, y notó que el rubor le cubría las mejillas.

—Siento que fueras infeliz. Siento que no conocieras el placer. Sin embargo, soy tan bajo que no puedo evitar alegrarme de que él nunca... tuviera esto contigo —Sinclair sonrió con un brillo perverso en los ojos—. Y yo estoy... bueno, detestablemente satisfecho conmigo mismo por saber que has experimentado el éxtasis conmigo y no con él.

Sinclair la besó de nuevo.

—Además, tengo intención de dedicar gran parte de mi tiempo a demostrarte que no eres fría.

A ella se le escapó una risita.

—¿De veras?

—De veras. Será mi misión más importante. Vamos a descubrir qué es exactamente lo que más te excita.

Sinclair le pasó un dedo por el cuerpo, sobre los pechos, y sonrió un poco al ver endurecerse sus pezones.

—Me temo que costará tiempo y esfuerzo, pero creo que es mi deber descubrirlo todo.

Se inclinó y depositó un beso en cada uno de los picos endurecidos.

—Eres un hombre de gran dedicación —le dijo Francesca.

—Sí —respondió él, bajando la mano.

Ella tomó aire y se arqueó al sentir un repentino cosquilleo por todo el cuerpo. Los ojos se le oscurecieron de deseo mientras murmuraba:

—¿Ya?

—Mmm... eso creo —dijo Sinclair con la voz ronca—. Creo que es muy importante que comience mi investigación de inmediato. No permitiré que nadie diga que descuido mis deberes.

—No... —ella suspiró al sentir otra oleada de placer cuando él le rozó con los dedos el centro de su pasión—. Eso no podemos permitirlo.

Sinclair la besó, y todo lo demás se le borró de la mente.

CAPÍTULO 17

Francesca se despertó tarde a la mañana siguiente. Estaba tendida en la cama, y el sol entraba en la habitación atravesando las cortinas. Parpadeó, confusa durante un instante. Entonces, recordó la noche anterior y notó un calor en las mejillas. Sonrió y se acurrucó entre las sábanas. Estiró la mano y acarició el lugar de la almohada en el que Sinclair había descansado la cabeza.

Por supuesto, él se había ido. Después de que hicieran el amor otra vez en el piso de abajo, la había llevado en brazos a la cama, donde habían estado abrazados durante un rato, disfrutando de una suave satisfacción. Finalmente, ella se había quedado dormida, y él debía de haberse escabullido después. Francesca sabía que iba a hacerlo. Rochford haría todo lo posible por proteger su reputación, incluso ante sus sirvientes.

Al pensar en aquello, abrió los ojos de golpe y se sentó, mirando a su alrededor por la habitación. Cuando vio la pila de ropa en la silla que había junto a la cama, dejó escapar un suspiro de alivio. Afortunadamente, él se había dado cuenta de que debía subir sus cosas del salón.

Se estiró, deleitándose con el tacto de las sábanas en la piel desnuda. Quizá debiera abandonar los camisones por completo a partir de aquel momento, pensó, y se le escapó una risita. Sinclair se las había arreglado para convertirla en una libertina la noche anterior. Apenas se había despertado y ya estaba pensado en lo que le depararía la noche siguiente, y en si Rochford iría a estar con ella.

Sin embargo, aquello era perfectamente aceptable. Después de todo, tenían que recuperar el tiempo perdido.

Después de tomarse el té y las tostadas que Maisie le había dejado en una bandeja en la mesilla, tocó la campanilla para pedirle un baño a la doncella. Se dio cuenta de que Maisie la miraba con una enorme curiosidad. Sabía que los sirvientes estaban muriéndose por saber lo que había ocurrido después de la escena que habían presenciado con Perkins. Ella tenía que decirles que se había resuelto el problema y que podían dejar de preocuparse por sus trabajos, pero por el momento mantuvo silencio. Lo único que quería hacer era hundirse en una bañera de agua caliente y soñar despierta con Sinclair.

Sabía que no había futuro para ellos, por supuesto. Era realista, pese a la noche tan feliz que habían pasado juntos. Sin embargo, sólo podrían tener una aventura. Ella amaba a Rochford, sí, pero aunque él había disfrutado de sus relaciones, no le había dado ninguna indicación de que aquel amor fuera mutuo. La pasión no significaba lo mismo para un hombre que para una mujer. El deseo de Sinclair no estaba cargado de amor, como el suyo. Y aunque la quisiera, las cosas no serían diferentes.

El duque de Rochford debía casarse para tener herederos. No podía casarse con una mujer estéril. Tendría que elegir a una esposa joven y tener hijos con ella.

Sin embargo, no tenía por qué hacerlo rápidamente. Podía esperar unos meses más, o quizá un año... o dos. Un hombre, después de todo, podía tener hijos a una edad mucho más tardía que la de Rochford.

Y hasta que él tuviera que casarse, podían estar juntos. O al menos, hasta que se cansara de ella. Podían tener una aventura, y a nadie de su círculo social le importaría, siempre y cuando fueran discretos. Ella era viuda, y él era soltero. Sabía que le resultaría muy duro separarse de él al final, pero estaba dispuesta a sufrirlo. Estaba decidida a aprovechar aquellos instantes de felicidad. Después, claro, haría lo correcto. Nunca perjudicaría la vida de Rochford. Pero, por el momento, quería aprovechar su pedacito de placer.

Durante todo el día estuvo en una nube de felicidad. Cuando estuvo arreglada, bajó y reunió a los sirvientes en la cocina. Les dio las gracias por sus esfuerzos para defenderla la noche anterior y les aseguró que el problema con el señor Perkins estaba resuelto. Él no volvería, les dijo con una sonrisa.

El alivio de todos fue evidente, aunque Francesca se dio cuenta de que su curiosidad no había sido satisfecha por completo. Sin embargo, ella no iba a explicarles que había acudido a Rochford corriendo en mitad de la noche, ni lo que Rochford había hecho para librarse de Perkins.

Después, intentó concentrarse en sus tareas diarias, pero no consiguió concentrarse. Comenzó a poner al día la correspondencia atrasada, pero cuando intentó escribir unas líneas, sólo pudo pensar en la sonrisa de Sinclair, en sus ojos brillantes, o en las cosas que habían hecho aquella noche. Y ese tipo de pensamientos pronto le aceleró el pulso.

Seguramente, las visitas de la tarde harían que el tiempo transcurriera más deprisa, pensó. Pero enseguida averiguó que tener visitas era el peor modo de pasar el rato, puesto que tenía que fingir que estaba escuchando y que sentía interés. No lo consiguió; perdió el hilo de las conversaciones tantas veces que una de sus visitas le preguntó si se encontraba bien, y otra le lanzó una mirada fría al despedirse. Entonces, el duque de Rochford llegó a visitarla.

Fenton lo anunció mientras ella estaba sentada en el salón con lady Feringham y su hija. A Francesca se le subió el corazón a la garganta, y se puso en pie de un salto antes de darse cuenta. Con gravedad, intentando aparentar que hacía lo mismo con todas las visitas, le indicó a Fenton que hiciera pasar al duque.

Rochford pasó al salón detrás del mayordomo, y Francesca percibió una breve expresión de desilusión en su rostro cuando vio que había otras personas. Sin embargo, continuó caminando e hizo una reverencia ante Francesca.

—Lady Haughston.

—Lord Rochford. Qué agradable veros —le dijo, con una voz cuidadosamente modulada. Tenía las mejillas un poco calientes, aunque esperaba no estar ruborizada.

Le tendió la mano. Deseaba sentir su contacto con todas sus fuerzas, y cuando Rochford cerró los dedos alrededor de los de ella, Francesca notó que se los apretaba suavemente antes de soltarla. Lo miró a los ojos, y después tuvo que hacer un esfuerzo por apartar los suyos.

Francesca sonrió en general y le hizo un gesto hacia una de las butacas.

—Sentaos, por favor. Creo que conocéis a lady Feringham y a su hija, lady Cottwell.

—Sí, por supuesto.

Rochford hizo una reverencia y las saludó con cortesía mientras Francesca se sentaba e intentaba mantener la compostura. Era absurdo, pero sólo podía pensar en Rochford la noche anterior, con la respiración entrecortada sobre ella, mirándola con los ojos negros como el carbón, mientras hacían el amor.

La habitación estaba muy silenciosa, y Francesca miró a su alrededor al darse cuenta de que ocurría algo extraño. Por las miradas de expectación de sus acompañantes, se percató de que esperaban una respuesta por su parte.

—Me... me disculpo. Creo que me he distraído. Estaba pensando que hace un poco de calor. ¿Abro una ventana?

—Oh, no, hace una temperatura muy agradable —dijo su joven invitada—. Acabo de preguntaros vuestra opinión sobre el baile escocés de lady Smythe-Fulton de la semana pasada. Debo confesar que a mí me pareció que estaba demasiado abarrotado.

–Cierto, pero, ¿no es ése el objetivo de un baile escocés? –preguntó Francesca con una sonrisa, aunque no recordaba mucho de la fiesta.

Después de unos minutos más de conversación, Francesca miró de reojo a Rochford. Él la estaba observando con algo raro en la mirada, algo que le abrasó la piel. ¿Acaso aquellas mujeres no iban a marcharse? ¿No habían excedido ya el límite cortés de una visita?

Sintió un inmenso alivio cuando, por fin, lady Feringham anunció que debían marcharse. Francesca esperó que nadie viera la alegría en su mirada mientras se despedían.

Cuando por fin se marcharon, Francesca se volvió hacia Rochford, que se acercó a ella de dos zancadas y le tomó ambas manos. Se las llevó a los labios y le dio un beso en los nudillos de cada una.

–Estaba empezando a creer que habían echado raíces aquí –le dijo a Francesca entre besos.

Francesca soltó una risita.

–Y yo. Oh, Sinclair...

Pronunció su nombre en un suspiro, mirándolo a la cara, con sus propios rasgos brillantes por la luz que irradiaba desde dentro.

Él soltó un juramento entre dientes, la abrazó y la besó con fiereza. Cuando, unos minutos después, cesó aquel beso, Francesca tenía la cara sonrojada y los ojos brillantes, los labios suaves y casi magullados.

—Cuando me miras así, se me olvida todo lo demás —le dijo Sinclair con la voz ronca—. Tenemos que hablar.

—¿De veras? —respondió Francesca con una sonrisa provocativa—. Se me ocurren otras cosas que preferiría hacer.

—Fresca —le dijo él. Le tomó las manos de nuevo y le besó las palmas—. Sabes que yo también. Pero tengo que decirte...

Alguien tosió discretamente en el pasillo y los dos se separaron de un salto. Rochford fue hasta la chimenea y comenzó a inspeccionar el frente como si fuera fascinante. Francesca sonrió, pero consiguió ponerse seria antes de volverse hacia su mayordomo.

—¿Sí, Fenton?

—La señora Frederick Wilberforce, milady.

Ella le hubiera indicado alegremente al mayordomo que le dijera a la señora Wilberforce que no estaba, pero la mujer debía de haber visto a las otras visitas salir de la casa, y si no la recibía, heriría sus sentimientos. La señora Wilberforce, que se había casado por encima de sus posibilidades, era muy sensible a aquel tipo de desaires.

Reprimiendo un suspiro, Francesca le dijo a Fenton que hiciera pasar a la señora. Después se volvió hacia Sinclair y le dijo en voz baja:

—Lo siento muchísimo.

Él sacudió la cabeza con una sonrisita, y dijo:

—Esperaré.

Francesca se giró para recibir con una sonrisa a la señora Wilberforce. Afortunadamente, Rochford conocía al marido de la visitante, que era de un pueblo cercano a las tierras que el duque tenía en Cornwall, y pudo conversar con ella durante unos minutos sobre el hombre. Pero después de eso, fue algo muy lento. Por una vez, Francesca fue incapaz de valerse de su habilidad para conversar. Sólo podía pensar en su deseo de que la mujer se fuera y la dejara a solas con Rochford.

Sin embargo, no creía que aquello fuera posible. Según las normas de la etiqueta social, él debía marcharse antes que la última visita. Ya había estado allí mucho más tiempo del acostumbrado para una visita vespertina. Se preguntó si la señora Wilberforce se daría cuenta del detalle, o si estaría tan sobrecogida por estar hablando con un duque que se le pasaría por alto aquel detalle.

Finalmente, Sinclair sorprendió a Francesca; se levantó y dijo que debía marcharse. Francesca estuvo a punto de protestar. Se las arregló para sonreír y le dio la mano.

—Habéis sido muy amable al venir —le dijo.

Él sonrió.

—Espero volver pronto.

Ella lo miró a los ojos, y vio que había una sonrisa en su mirada.

—Oh. Bien, sí, por favor, hacedlo. Me gustaría mucho mostraros mi jardín.

Rochford asintió.

—Estoy seguro de que es precioso. Buen día, lady Haughston.

—Duque.

Francesca esperó durante el resto de la visita de la señora Wilberforce con una frustración que apenas pudo disimular. En cuanto su visitante se marchó, recorrió el pasillo hasta la puerta trasera de la casa y salió al pequeño jardín. Esperaba que Sinclair y ella se hubieran entendido bien con aquella conversación en clave.

Francesca abrió la puerta del jardín y entró. El duque estaba allí, apoyado con despreocupación en uno de los muros de la casa.

Ella dejó escapar una carcajada de pura alegría, y él la tomó entre sus brazos. Se besaron, moviéndose lentamente en círculo, y Francesca se colgó de su cuello, perdida en la pasión.

Pasaron varios minutos antes de que Rochford la dejara en el suelo, y después, ella estaba demasiado abrumada como para hablar. Él la tomó de la mano y se la llevó hasta la parte más profunda del jardín, donde había un banco. Era un lugar precioso, protegido por el muro y perfumado por las rosas que crecían con exuberancia junto a él. Francesca se sentó alegremente, con intención de acurrucarse contra Sinclair, con su brazo sobre los hombros.

Sin embargo, él no se sentó a su lado, y ella se quedó sorprendida.

—Vamos, ven conmigo —le pidió, y le tendió la mano con una sonrisa.

Él sacudió la cabeza y se puso serio.

—He venido a hablar contigo, y si me acerco a ti, olvido mis intenciones.

Francesca sonrió más, y el hoyuelo apareció en su mejilla.

—No me importa.

Él sonrió también, sin poder evitarlo, pero dijo:

—No. Esta vez no. Quiero decir lo que tengo que decir antes de que vuelvan a interrumpirnos.

Francesca suspiró.

—Muy bien. Adelante.

Él la miró, comenzó a hablar, se interrumpió y comenzó de nuevo.

—No tengo facilidad para esto —dijo, y tomó aire—. Lady Haughston...

—¡Lady Haughston! —repitió Francesca, y se echó a reír—. ¿Cómo hemos llegado a eso? —al ver la gravedad de la expresión de Rochford, se quedó helada—. Sinclair, ¿qué ocurre? ¿Qué estás intentando decirme?

—Francesca —dijo él—. Debes saber de mi interés por ti... de mi esperanza de que... ¡Oh, demonios! ¡Te estoy pidiendo que te cases conmigo!

Francesca se quedó mirándolo, sin poder decir nada. De todas las cosas que hubiera temido por la seriedad de su tono, aquella ni siquiera se le había ocurrido.

Él la miró y emitió un gruñido.

—¡Demonios! Lo he estropeado todo —dijo Rochford, e hincó la rodilla en el suelo, frente a ella—. Lo siento. Francesca, por favor —se sacó una cajita del bolsillo y se la tendió—. ¿Me harías el honor de ser mi esposa?

Por fin, ella recuperó el habla.

—¡No! —exclamó, y se puso en pie de un salto—. ¡Sinclair, no! ¡No puedo casarme contigo!

Su rostro se cerró, y él se puso en pie.

—¿Otra vez? ¿Me estás rechazando otra vez? —preguntó con ira—. ¿Qué fue lo de anoche? ¿Tu gratitud? ¡Gracias, pero no necesitaba que me pagaras!

—¡No te pagué! Me entregué a ti porque... —Francesca se interrumpió. No fue capaz de exponerle su amor bajo aquella mirada tan fiera.

Él arqueó las cejas.

—¿Sí? ¿Por qué? —preguntó Rochford. Después, con una mueca de profundo desagrado, se alejó—. Dios mío, qué idiota he sido. ¿Cuál era tu intención? ¿Una noche? ¿Dos?

—No. Yo... el matrimonio no.

—¿Una aventura? —dijo Rochford. Cada vez estaba más asombrado—. ¿Me estás diciendo que creías que podríamos pasar desapercibidos, ocultarle nuestra relación a todo el mundo? ¿Qué iba a hacer yo? ¿Casarme con otra y tener una aventura a espaldas de mi esposa? ¿Es eso lo que piensas de mí? ¿Es ése el tipo de hombre que te parezco?

Las lágrimas ahogaban a Francesca.

—¡No! No, por favor, Sinclair...

—¡Dios Santo! Y yo que creí que te importaba. Pensé que, después de todos estos años, te habías dado cuenta de que... de que querías...

Soltó un juramento y una carcajada de amargura.

—¿Cuántas veces puede hacer el tonto por ti un hombre? —preguntó, sacudiendo la cabeza—. Bien, ésta es la última para mí, te lo aseguro. Adiós, milady. No volveré a molestaros.

Francesca se quedó petrificada de espanto durante un momento, y después corrió tras él.

—¡Sinclair, no! ¡Espera!

Él se dio la vuelta y lanzó la cajita que llevaba en la mano al suelo, a los pies de Francesca.

—Toma. Añade esto a tu colección.

Salió del jardín, dejando la puerta abierta, y desapareció hacia la calle. Todo quedó envuelto en un espeso silencio.

Francesca no podía pensar, no podía moverse. Comenzó a temblar, y los ojos se le llenaron de lágrimas. ¡No podía estar sucediendo algo así! ¡Rochford no podía haber salido así de su vida!

Cayó de rodillas; de repente, se sentía demasiado débil como para permanecer en pie. Pese al calor de aquella tarde de verano, estaba helada, y comenzó a temblar incontrolablemente. Alargó el brazo y tomó la cajita del suelo. La abrió. En su interior había un anillo, sencillo y elegante, con un gran diamante amarillo en forma de perla. El diamante de los Lilles, el anillo de compromiso de las duquesas de Rochford.

Lo apretó con fuerza entre los dedos y cayó al suelo, con el anillo pegado al pecho.

Un largo rato después, Francesca consiguió levantarse y subió a su habitación. Allí, Maisie la ayudó a desvestirse y a ponerse la bata. Pese a su calor, todavía estaba temblando. Maisie, preocupada, encendió la chimenea para que su señora entrara en calor, y después se marchó.

Más tarde le llevó la cena en una bandeja, pero Francesca no consiguió probar bocado. Tomó algo de té, y durante un largo rato se quedó mirando el fuego, absorta en sus pensamientos.

El instinto le decía que fuera a ver a Rochford sin

perder un segundo, que le obligara a escucharla de algún modo. Francesca se lo explicaría todo y él entendería por qué lo había rechazado. Sinclair se daría cuenta de que ella tenía razón; No podían casarse, y él lo sabía.

Sin embargo, Francesca no creía que la recibiera. Se había enfadado tanto, se había mostrado tan frío antes de irse... con sólo recordar el desdén gélido de su mirada, Francesca tenía ganas de llorar.

Decidió escribirle una carta, y bajó a su escritorio, moviéndose sigilosamente para evitar llamar la atención de los sirvientes. Gastó hoja tras hoja, comenzando explicación tras explicación. Nada de lo que escribía le parecía adecuado; nada podía expresar el horror y el arrepentimiento que había sentido al ver la expresión de Sinclair. Nada, pensó, conseguiría que él volviera a aceptarla.

La odiaba. La torpe negativa de Francesca le había herido profundamente. Él nunca la perdonaría. Francesca se hundió al pensar en que había perdido a Rochford, no sólo como amante, sino también como amigo.

Aquél era el peor destino que pudiera imaginar. ¿Cómo iba a vivir sin su sonrisa, sin que él levantara una ceja de aquel modo tan irritante ante un comentario que ella le hiciera? ¿Cómo iba a soportar no verlo saltar obstáculos como si fuera uno con el caballo?

Con un suspiro de sufrimiento, Francesca cerró los ojos y apoyó la espalda en el respaldo de la silla. Quizá en unos cuantos días... cuando su furia se hubiera enfriado, cuando fuera más razonable... ella podría enviarle una carta y explicárselo todo.

Al final, la fatiga la venció y subió a su habitación para acostarse; pero entonces, perversamente, el sueño no llegó. Permaneció tumbada durante horas, mirando a la oscuridad y arrepintiéndose de sus acciones. Cuando por fin se durmió, le pareció como si se hubiera despertado al instante por un sobresalto.

Abrió los ojos y se puso tensa, preguntándose qué había podido despertarla. La casa estaba en silencio, y después de un rato volvió a cerrar los ojos para intentar conciliar el sueño.

Entonces, oyó el crujido de una de las tablas de madera del suelo, y se incorporó. A los pies de la cama había una figura masculina. Por un instante, la esperanza le inundó el corazón. ¡Sinclair1

Pero entonces, la figura se acercó rápidamente a un lado de la cama, y ella se dio cuenta, con horror, de que era Perkins y no Sinclair quien estaba en su habitación.

Abrió la boca para gritar, pero algo pesado y oscuro la envolvió y la silenció.

CAPÍTULO 18

Francesca gritó, pero el sonido fue tan ahogado que nadie lo oyó. Comenzó a forcejear salvajemente, atrapada en aquella tela negra, pero su asaltante la golpeó con el puño y la dejó casi inconsciente. Perkins aprovechó aquella ventaja y la levantó de la cama. Se la echó al hombro y salió de la habitación. Francesca, colgada boca abajo, apenas pudo emitir un grito sofocado. Intentó forcejear otra vez, pero envuelta en aquella manta y con Perkins sujetándola con fuerza por las piernas, no pudo hacer nada más que retorcerse mientras él bajaba las escaleras.

Cuando Perkins abrió la puerta principal, a Francesca le pareció oír un grito desde la parte trasera de la casa, pero con el portazo posterior, no pudo saberlo con seguridad. Antes de que se diera cuenta, Perkins la tiró sin miramientos al suelo y, un instante después, oyó al hombre saltar detrás de ella y cerrar una puerta. Se dio cuenta de que él debía de tener un coche esperándolos, y de que se estaban alejando de su casa a toda velocidad.

Francesca no tuvo tiempo de recuperar el aliento lo suficiente como para zafarse de la manta. Perkins la agarró y la tiró al asiento; le ató las muñecas con una cuerda por delante. Ella pataleó e intentó alejarse de él, pero Perkins era más fuerte y, aunque soltaba juramentos cuando Francesca conseguía darle una patada, no cejó en su empeño de atarle las manos.

Ella gritó, pero él también ignoró aquellos gritos. Además, no servían de nada, puesto que el ruido de la marcha del carruaje los ocultaba; y si alguien los oía, bueno, aquello era Londres, ¿quién iba a perseguir un coche en marcha sólo porque alguien estuviera gritando en su interior?

Cuando él terminó de atarle las muñecas, se sacó un pañuelo del bolsillo y se lo metió en la boca.

—Cállate, maldita seas —le dijo rabiosamente—. ¡Cállate!

Él comenzó a aflojarse la corbata, y Francesca aprovechó para alejarse de él por el carruaje. Escupió el pañuelo y siguió gritando. Él soltó una imprecación y se inclinó para recoger el pañuelo justo cuando el carruaje doblaba una esquina. Perkins se cayó al suelo.

Francesca le dio una patada. Quería golpearlo en la cabeza, pero él esquivó el golpe y lo recibió en el hombro. Entonces la agarró del pie y tiró de ella hacia el suelo. La tumbó boca arriba, y como ella tenía las manos atadas, poco pudo hacer por evitar que la amordazara con la corbata. Después de silenciarla, le ató los tobillos con una cuerda.

—¡Bien! —exclamó, y se apoyó contra el borde del asiento, mirándola—. Está claro que eres batalladora. Nunca me lo hubiera imaginado —añadió, mientras sonreía de forma malvada—. Quizá esta noche sea más interesante de lo que yo hubiera pensado. Nunca me gustaron las mujeres que se quedan quietas como muertas en la cama. Quizá me des un buen revolcón, ¿eh?

Entonces la manoseó, y ella sintió una gran repugnancia.

—Además, tienes más curvas de las que yo creía —siguió él, y se rió al ver que ella le lanzaba una mirada asesina—. Ah, es mucho mejor cuando no puedes decir nada.

Perkins se incorporó y se sentó en el asiento, sin molestarse en mover a Francesca del suelo. Francesca consiguió sentarse y se arrastró por el suelo del coche hasta que se alejó todo lo posible de él. Tenía el cuerpo magullado por los golpes, y las ataduras le cortaban la carne. Sin embargo, casi agradecía sentir dolor; de ese modo, no se abandonaría a la desesperanza.

¿Adónde iban? ¿Dónde la estaba llevando? Temía que sabía lo que iba a hacer con ella cuando llegaran a su destino. Tragó saliva, presa de un miedo terrible al contemplar lo que la esperaba.

Intentó pensar en otra cosa. Se preguntó si alguno de sus sirvientes habría visto a Perkins sacarla de la casa. Él no había sido muy sigiloso al bajar las escaleras con ella. Debía de haber despertado a alguno de los criados. Sin embargo, incluso si alguno había reconocido a Perkins, ¿qué podían hacer?

Quizá Maisie acudiera a Irene. Callie estaba fuera de la ciudad, y Dominic vivía en Redfields, a más de un día de camino. Si Fenton decidía ir a avisarlo, para cuando su hermano llegara a Londres su rastro se habría perdido. Y ella... bueno, seguramente Perkins ya habría llevado a cabo su venganza.

Su única esperanza era que hubieran acudido a Irene. Ella la ayudaría, y su marido era un hombre que sabría muy bien lo que hacer. Francesca puso todas sus esperanzas en eso, en que uno de sus sirvientes hubiera visto a Perkins sacándola de la casa, y que Fenton o Maisie hubieran ido a pedirle ayuda a Irene inmediatamente.

Después de alejarse cuanto pudo de Perkins, Francesca se acurrucó y escondió las manos de su vista. Disimuladamente, comenzó a intentar aflojar las ataduras, pero con tanto tirón el nudo se había hecho duro y pequeño, y no cedió en absoluto. Para deshacerlo necesitaría cortar la tela con algo afilado, pero no tenía nada parecido.

Tras unos interminables minutos, Francesca notó que el carruaje aminoraba la marcha y se movió para intentar mirar por la ventanilla. Sin embargo, las cortinas la cubrían por completo. Miró a Perkins, que tenía aquella sonrisa horrible en los labios, la que le provocaba escalofríos.

—Sí. Ya hemos llegado —le dijo él—. No pensarías que iba a perder el tiempo antes de tomar lo que quiero. No soy un hombre a quien le guste esperar.

Francesca irguió los hombros y le lanzó su mirada más feroz. Él se rió con ganas.

—Oh, sí, mírame todo lo que quieras. En un rato será muy distinto. Estarás suplicándome. Y ese bastardo de Rochford tendrá que vivir con el hecho de que yo lo conseguí antes. Eso no le va a gustar, ¿verdad? Saber que su preciosa dama es sólo una cualquiera. Saber que yo he disfrutado de ella antes que él.

Francesca hubiera querido escupirle en la cara, pero la mordaza se lo impidió. Se quedó a la expectativa, con una gran tensión. Perkins se movió por el carruaje y ella se acurrucó en su rincón, decidida a luchar contra él. Sin embargo, para su sorpresa, él no la tomó por el brazo y la sacó. En vez de eso, tomó el extremo que colgaba de la atadura de sus muñecas y la anudó a una pequeña barra que había a un lado de la puerta.

Después le tomó la barbilla entre los dedos y se la pellizcó mientras le guiñaba un ojo. Salió del coche y dejó allí a Francesca, llena de rabia y de impotencia. Ella tiró con fuerza de la cuerda, pero estaba bien anudada. Cuando comprobó que no podría desatarse, comenzó a dar patadas y a hacer todo el ruido posible. Nadie salió a ver qué pasaba. Francesca pensó que Perkins debía de haber pagado bien al conductor del carruaje para que hiciera la vista gorda.

Le pareció que pasaba una eternidad, y comenzó a preguntarse si Perkins no iba a dejarla allí sola durante el resto de la noche.

No obstante, al final él abrió la portezuela y volvió a entrar en el coche.

—Eres muy ruidosa, ¿no te parece? Creía que ya te habrías cansado.

El olor a alcohol inundó el carruaje, y Francesca se dio cuenta de que él se había pasado aquel rato bebiendo.

—He conseguido una habitación para mí y para mi pobre esposa enferma —le dijo él. De debajo del asiento sacó una gran capa negra y la envolvió en ella, poniéndole la capucha por la cabeza. Después cortó el extremo que la ataba a la barra de la puerta con una navaja y la sacó a tirones del coche.

Agarrándola con fuerza por los brazos, la llevó como se llevaría a un niño, y pudo mantener la capa a su alrededor, ocultando así las ataduras de sus muñecas y sus tobillos. La capucha, por otra parte, le cubría la cara, con lo cual tampoco su mordaza era visible. Francesca supuso que parecería alguien dormido, o enfermo.

De todos modos, se movió todo lo que pudo con la esperanza de llamar la atención de alguien. Debían de estar en una posada, y seguramente a aquellas horas de la madrugada no había ningún cliente levantado. Sólo estarían despiertos los sirvientes, trabajando en la cocina, no esperando en los pasillos, observando cómo los huéspedes iban a sus habitaciones.

Francesca sabía que no tenía muchas oportunidades, pero luchó de todas maneras.

Debió de tener algún efecto, porque oyó la respiración dificultosa de Perkins mientras subían las escaleras, y en una ocasión, él soltó un gruñido y estuvo a punto de caer. La dejó en el suelo para abrir la puerta, pero la mantuvo agarrada con un brazo. Después tiró de ella hacia el interior de la habitación y cerró la puerta por dentro, con llave.

Con una sarta de juramentos, la recogió y la tiró sobre la cama. Después se dio la vuelta y se acercó a una pequeña cómoda que había al otro lado de la habitación, donde descansaba una bandeja con una botella de licor. Perkins se sirvió una copa y la apuró de un trago, y después se sirvió otra.

Francesca consiguió moverse hasta el borde del colchón. Quizá, si él se emborrachaba lo suficiente, ella pudiera escapar. Perkins la observó mientras bebía la segunda copa. Ella no lo miraba directamente, sino que lo vigilaba por el rabillo del ojo. Cuando él se volvió para servirse la tercera copa, ella metió los dedos por debajo de la mordaza y tiró de ella con fuerza.

Perkins volvió a jurar y dejó el vaso de un golpe sobre la bandeja. Atravesó la habitación rápidamente y le tapó la boca para evitar que gritara. La tomó por las piernas y la empujó hacia el centro del colchón con tanta fuerza que ella se golpeó la cabeza contra el cabecero. Francesca sintió un fuerte dolor. Él volvió a colocarle la mordaza y le ató las manos a uno de los postes de la cama. Luego se alejó, jadeando, y la miró.

–¡Así! Ahora ya no podrás escaparte, ¿verdad? Atada como un cerdo para la matanza, ¿no? Pronto gritarás como un cerdo, sí –dijo, y se rió mientras se servía otra copa.

Hizo un brindis y se la bebió.

–¿Qué le parecería al duque verte así? ¿Crees que le gustará saber que sólo va a conseguir mis sobras? Entonces ya no estará tan satisfecho consigo mismo, ¿no te parece? Ese bastardo arrogante... decirme que me fuera del país. Como si yo tuviera que obedecer sus órdenes, como todos los demás. Pero él no conoce a Galen Perkins, te lo aseguro. Yo no tengo dueño, y menos él.

Después de terminar la copa, la dejó en la bandeja y se acercó a la cama, tambaleándose. Cuando llegó hasta Francesca, se apoyó contra el poste de la cama y la miró con malicia. Le agarró el cuello del camisón y tiró con fuerza, rasgándoselo hasta la cintura.

Francesca gritó bajo la mordaza y consiguió darle una patada en las espinillas y hacer que perdiera el equilibrio. Perkins cayó contra el lavabo de la habitación.

La malicia de su mirada se transformó en puro odio, y cuando pudo ponerse en pie, se abalanzó sobre ella alzando el puño para pegarla.

En aquel momento, algo golpeó contra la puerta. Perkins se dio la vuelta, sobresaltado, y la puerta se abrió de un tremendo golpe. Rochford irrumpió en la habitación.

CAPÍTULO 19

Rochford atravesó la habitación de dos zancadas y le dio un puñetazo en la mandíbula a Perkins. Perkins cayó hacia atrás y se golpeó contra la pared que había junto a la cama. Mientras intentaba ponerse en pie, el duque lo agarró por la pechera de la camisa y tiró de él, lanzándolo con fuerza hacia delante, de manera que el hombre chocó de cabeza contra la pared opuesta. Después, cayó inconsciente al suelo.

Rochford se volvió hacia Francesca.

—Dios mío, ¿estás bien?

Con cuidado, le tapó el cuerpo con el camisón para cubrir su desnudez, y después le quitó la mordaza.

—¡Sinclair! ¡Oh, Sinclair! —exclamó ella, mientras intentaba contener las lágrimas—. ¡Gracias a Dios que has venido! ¿Cómo has llegado hasta aquí?

Él le dio un beso en la frente y se volvió para deshacer el nudo que la mantenía atada al poste. Tras ellos,

Perkins se movió por el suelo y se puso a cuatro patas, y después en pie. Tambaleándose, se llevó la mano a la espalda, por detrás de la chaqueta, y sacó una navaja.

—¡No! ¡Sinclair! ¡Cuidado! —gritó Francesca.

Rochford se giró y vio al hombre cargando contra él, cuchillo en mano. Se hizo a un lado, le agarró el brazo a Perkins con ambas manos y se lo golpeó contra el poste. Hubo un ruidoso crujido y Perkins gritó de dolor mientras soltaba la navaja. Sujetando a Perkins por la pechera de la camisa, Rochford lo golpeó dos veces en la cara. Luego lo agarró por el brazo roto y se lo retorció detrás de la espalda, y una vez más, lo empujó hacia la pared.

Perkins volvió a gritar de dolor.

—¡No! ¡No! ¡Dejadme! ¡Me habéis roto el brazo!

—Tendrás suerte si eso es lo único que te rompo —respondió Rochford fríamente—. Por atreverte a tocar a lady Haughston me gustaría aplastarte todos los huesos del cuerpo. Eres una basura, y me arrepiento de no haber acabado contigo la otra noche.

—¡No he hecho nada! ¡Preguntádselo! No la he tomado, lo juro.

—¡Sinclair! No lo mates —le rogó Francesca—. Es cierto. No ha podido hacer nada.

Rochford apretó la mandíbula. Después de un momento, dijo.

—Entonces, alégrate, porque si le hubieras hecho daño, yo me aseguraría de que tu muerte fuera lenta. Así, sólo irás a la cárcel. Pienso asegurarme de que te juzgan por el asesinato de Avery Bagshaw.

Perkins comenzó a protestar, pero Rochford avisó al posadero y le ordenó que se llevara a aquel hombre, que lo atara y que avisara al juez y a los alguaciles.

Cuando, por fin, Rochford y Francesca se quedaron solos, él tomó el cuchillo de Perkins del lugar donde había caído y cortó todas las ataduras de Francesca. Ella notó un agudo picor en las manos y los pies mientras la sangre comenzó a circular, y tuvo que apretar los labios para soportar el repentino dolor. Rochford dejó la navaja en la mesilla y le masajeó los pies a Francesca para que entrara en calor. Después de unos instantes, le soltó los pies y se acercó para apartarle suavemente el pelo de la cara.

—¿Estás bien? ¿De veras? ¿Te ha hecho daño?

Por toda respuesta, Francesca se abrazó a él con fuerza. Él la rodeó con los brazos con igual fervor, y durante un largo rato permanecieron así, juntos, como si aquello pudiera borrarles la noche anterior de la mente.

—Estaba tan asustada... —susurró Francesca—. No me ha hecho daño; bueno, aparte de algunos moretones y chichones. Pero yo tenía mucho miedo. Estaba segura de que nadie iba a venir a rescatarme lo suficientemente rápido.

—Gracias a Dios que tu doncella y tu mayordomo vinieron corriendo a avisarme en cuanto vieron que te sacaba de la casa. Yo fui directamente a su alojamiento, con la esperanza de que te hubiera llevado allí. Sólo encontré a su criado, que estaba haciendo su maleta, y no tardé mucho en averiguar adónde se dirigía Perkins.

Rochford le besó la sien y murmuró:

—He pasado una agonía esta noche, pensando que no llegaría a tiempo. Temía que el criado me hubiera dado una dirección falsa. Cuando pensaba en que podía hacerte daño...

—Estoy bien —dijo ella, y lo besó ligeramente.

Después volvió a besarlo, y en aquella ocasión sus labios no se apresuraron. Cuando ella se retiró, Sinclair le tomó la cara entre las manos y atrapó su boca con la de él en un beso largo, apasionado. Todo el miedo y la rabia que había sentido mientras perseguía a Perkins y a Francesca se convirtió en un segundo en un deseo abrasador.

Francesca sintió la sacudida de un fuerte escalofrío, y le rodeó el cuello con los brazos. Se besaron frenéticamente, desesperadamente, como si fueran a separarlos en cualquier momento. Rodaron por la cama, tocándose, saboreándose, explorándose en un remolino de pasión.

Se desnudaron el uno al otro mientras se besaban, y sólo se detuvieron para que él se quitara las botas y las tirara al suelo. El camisón de Francesca, rasgado, fue muy fácil de descartar.

Al fin desnudos y abiertos el uno al otro, Rochford penetró en su cuerpo con dureza, rápidamente, y ella lo envolvió entre los brazos y las piernas y se colgó de él, casi sollozando de necesidad. El mundo no existía para ellos en aquel momento. No había pensamientos ni emociones, sólo aquel deseo que se había apoderado de ellos. Atravesaron la tormenta de su pasión hasta que un estallido de placer hizo que flotaran dichosamente.

Al final, Sinclair rodó y se tumbó junto a ella, y la

abrazó mientras los tapaba a ambos con la colcha de la cama. Francesca se acurrucó contra su pecho, demasiado cansada como para hablar, y en el delicioso calor de sus brazos se quedó dormida.

Los ruidos de la posada la despertaron. Había dormido profundamente, sin moverse de la posición en la que la había vencido el sueño. Sinclair todavía la abrazaba, aunque la colcha se había deslizado de sus cuerpos. Francesca sonrió al pensar en la imagen que ofrecerían a cualquiera que entrara en la habitación en aquel momento.

Debió de moverse, porque él se despertó al instante a su lado.

—¿Cómo te sientes? —le preguntó Sinclair, besándole el hombro.

—Maravillosamente, aunque un poco magullada.

Notó sus dedos acariciándole la espina dorsal, deteniéndose en su cintura.

—Debería haber matado a ese canalla. Quizá convenga al juez para que lo suelte, y de ese modo poder asegurarme de que nunca volverá a vérsele vivo.

Francesca sonrió.

—Gracias por la idea, pero yo no te habría permitido hacerlo. Te causaría un gran sentimiento de culpabilidad.

—Creo que no.

—Bueno, yo no lo deseo —respondió Francesca, y entrelazó sus dedos con los de él—. El resto de los moretones es de nuestra lucha en el carruaje.

Sinclair sonrió.

—Sabía que se lo pondrías difícil.

—Pero creo que estaba llegando el final para mí —le dijo ella. Le tomó la mano y le dio un beso en la palma—. Gracias por venir a buscarme.

—Siempre —él le besó el cuello con ternura.

—Debes de estar muy cansado de rescatarme —continuó ella.

—Nunca me cansaría de rescatarte, Francesca. Además, seguramente, si tú no te hubieras resistido y lo hubieras retrasado, yo no habría llegado a tiempo. Tú luchaste contra él... con valentía, con fuerza.

Francesca notó que la emoción le atenazaba la garganta, y sonrió a Sinclair. Él se inclinó a besarla, y después, con un suspiro, se retiró.

—Si me quedo mucho más, no podré marcharme nunca.

—¿Marcharte? —preguntó Francesca, y observó cómo él se levantaba de la cama—. ¿Por qué? ¿Adónde vas?

Él se puso los pantalones y siguió vistiéndose mientras se lo explicaba.

—A visitar al juez para hablar con él sobre Perkins. Y a pedir comida para ti, y un baño caliente, si quieres.

—¡Oh, sí!

Un baño caliente le sonó como algo celestial, pero los gruñidos de su estómago vacío eran algo igualmente imperioso.

Rochford le dedicó una rápida sonrisa y se inclinó sobre la cama para darle un beso en la nariz.

—Y también buscaré algo de ropa para que te pongas.

Por mucho que pudiera disfrutar el viaje de vuelta a casa contigo vestida sólo con el camisón, supongo que tú preferirás vestirte.

—Me gustaría mucho —convino Francesca.

Sin embargo, se sintió sola cuando él salió de la habitación.

Al cabo de unos minutos, llegaron dos doncellas con una gran bañera de metal y la llenaron de agua caliente. Hundirse en aquel calor fue una sensación maravillosa para Francesca, y consiguió paliar un poco su ansiedad. Después de que las criadas se fueran, ella se apoyó en el respaldo y se relajó con los ojos cerrados. Sin embargo, poco después los abrió de golpe al oír que se abría la puerta. Era Rochford quien acababa de entrar, y estaba recorriendo su cuerpo con la mirada, lentamente. Tenía una sonrisa en los labios.

—Tengo que decir que estás muy provocativa —le dijo él, y arrojó la ropa que llevaba en las manos sobre la cama.

—A lo mejor te apetece unirte a mí —le sugirió ella atrevidamente, sin hacer ademán de cubrir su desnudez.

La sonrisa de Rochford aumentó.

—Creo que ahí no hay sitio suficiente para los dos. Sin embargo, me ofrezco voluntario para secarte.

Comenzó a quitarse la chaqueta, y cuando terminó, se desabotonó la camisa y caminó hacia ella. Apoyó ambas manos en el borde de la bañera, se inclinó hacia abajo y la besó.

Movió los labios lentamente, de un modo delicioso, saboreando el beso, y cuando se apartó, Francesca se sentía tan cálida y líquida como el agua que la rodeaba. Le sonrió, y el calor somnoliento de su mirada fue un gancho para él. La tomó en brazos y la sacó de la bañera.

Ella soltó una risita.

—Te estás mojando.

—No me importa —le aseguró él, y volvió a besarla.

Hicieron el amor sin prisas, en aquella ocasión, moviéndose lentamente, en contraste con su relación de la noche anterior. Se acariciaron, se besaron con lentitud, e intensificaron el placer que sentían hasta un punto extremo.

Después se quedaron tendidos en la cama, inmóviles, disfrutando perezosamente de aquel calor dorado. Sinclair le acarició la oreja con la nariz.

—Francesca...

—¿Mmm?

—Siento todo lo que te dije ayer.

Francesca se puso tensa. De repente, se sintió recelosa.

—Sinclair, no...

—Por favor, déjame terminar. Quiero casarme contigo. Cuando tú digas, como tú quieras. Quiero que seas mi esposa.

—Te ruego que no estropees esto —susurró Francesca, y se apartó de él, pero Sinclair la agarró y la mantuvo a su lado.

—No, no voy a permitir que vuelvas a huir de mí otra vez.

—No estoy huyendo —replicó Francesca, y volvió la cara. De repente, se sintió desnuda y expuesta ante él, y se tapó con la sábana hasta el pecho. Después se sentó para hablar con él.

–¿Y de qué otro modo lo llamarías tú? –él también se incorporó y la soltó–. No soy tonto, Francesca. Ayer me cegó el orgullo, el dolor por lo que pasó hace quince años. Pero, cuando me tranquilicé y pude ver las cosas con claridad, supe que... Sé que me quieres. No me digas que no.

–¡Por supuesto que te quiero! –ella se echó a llorar y bajó de un salto de la cama. Tomó la ropa que Sinclair le había llevado y comenzó a vestirse. No podía discutir con él desnuda.

Rochford la imitó. Se puso los pantalones y se acercó a Francesca. Tenía los ojos ardiendo de frustración e ira, y los pómulos enrojecidos.

–Entonces, ¿por qué, en el nombre de todo lo sagrado, te niegas a casarte conmigo? –bramó–. Maldita sea, Francesca, no puedo creer que sólo estés coqueteando conmigo.

–¡Claro que no! ¿Cómo puedes pensar algo así? Si me hubieras escuchado ayer, en vez de salir bufando como un toro herido, te lo habría explicado todo.

Él arqueó las cejas, y sus ojos resplandecieron de tal modo que Francesca pensó que iba a explotar de rabia. Sin embargo, Sinclair apretó los dientes y dijo:

–Entonces, explícate. Intentaré no comportarme como un toro.

Francesca respiró profundamente.

–Estoy siendo razonable.

–¡Razonable!

—Sí, razonable. Estoy pensando en el futuro, en tu futuro.

—A menos que quieras verme sufriendo de soledad, no entiendo cómo puedes estar pensando en mi futuro.

—Eres un duque. Tienes que hacer un buen matrimonio.

—¿Y tú no eres lo suficientemente buena como para ser mi duquesa? Querida, no creía que fueras tan modesta.

—Sabes que yo no soy apropiada para ser la duquesa. No es por mi linaje. Es por mí.

—¿Y por qué dices que no eres apropiada?

—¡Por muchas cosas! Yo no soy una persona grave ni señorial. No pienso en cosas importantes, ni leo volúmenes gruesos de filosofía, ni mantengo conversaciones eruditas. Lo que yo domino son los cotilleos, la moda y las fiestas. Soy superficial, frívola. Somos muy distintos. Tú te aburrirías de mí y lamentarías haberte casado conmigo.

—Francesca, querida... para ser alguien que sabe tanto del amor, eres muy obtusa. Si quisiera alguien como yo, me contentaría con vivir solo. No quiero casarme con una estudiosa ni con alguien lleno de orgullo familiar. Te prometo que yo leeré todos los libros que haga falta y pensaré todas las cosas profundas que sean necesarias. Y tú... Tú organizarás nuestras fiestas y les darás la bienvenida a nuestros amigos, te ganarás el amor de mis arrendatarios, y harás que todo el mundo se pregunte cómo he conseguido semejante joya. Y todos los días, me llenarás los ojos de belleza.

Sinclair la tomó por los hombros y la besó suavemente en los labios.

—Créeme, sé mucho de arrepentimiento. Lo he sufrido durante quince años. No me arrepentiré de casarme contigo. Tu amor por la diversión, tu risa, tu sonrisa... ésas son algunas de las cosas que más me gustan de ti. Quiero reírme. Quiero que me claves un alfiler en el orgullo de vez en cuando. Cielos, ¿no te das cuenta? Tú eres todo lo que yo deseo en una esposa.

Aquellas palabras hicieron que a Francesca se le hinchara el corazón de amor. Quería rendirse, quería admitir que nada la haría más feliz que casarse con él. Sin embargo, no debía hacerlo. Tenía que ser fuerte.

—No soy joven, Sinclair. Soy viuda.

—No me importa.

Francesca lo miró con frustración. Tenía un nudo en la garganta, y sintió tanta ira que tuvo la sensación de que iba a explotar. Finalmente, como si se lo hubieran arrancado de dentro, gritó:

—¡No puedo tener hijos!

Sinclair se quedó mirándola, atónito. Después la abrazó otra vez y la apretó contra su pecho.

—Oh, Dios mío, Francesca... lo siento mucho.

Le besó la cabeza y posó la mejilla en su pelo. Francesca se derritió contra él, se apoyó en su fuerza y en su calor, y aceptó el consuelo que nunca había tenido del padre del hijo que había perdido.

Rochford la tomó en brazos y se sentó con ella en el alféizar de la ventana. Durante un largo rato, estuvieron así, en silencio, abrazados. Finalmente, Francesca se secó las lágrimas de las mejillas.

—¿Estás segura? —le preguntó él.

Ella asintió.

—Perdí un hijo, y el médico me dijo que seguramente nunca volvería a tener otro. Tenía razón. No volví a quedarme embarazada —susurró, y sonrió con tristeza. Después se puso en pie y se alejó de él—. Ahora lo entiendes todo, ¿verdad?

—Entiendo que has llevado esa carga durante muchos años, pero, ¿es éste el motivo por el que te niegas a casarte conmigo?

—¡Por supuesto! No te hagas el bobo conmigo. El duque de Rochford no puede casarse con una mujer estéril. Debes tener herederos. Tienes un deber, una responsabilidad con tu familia, con tu apellido.

—Por favor, no me hables del deber —respondió él con tirantez—. He vivido con ello durante toda mi vida. Desde que tenía dieciocho años, no he hecho otra cosa que cumplir con mi deber. Sin embargo, no voy a sacrificarlo todo en el altar de los Rochford. Soy algo más que un duque; soy Sinclair Lilles. Y me casaré con quien quiera, no por mi familia, ni por el apellido, ni por el patrimonio, ¡sino por mí! Tú eres la mujer que quiero como esposa. Tú eres la mujer a la que quiero.

Francesca se quedó boquiabierta.

—¿Me... me quieres?

Él la miró también, con asombro.

—Sí, claro. ¿Acaso no estamos hablando de eso? Te quiero. Quiero casarme contigo.

—Yo... pero... tú nunca me lo habías dicho.

—¿Que nunca te lo había dicho? Te pedí que fueras mi esposa. ¡De hecho, te lo he pedido tres veces! ¿Por qué te lo iba a pedir, si no?

—Porque mi familia es antigua y está bien relacionada. Yo sería adecuada. Tú mismo me lo explicaste cuando me pediste que me casara contigo por primera vez. Me dijiste que sería correcto y agradable que estuviéramos casados. Que nos conocíamos bien, y que nuestras familias eran...

—Estaba intentando convencerte a ti —replicó él—. No a mí mismo. Yo sabía que quería casarme contigo, y eso no tiene nada que ver con tu familia.

—Tú me deseabas. Eso lo entiendo. Sé que mi cara y mi figura son agradables para los hombres.

—Francesca, a mí me pareces algo más que agradable. Siempre ha sido así. Cuando te vi bailando en mi casa aquellas Navidades, con el pelo recogido y de largo por primera vez... me quedé anonadado. Perdí el corazón por completo. Francesca... estoy ardiendo por ti. Soy como un muchacho otra vez. Cuando entras a una habitación, me flaquean las rodillas.

—¿De veras? —preguntó ella con una sonrisa de satisfacción—. Pero cuando estábamos comprometidos... bueno, apenas me besabas.

Él emitió un gruñido.

—¡Por Dios, Francesca! Tenías dieciocho años, acababas de salir del colegio. ¿Acaso pensabas que iba a tomarte y devorarte?

—No, claro que no, pero... no me parecía que me quisieras.

—Eres tan exasperante que me dan ganas de darte un zarandeo. Estaba intentando ser un caballero, aunque cuando estaba contigo, no me sentía como tal. Me quedaba despierto por las noches, pensando en ti, lleno de lujuria y sin poder dormir. Todavía me sucede.

—Pero... eso no es amor.

—El deseo no dura quince años por sí solo. Eso es todo el tiempo que te he querido. Aunque intentara dejar de quererte, no podía. Nunca ha habido otra mujer que me interesara.

—No intentes que crea que has mantenido el celibato durante quince años.

—No. No voy a mentirte. He estado con otras mujeres, pero no he querido a ninguna. No me habría casado con ninguna de ellas. Cuando tú rompiste nuestro compromiso, hice lo posible por odiarte y por olvidarte, pero no lo conseguí. Cada vez que iba a una fiesta y te veía con Haughston, me sentía como si me clavaran un cuchillo en el corazón. Así que me retiré. Cada vez pasaba más tiempo en mis tierras y menos en Londres. Entonces, Haughston murió y yo... es perverso por mi parte, pero yo sentí felicidad cuando me enteré de su muerte.

—¿Y por qué nunca me dijiste nada?

—¿Y qué iba a decirte? Tú todavía tenías muy mala opinión de mí. ¿Cómo iba a convencerte de que Daphne había mentido? Después de tantos años me parecía algo imposible. Y yo... bueno, a veces el orgullo es mi peor enemigo. Me dije que no me humillaría por ti. Tú habías dejado de quererme mucho tiempo antes. No veía ninguna señal de que pudiera recuperar tu amor. Teníamos una especie de amistad... Y quizá... no tuve valor suficiente para arriesgarme a que me rompieras otra vez el corazón. Sin embargo, este último año me pareció más sencillo, supongo. Cuando me dijiste que Daphne te había confesado lo que hizo, pensé que quizá sintieras algo distinto por mí.

—¿Y por qué, entonces, comenzaste a buscar esposa? ¿Por qué me pediste ayuda?

—Dios Santo, Francesca, ¿y qué iba a hacer? ¡Me dijiste que querías compensarme buscándome novia! Estaba claro que no sentías nada por mí. Pero me di cuenta de que ése era el modo de pasar más tiempo contigo. Pensé que podía cortejarte sutilmente con la excusa de que me ayudaras a encontrar esposa.

—Así que, en vez de cortejar a esas chicas...

Él asintió.

—Estaba intentando cortejarte a ti.

Francesca soltó una risita.

—Qué tontos somos.

—Sí —dijo él—. Creo que sí —añadió. La abrazó y dijo—: Te quiero, Francesca, te quiero más que a nadie en este mundo. Quiero casarme contigo.

—Pero, tu heredero...

—Al cuerno mi heredero. Mi primo Bertram puede heredar el título, o sus hijos. Y si no tiene ninguno, entonces pasará a otro pariente lejano. Yo estaré muerto para entonces, de todos modos, y no creo que me importe. Lo que me importa son los años que me quedan... y pasarlos contigo.

Le tomó la barbilla e hizo que lo mirara a los ojos.

—Francesca, querida... tú eres la única mujer que quiero convertir en mi duquesa. ¿Quieres casarte conmigo?

Pasó un instante antes de que ella pudiera hablar.
—Sí, Sinclair. Me casaré contigo.

La boda se celebró dos días después, en Lilles House, en Londres. Fue una ceremonia sencilla, sin la presencia de la familia ni de los amigos, a excepción de Irene y Gideon, que actuaron de testigos mientras el duque deslizaba la alianza de los Lilles en el dedo de Francesca.

Rochford había conseguido una licencia especial antes de pedirle que se casara con él aquel día en el jardín, y le pidió un favor al prometido de lady Mary, el padre Christopher Browning, para que los casara inmediatamente. Rochford le dijo a Francesca que no tenía intención de permitir que se le escapara de nuevo. Y Francesca, sonriendo, había accedido. En realidad, ella no quería otra cosa que ser su mujer.

Después, cuando los amigos se marcharon, Rochford la tomó de la mano y le dijo:

—Ven. Tengo un regalo para ti.

Ella se echó a reír mientras lo seguía escaleras arriba.

—¿Otro? ¡Pero si me has inundado de regalos! Todas las joyas... los vestidos que encargué ayer en el taller de la señorita du Plessis...

—Eso sólo es una pequeña muestra —le aseguró él con una sonrisa—. Tengo intención de comprarte tantos vestidos que no podrás ponértelos todos. Y zapatos, y joyas. Compraremos todos los vestidos de París en la luna de miel. Tengo que recuperar los años perdidos, los años en los que no podía hacer nada y no tenía derecho a ayudarte, y debía quedarme de brazos cruzados mirando cómo luchabas por mantenerte.

La llevó hasta su habitación y abrió una pequeña puerta que había más allá del vestidor. Había una sala llena de estanterías, y en ellas, varios joyeros. Sinclair tomó uno de ellos, una preciosa caja de caoba, la sacó al dormitorio y la depositó sobre una mesa.

–¿Más joyas? –preguntó Francesca, riéndose–. ¿Cuántas joyas tienen los Lilles?

–Una cantidad vulgar, te lo aseguro –respondió su esposo–. Sin embargo, éstas son distintas. No son de la familia Lilles. Son tuyas.

Intrigada por sus palabras y su expresión, Francesca abrió uno de los cajoncitos del joyero. En él descansaba una tiara resplandeciente. Ella abrió unos ojos como platos. Era una tiara que había pertenecido a su abuela; se la había regalado a Francesca cuando se casó con lord Haughston. Francesca miró a Sinclair.

–No lo entiendo.

Él señaló el joyero con un gesto de la cabeza, y ella continuó abriendo compartimentos, sacando collares y pulseras, pendientes y anillos... todo tipo de joyas que habían sido suyas. Las esmeraldas de los Haughston, que Andrew le había regalado el día de su boda. Un broche de perlas y zafiros que le había regalado Dom... un collar de perlas de sus padres.

–¡Éstas son las cosas que vendí! ¿Tú las compraste?

Sinclair asintió.

–Una vez vi un collar en la joyería, y lo reconocí. Te lo había visto puesto. Estaba seguro, y conseguí sonsacarle la información al joyero. Admitió que tu doncella había vendido varias cosas en tu nombre. Así pues, yo las compré todas, y le dije que me trajera a casa todo aquello que tú vendieras.

–¡Por eso conseguíamos precios tan buenos! Y yo que pensaba que Maisie tenía una capacidad de negociación mágica... –Francesca se rió con los ojos llenos de lágrimas–. Nunca me imaginé que eras tú...

–Las piezas de plata y oro están abajo, en la despensa...

–¡No! ¿También compraste eso? No tenías por qué...

–Dudaba que eso tuviera mucho significado para ti, pero quería asegurarme... –Sinclair se interrumpió y se encogió de hombros.

–De que yo conseguía el mejor precio por ello –terminó Francesca.

–Lo siento. No pude recuperar la alianza de tu boda. El joyero me dijo que ya la había vendido.

–No importa. Ninguna de estas cosas importa –dijo ella con una sonrisa, intentando contener las lágrimas.

En aquel momento había entendido la profundidad de su amor. Lo que había hecho durante todos aquellos años, en silencio, sin esperar nada a cambio, pensando que ella no lo quería, sabiendo que había creído mentiras sobre él, y sin embargo, a pesar de todo, había comprado secretamente todas sus cosas porque quería ayudarla. Porque no soportaba verla luchar contra la pobreza. Y también entendió que a menudo él había manipulado las situaciones para que ella pudiera ganar dinero: la apuesta que había hecho con ella el año anterior, para que ella le buscara marido a Constance, el modo en que había enviado a su tía abuela a su casa para que ayudara a encontrarle esposa a Gideon, la cantidad que él había acordado con Fenton para la manutención de Callie cuando la muchacha estaba viviendo en su casa, la cual, Francesca estaba segura, había sido excesiva...

Tragó saliva y le tomó la mano.

—Lo que me importa es que quisieras comprarlas. Te quiero más de lo que nunca podría explicarte.

—Me alegro. Porque yo te quiero más todavía.

Él se llevó su mano a los labios y se la besó. Entonces, observó la pulsera de zafiros que le había regalado a Francesca cuando ella había ganado la apuesta. Ella la había lucido aquel día, junto a los pendientes.

Sinclair acarició los zafiros pensativamente con el pulgar.

—Creí que tendría que pagar mucho dinero por esto. Temía que lo hubieras vendido en cualquier otra parte. El otro día, cuando vi que llevabas la pulsera con los pendientes... ¿por qué no los vendiste?

—No podía venderlos —le dijo ella, y las lágrimas que tenía en los ojos brillaban también como gemas—. Eran todo lo que tenía de ti.

—Oh, mi amor —dijo él, y la apretó contra sí en un abrazo apasionado—. Ahora lo tienes todo de mí. Siempre lo tendrás.

Inclinó la cabeza y la besó.

EPÍLOGO

Navidad, dieciocho meses más tarde

Marcastle estaba decorado para las fiestas con muérdago y acebo, y con ramas de abeto por toda la casa. Todavía quedaban unos días para la Navidad, pero los invitados ya estaban allí. Callie y Brom habían llegado dos días antes, como Irene y Gideon. Constance y Dominic habían llegado la noche anterior, llevando nieve fresca. La duquesa viuda estaba instalada en su habitación orientada al sur, bien alejada de la zona infantil. Los padres de Francesca, el conde y la condesa de Selbrooke, no estaban lejos de allí, ni tampoco la tía abuela Odelia. Aunque tuviera ochenta y un años, no iba a perderse una ocasión como aquélla. Habían pasado treinta y nueve largos años desde el último bautizo de un duque de Rochford.

Aquél era el motivo de las visitas, y no la Navidad, aunque todo el mundo iba a quedarse para la celebración de las fiestas, también. A los tres meses de edad, Matthew Sinclair Dominic Lilles, el quinto marqués de Ashlocke, en cuyos hombros descansaría una vez el ducado de Rochford, iba a ser bautizado. El vicario de San Swithin, el mismo que había casado a los padres del niño un año y medio antes, celebraría el ritual junto al sacerdote local, que miraba al joven con algo de celos y tenía buen cuidado de proteger sus derechos como vicario de San Edward Confesor de la Iglesia, la capilla de los Lilles durante generaciones.

Además, iban a celebrarse bailes, fiestas y actividades al aire libre adecuadas para el tiempo que hacía, como patinaje en el estanque, que por suerte se había congelado justo antes de la nevada, y parecía que iba a seguir así.

El causante de todas aquellas celebraciones, un bebé de rizos negros y mejillas sonrosadas, estaba profundamente dormido en su cuna, ajeno a lo que le esperaba en menos de una hora. Al otro lado del pasillo, la sala infantil estaba llena de gritos y risas, mientras la pequeña de dieciséis meses, Ivy FitzAlan, corría alrededor de la mesa, deteniéndose en cada esquina para observar a su padre, que la perseguía. Dominic, lord Leighton, fingía que iba a atraparla, y la niña estallaba nuevamente en risas antes de escapar.

Su madre Constance, embarazada de su segundo hijo, estaba plácidamente sentada observando los juegos mientras charlaba con Irene, que estaba a su lado en el sofá. Un niño de un año con el pelo rizado y rubio estaba sentado en las rodillas de Irene, observando a Ivy y a Dominic y emitiendo ocasionales gritítos de alegría.

Callie estaba en su dormitorio, dando de mamar a su primer hijo, un niño de cinco meses llamado Grayson, mientras Brom y Gideon estaban encerrados en la biblioteca, sin duda enfrascados en una de sus conversaciones de negocios, algo que los mantendría ocupados durante horas si sus esposas no los avisaban para asistir al bautizo.

—Es casi la hora, querido —le dijo Constance a Dominic—. Será mejor que la niñera acueste a Ivy para que duerma la siesta.

—Lo sé, lo sé —dijo Dominic, y se puso en pie—. Tengo que arreglarme para la ceremonia. No todos los días un hombre se convierte en padrino.

Irene también le había dado a Philip a la niñera para que lo acostara, después de unas caricias cariñosas.

Todos salieron al pasillo y se asomaron a la habitación en la que dormía Matthew. A los pies de la cuna estaban sus padres, mirando amorosamente a su hijo. Después de sonreírse, los tres siguieron caminando hacia las escaleras.

Francesca apoyó la cabeza en el hombro de su marido y suspiró de felicidad.

—Todavía no puedo creerlo. Cada vez que lo miro me parece un milagro.

El duque se inclinó para besar el pelo rubio de su esposa.

—Él es un milagro.

Francesca sonrió.

—Sí, y quizá haya otros.

Rochford contuvo una protesta.

—Esperemos que no sea pronto.

El embarazo de Francesca habían sido nueve meses de preocupación para él, y por mucho que quisiera a su hijo, Sinclair no estaba deseando repetir la experiencia.

—¿Feliz? —le preguntó a su mujer.

—Completamente feliz —dijo ella—. Nunca pensé que pudiera tener un hijo, y ahora que tengo uno, tan sano y tan bello, tan perfecto... —Francesca se puso de puntillas y besó a Sinclair—. Y querer tanto a mi marido, también...

—Después de dieciocho años de matrimonio —bromeó él—. Eso sí que es un milagro.

—No, en absoluto. Porque yo querré a mi marido durante el resto de mi vida. Creo que por eso pude concebir a este hijo, ¿sabes? Hacía falta el amor.

—Si eso es lo que hace falta, que Dios nos ayude, vamos a tener una enorme progenie.

El duque volvió a besar a su esposa, y después suspiró.

—Tenemos que irnos. No podemos llegar tarde o tendremos a dos vicarios batiéndose en duelo ante la pila bautismal.

Francesca se rió.

—Quizá ocurra de todos modos —dijo, y se volvió a mirar de nuevo al bebé—. Es una pena tener que despertarlo.

—Nos las arreglaremos —dijo Rochford.

Tomó a su hijo en brazos y lo envolvió bien en la manta, y el bebé sólo se movió durante un instante; después se acomodó contra él, profundamente dormido.

Con su hijo en brazos y su esposa al lado, el duque se encaminó hacia la habitación donde esperaba el resto de la familia, para comenzar aquella celebración del futuro.

Títulos publicados en Top Novel

La novia robada — Brenda Joyce
Dos extraños — Sandra Brown
Cautiva del amor — Rosemary Rogers
La dama de la reina — Shannon Drake
Raintree — Howard, Winstead Jones y Barton
Lo mejor de la vida — Debbie Macomber
Deseos ocultos — Ann Stuart
Dime que sí — Suzanne Brockmann
Secretos familiares — Candace Camp
Inesperada atracción — Diana Palmer
Última parada — Nora Roberts
La otra verdad — Heather Graham
Mujeres de Hollywood... una nueva generación — Jackie Collins
La hija del pirata — Brenda Joyce
En busca del pasado — Carly Phillips
Trilby — Diana Palmer
Mar de tesoros — Nora Roberts
Más fuerte que la venganza — Candace Camp
Tan lejos... tan cerca — Kat Martin
La novia perfecta — Brenda Joyce
Comenzar de nuevo — Debbie Macomber
Intriga de amor — Rosemary Rogers
Corazones irlandeses — Nora Roberts
La novia pirata — Shannon Drake
Secretos entre los dos — Diana Palmer
Amor peligroso — Brenda Joyce

www.ingramcontent.com/pod-product-compliance
Lightning Source LLC
LaVergne TN
LVHW030339070526
838199LV00067B/6357